緋あざみ舞う

志川節子

文藝春秋

目次

装画　室谷雅子
装丁　野中深雪

緋《ひ》あざみ舞う

緋薊《ひあざみ》参上

一

二月も末とはいえ、夜になればかなり冷え込む。

霧雨で塞がれた闇に、風が出てきた。暗がりが細く裂け、犬の遠吠えがにわかに近くなる。

「早くおし。ぼやぼやしてると、嗅ぎつけられちまう」

足許に開いている暗い穴へ、お路《みち》は低く短く声を落とし込む。日本橋田所町《にほんばしたどころちょう》にある両替商「井筒屋《いづつや》」の、台所の屋根に開いた穴。煙出しの引窓だ。

「そんなに急《せ》かさないでおくれよ。金箱の錠前をはずすのに手間取ったんだ」

中庭で蕾をつけた桜の枝がざわりと音を立てるのに紛れて、お律《りつ》の声が返ってくる。ほどなく、方形に切られた引窓から、黒装束に身を固めた人影が抜け出してきた。

息つく間もなく、ふたりは壁に打ちつけられた羽目板の継ぎ目に指をかけると、総身《そうみ》をしならせて二階屋根へ飛び移った。瓦の連なる勾配を身軽く駆けのぼり、屋根の背骨へ、すっくと立つ。

頭巾に覆われた形よい頭、すらりと引き締まった体軀、伸びやかな四肢。お律をふちどる輪郭が、霧でうっすらと白くなった暗がりに浮かび上がっている。

非の打ちどころのない妹の姿に見とれかけて、お路ははっとした。

「お律、お財《たから》は」

「ご案じ召されるな、姉上さま。しかと、こちらに」

少しばかりおどけた口調で、お律が腰のあたりをぽんと叩いてみせる。固い物どうしが触れ合う音がした。主人夫婦の寝間に置かれた金箱からせしめてきた金子《きんす》である。いわれてみると、お律の腰から尻にかけての線が、常よりも丸く盛り上がっている気がしないでもない。

眼下に見えている引窓が、音もなく閉じた。井筒屋の手代になりすましてお路とお律を手引きした男が、窓に取りつけられた紐を操《あやつ》っているのだ。

霧雨が風にたなびいて、犬の鳴き声がふたたび耳にまとわりつく。

「さ、いくよ」

「承知」

声が返ってきたときには、目の前から妹の姿は消えていた。同時に、お路のつま先も屋根を蹴っている。

駆けるというより、跳ねて突き進む。細かな水の粒が、頭巾で覆われていない目許を礫《つぶて》のように打ってくる。

霧の夜は視界がきかないのが難だが、日ごろ往来を歩く折にもそれ相応の目で町を見ているので、どの店の屋根がどうつながっているかは頭に叩き込まれている。間口十間の店の屋根なら五歩、間口三間なら一歩で次の屋根へ飛び移る。黒装束の風を切る音が、霧雨に吸い取られていく。足音をたてるようなへまは、むろんしない。

霧の底には、通りを行き来する提灯のあかりも見当たらなかった。町木戸が閉まる夜四ツ（午後十時）は、とうにまわっている。

二丁ほど東へ進んだところで、お律の後ろ姿を視界にとらえた。「見目形のいずれ劣らぬ美人姉妹」と人からちやほやされたりもするが、二十六になる己れには、このごろ腰周りや脇腹のあたりに肉がつき始めている。四つ齢下でもともと細身な妹のほうが、身ごなしの軽やかさでは一段上をいっていた。とはいえ、金子の入った胴巻きを着けたぶん、お律の身体もいくらか重くなっているとみえる。

しっとりと濡れた屋根瓦が、ほのかな艶を放っている。と、存外な間近で、犬がけたたましく吠えだした。

「んッ」

声とも息ともつかぬ低い波動が、お律の口から吐き出された。次の瞬間、妹の黒い影がずるっと斜めにすべり、お路の視界から去った。

――お律っ。

軒端《のきば》へ駆け寄り、下をのぞき込む。先ほど井筒屋の屋根上で待っていたとき、固形の松脂《まつやに》を砕いて粉にした滑り止めを履物の裏へまぶしつけたが、妹には念を押していなかった。

表通りに面した商家の二階屋根は、高さが二丈にもなる。転げ落ちたら、全身を地面へ打ちつけて手や足の骨が折れてもおかしくないし、打ちどころによっては生命にも関わりかねない。

背筋がぞっとした。

だが、黒い影は霧の中を落ちていきながら、しなやかな身ごなしで宙返りをし、掘割沿いの通りへ着地した。胴巻きの金子が、がちゃりと音を立てたものの、犬の鳴き声が掻き消してくれる。

「足を挫《くじ》いたんじゃないだろうね」

妹のかたわらへふわりと降り立ってお路が声を掛けると、切れ長の一皮目が、頭巾の奥で勝ち気そうにきらめいた。

「姉さんたら、あたしを誰だと思っているんだえ」

口をほとんど動かさずに言葉を発するふたりの声はごくひそやかで、そぼ降る霧雨に溶け込んでいる。

「おい、静かにおし」

今しがたまでふたりが屋根にいた商家の裏手で戸が開いて、暗がりに若い男の声がこだました。店の手代か小僧だろう。

犬は吠え熄《や》まない。

掘割に架かる汐見橋《しおみばし》の向こうから、一艘の舟が霧の幕を分けて近づいてきた。このあたりにある商家の蔵へ荷を運んだ船頭が店で酒をふるまわれ、帰りが遅くなったというような風情であった。櫓《ろ》のきしむ音も、どこかのんびりしている。

千鳥橋《ちどりばし》の袂《たもと》で舟が姉妹の影を飲み込んだのちも、水辺には櫓の音がゆったりと流れていた。いつしか、犬の鳴き声が熄んでいる。

二

数日後、向島《むこうじま》は小梅瓦町《こうめかわらまち》にある船宿「かりがね」の居間では、闊達《かったつ》な男の声がこだましていた。

「両替屋の金蔵なぞというところには、日ごろから金がうなっている。ところが、その日の井筒屋はちょいと違っていた。仔細があって、別の場所に金子を移してあったんだ。賊の連中は、そうとも知らず盗みに入ったんだな」

一ノ瀬小五郎《いちのせこごろう》が、すんなりと伸びた鼻筋をひくひくとうごめかせた。二十半ば、上背はさほどではないものの、逞《たくま》しい体軀に藍の色が褪《さ》めた着物と袴を着け、膳の前に胡坐《あぐら》をかいている。膳の上には、茶漬けを食べ終えて空になった茶碗が載っていた。

「そうはいっても、いくらかは盗まれたんでしょう」

小五郎に寄り添った女が、湯呑みに茶を注ぎ足しながら訊《たず》ねている。

「百両ばかりといったかな。俺たちからするとべらぼうだが、井筒屋にしてみればそれくらいは痛くも痒くもないだろうよ」

「その、井筒屋ってのは、たいそうな身代《しんだい》なんでしょうね」

「そりゃ、為替《かわせ》も扱う大店《おおだな》だし、諸大名家やご公儀にも金を貸しているって話だ。ふだんなら、金蔵に収まっている金子だけでも三千両はくだらないんじゃないのか」

「へえ、そんなに」

大仰に驚いてみせる女に、茶をひと口すすった小五郎が声をひそめた。

「金子をよそへ移したと番頭でさえ知らされていなかったのが、かえって幸いしたらしい。盗人みたいな連中は、前もって一味の者を店に奉公人として潜ませておくそうだからな」

春の陽が射しかける縁側のほうを向いて肩を並べたふたりの姿は、居間の入り口からだと黒い影にしか見えない。

「一ノ瀬さまは、まことに世の中の事情に通じておいでですこと。茶漬けに瓦版でもちぎり入れて召し上がったのかしら」

お路が声を投げると、胡坐をかいている影が肩をすくめた。

「おっ、これはお姉さん。ご挨拶が遅くなり、失礼を」

そそくさと向き直り、正座になる。その横で、お律が可笑《おか》しそうに口許を手で押さえている。

「構いませんよ。わたくしは一ノ瀬さまのお姉上ではございませんし」

そっけなく返して、お路は居間の敷居をまたいだ。右手の壁際には仏壇が設《しつら》えてあり、その隣に簞笥が置かれている。簞笥の前に膝をつき、引き出しの取っ手に手を掛ける。

お姉さんはいつから聞いていたのかな、と後ろで小五郎がこそこそ囁《ささや》いている。お路とお律の姉妹が裏の顔を持っていることを、むろん、小五郎は知らぬ。

いつからも何も、盗人のことが話に上がったときには、お路は敷居際に立っていた。もっとも、姉がそこにいると気づいたお律が、小五郎に井筒屋の話をするよう仕向けたともいえるのだが。

ついでにいうと、小五郎が「まったく、不甲斐ない盗人だよ」としまいに鼻で笑ったのも、お路は聞き逃さなかった。

「姉さん、そのくらいで勘弁してあげて。小五郎さまは、まだ瓦版にもなっていない話を、聞かせてくだすったんだもの」

「瓦版にもなっていない話を、なにゆえご存知なんでしょうね」

引き出しをのぞき込んだまま、ひとり言のようにつぶやく。

「それが、手前の知り合いに、瓦版屋をしている男がおりましてね。たまに面白そうなネタを仕入れると、話を聞かせてくれますので」

お路が話に乗ってきたとみたか、すかさず小五郎が応じた。

小五郎は、富山藩に仕える一ノ瀬家の三男である。言葉にお国訛《なま》りがないのは、代々江戸詰めの家柄ゆえだ。

お律にはいずれ裏の稼業から足を洗わせ、しかるべき相手に嫁《とつ》いでほしいと、お路は心底のぞんでいるが、冷や飯食いの小五郎では話にならない。そもそも、瓦版屋の知り合いがいるお侍なんて、ろくでもないに決まっている。

「ともあれ、井筒屋はたいして損をしたわけでもなし、奉行所に届け出るつもりもないそうでして。瓦版になったところで、盗人が笑い者になるだけでしょうな」

薄っぺらな声音が続いている。男のくせにお喋りなのもどうかと思うし、そんな輩《やから》に骨抜きになっている妹の気が知れなかった。

お路は引き出しから小箱を取り出し、袱紗《ふくさ》に包んだ。

「一ノ瀬さま、仔細は飲み込みました。ですが、かりがねは堅気のお客さまをお迎えする船宿でございます。盗人だの奉行所だの、物騒な話はお慎みあそばせ」

「ちょいと、姉さん」

お律の口調が咎めている。

船宿の女将《おかみ》ふぜいが武家に対して不遜《ふそん》な口をきいていることは、お路もわきまえている。しかし、小五郎にはこのくらいきつくいわないと通じない。

「いやはや、お姉さんの仰言《おつしや》る通りです。思慮が足りませんでした。井筒屋に入った賊が捕らえられましたら、きっとお知らせいたしましょう」

能天気な声が返ってくる。

「首を長くしてお待ちしていますわ」

お路は力まかせに引き出しを閉めた。

居間を出ると板間の帳場を横切り、船頭が詰めている四畳半の手前を折れる。納戸の脇についている梯子段《はしごだん》を上がりながら、気持ちを切り替えた。

かりがねが暖簾《のれん》を掲げる小梅瓦町は、大川へ注ぎ込む源森川《げんもりがわ》が南へ流れを変えて横川《よこかわ》と呼ばれるようになるあたりにある。周辺には水戸藩下屋敷や、風光明媚な眺めを売りにした料亭、商家の寮などが点在している。横川の東側は中之郷《なかのごう》や押上村《おしあげむら》の百姓地が広がっていた。

いつ果てるともない水の音、瓦焼き小屋から細く立ちのぼる煙、田畑が醸す土の匂いに包まれて、かりがねはひっそりとたたずんでいる。

二階には四畳半が三間あり、八ツ（午後二時）すぎのいま時分はいずれも客で塞がっていた。

船宿の二階座敷は、もとは客が舟を待つあいだにひと息つくためのものであったが、昨今は客の所望に応じて宴席を設けたり、男女の密会に座敷を供したりもするようになっている。

梯子段を上がったとっつきにある梅の間には、中年のふたり連れが納まっていた。男のほうは深川《ふかがわ》にある干鰯《ほしか》問屋の番頭と名乗っているが、女はどう見ても武家である。いつも男が先に訪ねてきて、しばらくすると女が顔を見せる。このごろではお路も心得ていて、男が部屋へ通された折に注文する二合の酒と肴を運んだときに、床の支度をして下がってくる。わけありの男女に気を配るのも、船宿の女将になくてはならぬ才覚だ。

お路は梅の間の前を通りすぎ、菊の間に声を入れた。

「女将でございます。よろしゅうございますか」

「ああ、入ってください」

障子を引いて部屋に入ると、お路は居間から持ってきた袱紗包みを膝の横に置き、手をついて一礼した。

「いつもご贔屓《ひいき》にあずかりまして、ありがとう存じます」

座敷の中ほどに置かれた碁盤を挟んで、男ふたりが向かい合っている。お路から見て右手に坐っているのは、日本橋通旅籠町《とおりはたごちょう》で葉茶屋を営む「三次屋《みよしや》」伝兵衛《でんべえ》であった。五十がらみ、押し出しのきいた体格で、利休鼠の着物に羽織を重ねている。

「女将が顔を見せてくれるのを、首を長くして待っていたのですよ」

「ご挨拶が遅くなりまして、あいすみません。舟のお見送りで、いっとき立て込んでおりまして」

「まあ、構わんがね。こっちも、向島から流れてきた口です」

桜の花がほころび始めるこの時季は、向島の料亭で昼をしたためてから隅田堤《すみだづつみ》をゆるゆると歩いてきて、かりがねで舟を仕立てる客が増える。三次屋たちもすでに腹は満たされているとみえ、ふたりの前には、先ほどお律が運んだ茶が出されているきりだ。

碁盤の脇には長火鉢が置いてあり、五徳にかけられた鉄瓶が湯気を上げている。お路は長火鉢の横に膝をつくと、猫板の上にあった急須の茶葉を取り替え、鉄瓶を持ち上げた。

三次屋はかりがねの上得意だが、連れの男は初めて見る。齢《とし》のころは伝兵衛と同じくらいか、あばただらけの顔を脂に照らつかせていた。

「なんとまあ、うつくしい……。いえね、とびきりの器量よしが切り回している船宿があると、三次屋さんに聞かされましてね。なんとしてもお目にかかりたいと、せっついて連れてきてもらったのですよ」

お路の所作をねっとりした目で追っていた男が、「申し遅れました。手前は小島屋《こじまや》と申します」と名乗った。

「まあ、小島屋さん……。そのように褒めていただいてはもったいのうございます」

お路は両の目尻を心持ち吊り上げ気味にして微笑んだ。こうすると、奥二重の目許が弓なりに細まって、何を見ているのか覚られずにすむ。

三次屋は、時折、小島屋みたいな手合いを連れてくる。連中がお路の美貌に目を見張るさまを見て、面白がっているのだった。

「三次屋さん、隅田堤の桜はご覧になりましたか」

お路は小島屋の視線を避けるように、微笑を伝兵衛へ振り向けた。

「まだ、一分か二分咲きといったところだった。満開になる頃に出直してきますから、女将も一緒に花見としゃれ込もうじゃないか」

「ほう、それはようございますな。手前もお相伴《しょうばん》させていただくとしましょう」

お路の返事を待たず、小島屋が割り込んでくる。

「あの、お誘いくださるのはありがたいのですが、花見には妹と参ることにしておりまして……」

お路が目許をさらに細めると、だしぬけに伝兵衛が上を向いて笑いだした。

「はっはっは。またしても振られてしもうた」

どういうことかと、小島屋が怪訝《けげん》な顔をしている。

「小島屋さん、この女将はね、毎年こうなのですよ。これまで幾度、振られたことか」

そっとうつむくお路に、三次屋が苦笑しながら続ける。

「そうでしたそうでした、おまえさんは、いつも妹さんと花見をするのだったね。昨年も断られたのに、あたしも物覚えが悪い」

そういって広い額をぴしゃりと手で叩くが、三次屋は昨年のことを忘れたのではなく、この時季に同じやりとりを繰り返すのを楽しみにしていることが、お路にはわかっていた。

お路はかたわらに置いてある袱紗包みを拾い上げ、中の小箱を差し出した。

「三次屋さん、花見にはご一緒できませんが、どうぞこちらを」

「何だね」

「お嬢さまのご祝言が、来月でしたかと」

受け取った小箱の蓋を開け、伝兵衛が目を丸くした。

「おお、これは見事な」

「じつに手の込んだ細工で……」

伝兵衛の手許をのぞき込み、小島屋も言葉を失っている。

小箱には、梅と鶯の螺鈿《らでん》細工がほどこされた櫛が納まっていた。

「ささやかながら、お祝いの品にございます。お納めになってくださいまし」

「しかし、このようにたいそうな品を受け取るわけには」

「遠慮なさらず、ほんの気持ちにございます。三次屋さんには、ふだん何かとお世話になっております し……」

小体《こてい》な船宿を営む女将が客の娘の婚礼祝いに贈るにしては、いくぶん不釣り合いな品であった。

だが、三次屋はお路がかりがねを構えて以来の上得意で、商用、私用にかかわらず立ち寄ってくれ、おまけに船頭へ渡す心付けにまで気遣いを欠かさない。そうした客を大切にするのが堅気の商売では肝要だと、お路は日ごろから考えている。

「では、ありがたく頂戴しましょう」

三次屋が小箱を押し頂くようにした。

お路は膝の上で袱紗を畳みながら、三次屋に訊ねる。

「お嬢さまは、瀬戸物屋さんに嫁がれるのでしたね」

「さよう。今年で十六になるんだが、とんだお転婆でしてね。お店《たな》の奥向きがきちんとつとまるのか、あたしも女房も、いまから案じているのですよ」

「そうですか、十六におなりで……」

ふと、自分が十六だった時分を思い出す。あの頃は明日がどうなるかもわからず、もがくばかりの日々で、縁談などは思いも及ばぬところにあった。あんなことがなければ、己れも世間並みにどこかへ嫁にいっていただろうか……。

「いやはや、女将には振られても、損した気はせぬな。これだから、また顔を見にきたくなるのです。四半刻《しはんとき》（約三十分）もしたら、舟を出してもらえますか」

三次屋の声で、物思いから引きもどされる。

「かしこまりました」

応えておいて、お路は所在なさそうに手を揉んでいる小島屋にも微笑みかけるのを忘れなかった。それだけで、あばた面は救われたように眉尻を下げた。


廊下に出て菊の間の障子を閉め、梯子段へ向かおうとすると、奥の菫《すみれ》の間から声が掛かった。

「お路さん、こっちにも来てくれないか」

お路は短く息を吐き、菫の間の障子に手を掛けた。

「失礼いたします。大和屋《やまとや》さん、お酒はすすんでおいでですか」

ひとりの男が、膳の前でかしこまっていた。こっちにも来てくれといったくせに、お路を見ると気おくれしたような顔になり、もじもじと尻を動かして坐り直している。

お路は膳のかたわらに膝をつき、徳利を手にして男のほうへ傾けた。内気そうな笑みとともに差し出された猪口が、かすかに震えている。

「あ、ありがとう」

かすれた声でいって、男がひと息に猪口を干した。しかし、お路が酒を注ぎ足そうとすると、猪口に手で蓋をしてみせ、視線を落として黙り込んだ。

男は、日本橋南茅場町《みなみかやばちょう》にある墨問屋「大和屋」の跡取り息子、千太郎《せんたろう》であった。中肉中背の体軀を、青梅縞《おうめじま》の袷《あわせ》と羽織が包んでいる。齢は二十五だが、何かにつけおどおどしていて、いくぶん頼りない感じがする。

隅田堤へ雪見にきた帰りだといって、同業のお店の若旦那五人でかりがねに立ち寄ったのが昨年暮れのこと、年が改まってからはひとりで顔を見せるようになった。このごろは、半月に一度の割で通ってくる。一合徳利をきっかり二本、半刻《はんとき》（約一時間）ばかりかけて呑むと、舟を頼んで帰っていく。

「空いている皿を下げましょうか」

お路は膳の上を手で示した。呑みすぎてくだをまく手合いよりましとはいえ、何も喋らない客も、それはそれで気詰まりだ。

千太郎が、厚みのない顎をわずかに引いた。いかにも生真面目そうな顔立ちをしているが、伏せたまつ毛からのぞく左の黒目が、ほんの少し外へ逸れている。斜視なのだ。

お路は手を伸ばして小皿に小鉢を重ねた。かりがねには通いの板前がいて、簡素な酒の肴を出している。この時季だと、独活《うど》とわけぎのぬたや、菜の花のお浸しなどといった具合だ。

先刻、二本目の徳利を運んだ折に、「だいぶすごしよい陽気になりましたね」とか、「商いのお仲間でお花見をなさるのですか」などといった話はすませていた。千太郎は終始うつむき加減で小さくうなずいたり、「ええ、まあ」とあいまいな返事をしたりした。お路が火鉢の炭の按配を見ているときだけ、ひょいと顔を上げるものの、視線が合うとまた目を伏せてしまった。

黙りこくっている客の相手をすることほど気骨《きぼね》の折れるものはない。お路が沈黙を持て余しかけたとき、千太郎がぼそりといった。

「お路さん、先だってお話ししたことを考えてもらえましたか」

「ええと、何でしたっけ」

お路が首をかしげると、千太郎がさっと顔を上げた。ひどく思い詰めた表情になっているが、そうなればなるほど黒目が左へ寄るようだ。

「手前の嫁になってくださいと、申し入れたではありませんか。よもや、お忘れになったのですか」

「忘れてはおりませんよ。ですが、きちんとお断りしましたでしょう。日本橋に看板をあげるお店の若旦那と、向島の端っこに破《や》れ暖簾をさげる船宿の女将なぞ、身分違いもいいところです」

「墨問屋だろうが船宿だろうが、しょせんは同じ商人ではありませんか。なにも、武家の嫁にほしいといっているんじゃない。身分違いなんてことがあるものか」

「そのような無茶を仰言らないでくださいまし。わたくしは、釣り合いを申しているんです。お武家でも商家でも、家の格というものがございますでしょう」

千太郎の眉が曇った。お路のいうこともっともだと、自分でも思っているのだろう。

千太郎は荒っぽい手つきで徳利を取り上げると、酒で猪口を満たした。顔を仰《あお》のけ、ぐいっとあおる。

「部屋が少しばかり蒸しますすね」

お路は膝をにじって窓障子を引いた。かりがねの裏手にめぐらせた垣根の向こうには、田起こしにかかる前の田圃《たんぼ》が広がっており、柔らかな陽射しが降りそそいでいる。

明るい風景から目を転じると、部屋がにわかに翳って見えた。

ひどく熱いものが触れている。千太郎に、手首を摑まれていた。

とっさに振りほどこうとするものの、びくともしない。存外に力が強く、お路はわずかながら焦った。

「お路さん、私は本気なんだ」

「大和屋さん、離してください」

「いやだ。うんといってくれるまで、離すものか」

「……」

「ねえ、お路さん。後生だ、聞き入れておくれ」

千太郎の声が、湿り気を帯びる。

腕から襟首、うなじへと、お路の肌にぞわりと粟が生じた。汗と脂をまとう男の体温が、じかに皮膚へ伝わってくるのが、不快きわまりない。

「よして。人を呼びますよ」

腹に力をこめて声にすると、思いのほか醒めた口調となった。

千太郎が怯《ひる》んだ隙に、お路はその手を逃れた。

「この陽気のせいで、ふだんより酒の酔いがまわりやすいのでございましょう。ただいま、舟を支度させますので」

皿や小鉢の載った盆を手前へ引き寄せ、畳に両手をつかえる。

「お路さん……」

なおも声が絡みついてくるが、盆を抱えて立ち上がったお路は振り返らなかった。

三

「手くらい、握らせてやればいいじゃないか。減るものじゃないんだし」

なめらかな手つきで鬢《びん》の毛を撫でつけて、お律が床机《しょうぎ》に置かれた湯呑みを持ち上げた。

上野山のふもとに出ている葦簀《よしず》張りの水茶屋である。三月に入り、水茶屋の中は花見客でにぎわっているが、お路とお律はほかの客たちからいくぶん離れた床机に腰掛けていた。

「あんな馬鹿ぢからで摑む人がいるもんですか。骨が砕けるかと思った」

「大和屋の若旦那も不憫《ふびん》だね。姉さんみたいな女にのぼせ上がって」

「ふん、こんな女で悪うござんしたね」

表情をこしらえる顔の肉はぴくりとも動かさず、お路は湯呑みの茶をひと口のんだ。傍目《はため》には、姉妹が物静かに茶を喫しているふうにしか映らぬだろう。

「ところで姉さん、綱十郎《つなじゅうろう》のお頭《かしら》から連絡《つなぎ》はあったのかえ」

何気ない口調はそのままに、お律が訊ねてくる。

「まだだよ」

「貞八《さだはち》は」

「まったく、何も」

貞八というのは、井筒屋の手代になりすまして盗賊の仲間を手引きした下地《したじ》役の男である。井筒屋の下男をしている年寄りの遠縁という触れ込みで、一年ほど前から奉公に入っていた。下男の遠縁なぞはでたらめだったが、記憶があやふやになりかけている年寄りを丸め込むのはたやすかったし、じっさい商家に奉公したことのある貞八は読み書き算盤の心得もあって、店にすんなりと溶け込んでいた。男ながらにもちもちとした肌と潤みを帯びた目が、女心をざわつかせる美男子でもある。貞八は井筒屋の女中頭に取り入ってねんごろになり、居間の神棚に金蔵の鍵が隠してあることを聞き出したのであった。

　お律が口の中で舌打ちする。

「肝心のお財がよそへ移されているのに気づかないなんて、間抜けもいいところだ。腐りかけの柘榴《ざくろ》みたいな女中に血迷って、あの木偶《でく》の坊め」

　二十一の貞八に対し、女中頭は三十八だと聞いているから、あながち当てずっぽうでもないとはいえ、あまりに品下《しなくだ》った妹の言いぐさに、お路は眉をひそめた。

「いま少し品のいい物言いをしたらどうだい。それに、木偶の坊に血迷ってるのは、おまえも似たようなものだろう」

　一ノ瀬小五郎の締まりのない顔が、脳裡に浮かぶ。

「ちょいと、それってどういうことだい」

「どういうことって、そういうことさ」

「ま。姉さんにはいわれたかないね」

　お律が唇を尖らせたとき、葦簀の立てまわされた店先を、ひとりの男が横切っていった。六十半ばの老人でいくぶん背中が丸まっているものの、足取りはしっかりしており、葦簀の隙間からちらりと店の中へくれた目つきが鋭い。

「しっ、続きはかりがねに帰ってからだ」

　お路が低く切り返したのと同時に、お律は湯呑みを置き、何食わぬ顔で水茶屋の小女に勘定を頼んでいる。

お路たちが外へ出ると、かたわらの松の根方に立っていた老人が、若い娘の手を引いて近寄ってきた。

「女将さん、お律嬢さん……。お夕《ゆう》嬢さんを、お連れいたしやした」

木綿縞を尻端折りにし、股引を穿いたその男は、かりがねの船頭頭、猪蔵《いぞう》であった。お路とお律を小梅瓦町から大川の右岸へと渡したのち、音曲の師匠宅へ内弟子に入っているお夕を神田岩《いわ》本町《もとちょう》まで迎えにいっていたのだ。ついでながら、半月ほど前の夜、千鳥橋の袂でお路たちが乗り込んだ舟を操っていたのも、この猪蔵だ。

お路は二、三歩、前へ出て、お夕の手を猪蔵から引き継いだ。

「お夕、達者そうで何よりだ」

「姉さん方も変わりなくおすごしだそうで……。ここまでくるあいだに、猪蔵さんからうかがいました」

お夕の顔はお路に向けられているが、まぶたは閉じられており、光の在《あ》り処《か》を探るようにひくひくと動いている。

「それじゃ、行こうか」

お律がお路とお夕の先に立ち、石段のほうへ歩きだした。猪蔵はいくらか離れて従《つ》いてくる。

京にある比叡山延暦寺を模して江戸城の鬼門に建立された東叡山寛永寺《とうえいざんかんえいじ》は、伽藍《がらん》のおおよそも彼の地に倣《なら》って配されている。上野山の斜面へせり出すように築かれた舞台造りの清水《きよみず》観音堂も、そのひとつであった。

観音堂へ続く三本の石段のうち、不忍池《しのばずのいけ》を背にして右手にある勾配のゆるやかな一本を、三姉妹がのぼっていく。彼岸桜をはじめ、山桜に糸桜、犬桜と、種類もとりどりな桜が少しずつ時期をずらしながら咲いてゆくので、上野山では三月末まで花の絶える間がない。

空は花曇りに淀んでいるが、石段の両脇から三人の頭上に枝を差しかける山桜を、しっとりと浮かび上がらせてもいた。

「少しゆっくり歩いたほうがいいかい」

前を行くお律が振り返る。

「わたしなら平気よ、お律姉さん」

お路に手を預けたお夕が、まぶたを突き出すふうにして応じた。

うなずいてみせながら足運びをゆるめたお律の気遣いが、お路にも伝わってくる。日ごろ姉に向かって何かと口答えしてよこすのとはえらい違いだ。

石段には数多《あまた》の花見客があった。将軍家の菩提所ということもあり、上野山では歌舞音曲を奏でることが禁じられている。呑めや歌えやのばか騒ぎをしたい連中が押しかける飛鳥山《あすかやま》や隅田堤とはおのずと趣きも異なり、商家の隠居とおぼしき四、五人連れが俳諧をひねっているのや、羽織袴の侍、お供を連れた富商の妻女など、それぞれが心静かに桜を愛《め》でているのが見受けられた。

そうした人たちが、三姉妹を振り向き、思わずといった態《てい》で足を止める。

目の見えぬ妹が姉ふたりに付き添われているのを見掛けた人が、好奇の心持ちから目を留めただけではないのを、お路は心得ている。

「まあ、なんてきれいな……」

「あれはいずこのご婦人方だろうか」

感嘆の混じった囁きが、石段のあちらこちらに聞こえている。

お路が身に着けているのは、濃萌葱《こもえぎ》色の地に流水模様をあしらった袷である。お律の着物は、浅葱《あさぎ》色の裾に向かって染められた竹垣模様がすっきりとした意匠で、お夕がまとう黄八丈は格子柄が愛らしかった。

「お路姉さん……。周りの人にじろじろ見られているのを感じるわ。わたし、恥ずかしい」

お夕の指先が、お路の手をぎゅっと握りしめてくる。

「お夕、まっすぐ前を向いておいで。おどおどしてると、かえって人目を引くよ」

「そうはいったって、晴れ着なんて、めったに着やしないもの」

「めったに着ないから、晴れ着っていうんだ」

「この簪《かんざし》も、ずいぶん細工が凝っていると、お師匠さんが指でたしかめてびっくりしていなすったわ」

岩本町の師匠は石本織江《いしもとおりえ》といい、お夕と同じく盲目の娘たちを住み込みの弟子にとって音曲を指南している。三姉妹での花見については、かねてお路から断りを入れ、織江の承諾を得て半日ほど抜けさせてもらっていた。

「おまえ、お師匠さんに嫌味でもいわれたんじゃないだろうね」

「そんなことないわ」

お夕が首を横に振る。結綿《ゆいわた》に結い上げられた黒髪に、銀簪がきらりと光った。

「じゃあ、気兼ねするのはおよし。毎年、三人で身なりをきちんとして花見をすると決めてるんだ。さ、胸を張ってお歩き」

己れにもいい聞かせるようにいって、お路はお夕とつないだ手に力をこめた。昨年も、一昨年も似たようなやりとりをした憶《おぼ》えがある。

残り数段になった石段を、お律がたん、たん、たんとのぼっていく。ひるがえった裾からこぼれる足袋の白がまぶしい。

三人は観音堂でお詣りをすませると、不忍池に面している広い舞台に出た。

「ああ、いい心持ちだ」

舞台のぐるりにめぐらされた欄干に手を掛け、お律が大きく息を吸い込んだ。お路もお夕の手を引き、かたわらへ立つ。

観音堂の舞台は、京の清水寺と同様、懸崖《けんがい》に架け渡されている。舞台の端からは、三人がのぼってきた石段や桜の連なりが、眼下に見下ろせた。

「お律姉さん、どんなものが見えているの」

「まずは不忍池、中島には弁天堂。池の向こうにお上の学問所が見えるけど、いささか霞が掛かっているよ」

「そう……」

「お夕には、どんなふうに見えているんだい」

お律に訊かれ、お夕がわずかに首をかしげる。

「薄雲の広がる空に、八ツどきのお天道さまが掛かっているわ。わたしたちは、桜の海を漂っているようよ。桜の花の甘くて、ほんの少し苦味のある香りが、足許から立ちのぼってくる」

お夕のまぶたは閉じられているが、光を感じることはできる。柔らかく包み込むような声を聞きながら、自分やお律よりもお夕のほうがこの景色をしっかりとらえているかもしれない、とお路は思った。

しばらくのあいだ、三人は黙って時を過ごした。

最前から舞台にいる人たちが、ここでも姉妹に目を引きつけられている。

ふと、白いものがお路の目の前を流れていった。枝を離れた桜の花びらが、どこからか風に運ばれてきたとみえる。

石州浜岡《せきしゅうはまおか》城下で廻船問屋「黒川屋《くろかわや》」を営んでいた父、久右衛門《きゅうえもん》が生命を落としたのも、いまと同じ、桜が満開の季節だった。ただ、そのときお路が目にした桜は、暗い夜空に赤々と浮かび上がっていたのであったが。

いまわしい記憶から逃れるように、お路はそっとまぶたを下ろした。

四

盗賊の頭目、綱十郎がお路たちを訪ねてきたのは、隅田堤の桜があらかた散り終わった頃であった。

「お頭、先だっての井筒屋では妹ともども不調法をいたしまして、まことに面目次第もございません」

お路は畳に手をつくと、仏壇に背中を向けて坐っている綱十郎に深々と腰を折った。お律は客の見送りで表に出ている。

綱十郎は齢《よわい》四十半ば、肩幅のある長身を紺鼠《こんねず》の袷に包み、対の羽織を重ねていた。ゆったりとした手つきで煙管《きせる》に煙草を詰めると、唇にくわえた煙管に煙草盆の火入れを近づけ、うまそうに一服する。かりがねを贔屓にしている商家の主人が、舟の支度を待つあいだに居間へ招き入れられたという態であった。

「お路、手を上げてくれ。おめえさんたちは、乗り合いの細工人として持ち場をまっとうしたのだ。そうかしこまるのはよしねえ」

手をつかえたまま、お路は面を上げる。

「そうは仰言っても、金子を移した場所の手掛かりが主人の寝間にあったかもしれないと思うと、悔しくてならないのでございます」

「こたびはおれがとこの貞八がどじを踏んだ、それだけのことだ」

「………」

「しかしそれも、すんだことと」

話に区切りをつけるように、綱十郎がふっと煙を吐く。

お路とお律は井筒屋の主人の寝間に忍び込んだ折、床の間の違い棚にあった金箱から金二十両を盗み出していた。店の裏手にある金蔵からは、綱十郎配下の男たちが千両箱を運び出す手筈になっていたが、折しも金子の大方が別の場所に移されており、肩透かしをくらったのだった。

それを貞八の詰めが甘かったせいと断じ、乗り合っただけのお路たちに責めはない、と綱十郎はいっているのである。

乗り合いというのは、ふだんは身ひとつで盗みをはたらく者が、徒党を組んで動く賊の仕掛けに連なることを指している。もとはひとりばたらきであるお路たちも、時折、綱十郎に請われて一味に加わっているのだった。綱十郎にしてみれば、手先が器用で掏摸《すり》の技量をそなえたお路と、女ながら小太刀のわきまえがあるお律の姉妹は、何かと使い勝手がよいのだろう。

綱十郎のいうことには筋が通っているが、あのときいま少し用心の針を尖らせていればと、お路は己れが歯がゆくなる。むろん、金箱にあった二十両はそっくり綱十郎に差し出し、はたらきに応じた分け前を受け取ったが、一味が見込んでいたお財をまるまるせしめていたら、お路たちの懐《ふところ》に入ったものにも反映されたはずなのだ。

綱十郎が、ふたたび煙管に口をつけた。

「しくじったとはいえ、仲間からお縄者を出さずにすんだのは何よりだった。ま、そうはいっても、あてにしていたものが入ってこないのでは、泰然と構えているわけにもいかないがね」

綱十郎の配下がいったい幾人いるのか、お路には見当がつかないが、それなりの大所帯を切り回していくとなると、乗り合いの分際ごときには思いも及ばぬ掛かりが入用に相違ない。

「もともと勘定には入れてなかったが、近いうちに端折り細工を打つつもりだ」

綱十郎の目が、すうっと細くなった。

「端折り細工……。では、時を掛けずに？」

「ああ。だが、手荒なまねはしたくねえ。仕込みに時を掛けねえってだけで、あとはふだんとおんなじだ」

この道に入る前は錺《かざり》金具の職人であったという綱十郎は、盗みを細工に譬《たと》えることが多い。仕込みの手間を省くといっても、むやみに人を殺《あや》めたり、盗られて困るところから掻っ払うのではないとわかって、お路は少しばかりほっとした。

「狙いは定まっているんですか」

「それが、定まっているような、いねえような」

綱十郎の口許から、薄い煙が洩れる。こういうときのために目星をつけている店はいくつかあるものの、いずれもいますぐ細工に掛かれるほどの下地はできあがっていないという。

「だいたいの絵図面は手に入っている。あとは誰に手引きさせるかだ」

「貞八さんは」

「あいつは、先だってのしくじりが、だいぶこたえてるみてえでな。自信を取り戻すには、もういっぺん仕事を任せるのが一番なんだが、あんまり落ち込んでるんで、次は見送ろうと」

「そうですか……」

「おめえさんたちで引き受けてくれると助かるんだが」

さりげなくいって、綱十郎が灰吹きに煙管を打ちつけた。責めはないという言葉を真に受けて、乗り掛かった舟から足を抜くような性分ではないことを、お路は綱十郎に見抜かれている気がした。

「目星をつけていなさる先を、おしえてもらえますか」

綱十郎は唇の片方を持ち上げると、懐から紙片を抜きとってお路に差し出した。

「いまのとこ目をつけているのは、この三つ。どこも大店というほどじゃあねえが、界隈《かいわい》じゃちょいと名の知れた商家でな。奉公人も、せいぜい四、五人だ」

富商を狙うとなると、仕込みだけで幾年もかかる。中堅どころであれば蔵などの警戒も手薄だし、店の間取りもさほど込み入ってはいない。

綱十郎が話すのを聞きながら、お路は紙片に視線を走らせる。

その店の名は、右から三つめに書かれていた。


およそ半月後、お路は不忍池の中島に建つ出合茶屋の客となっていた。

「お路さん、さぞかし私に腹を立てているのだろうね」

「何ゆえ、そんなふうに仰言るの」

汗ばんだ素肌に長襦袢《じゅばん》の襟を軽く合わせ、お路は鏡へ向かって声を返した。鏡台の前に坐ったお路の肩越しに、大和屋千太郎の長細い顔が映っている。千太郎は襦袢を羽織っているものの、下には何も着けていない。

鬢の毛をほつれさせたお路と鏡の中で目が合うと、千太郎は気恥ずかしそうに視線を逸らした。

「お路さんと他人でなくなったのが、ほんの十日ほど前だ。それから三日にあげず逢ってはいるものの、いつもこんな場所で、ゆっくりすることもできなくて」

不忍池に面した障子には、水面《みなも》に反射した光が映り、波模様を描いてゆらめいている。

「こんな場所でしか逢えない女と抜き差しならぬ仲になって、さぞ悔いておられることでしょうね」

「そんな、とんでもない。嫁にしたいと望んだ女子《おなご》と結ばれて、悔いる男があるものか」

すかさずいい返した千太郎だが、にわかに声をしぼませた。

「大の男が情けないと我ながら思うが、お路さんのことを親父に打ち明ける意気地がないのだよ。

千太郎はどうにも頼りないと、このあいだ親父が番頭にこぼしているのを耳にしてしまってね」

「大和屋さん……」

「若い時分に奈良から江戸へ下ってきて、日本橋に出した店をいまの身代にまで築き上げた親父からすれば、生まれたときからさほどの苦労も味わわずに育った私が、心許なく映るのだろう。病持ちの親父に、いま以上の気苦労をかけたくないんだ」

　千太郎がそういって嘆息する。

「あの、大和屋の旦那さまは、ご病気なんですか」

　母親のほうは千太郎が幼い時分に流行り病で亡くなったと聞いたものの、父親が患《わずら》っているというのは初耳だった。ちらりと鏡をうかがうが、千太郎は顔をうつむけたままだ。

「そうか、まだ話していなかったね。心ノ臓が、いくぶん弱っているらしいんだ」

　池で魚が跳ねたのか、障子を染める光が輪になって、二重、三重に広がっていく。

　お路は上体をねじり、千太郎の顔を見た。

「わたくしに余計な気を遣うのはよしてくださいな。大和屋のご新造《しんぞ》になりたいだなんて、そんな大それた望みは端から抱いちゃおりません。いまこのとき、情をかけてくださるだけで、怖いくらいに仕合せなんですから」

「ああ、どうしてそう切ないことをいうんだい」

　悩ましげに顔をゆがませた千太郎が、お路を後ろから抱きすくめてくる。

「お路さん、あなたは罪作りなお人だ。心やさしいことをいいながら、しかし、腹を立てている。それが証《あか》しに、どんなに深い仲になろうと、私を名前で呼んでくれないんだもの」

お路のうなじに顔をうずめ、いやいやをするように首を振る。お路がくすぐったそうに身をよじると、肩にまわされた腕の力がいくぶん弛《ゆる》んだ。

「それにしても、いまでも夢を見ている気がするよ。あんなにつれなかったお路さんが、腕の中にいるなんて。浅草へお詣りに誘ってくれたときは、天にも昇る心持ちがしたものだ」

「まあ、大げさな」

「私はね、時を掛けてお互いを知っていけばいいと思っていたんだ。けれど、ふたりでいると片時も離れたくなくなってしまって」

「わたくしもですよ」

「お路さん、一から聞かせておくれ。いったいどういう風の吹きまわしで私に声を掛けてくれたのかを」

身体の重みを少しずつ千太郎に預けながら、お路は正面を見つめた。曇りなく磨き上げられた鏡に映る己れの像は、子どもをあやす母親みたいな笑みを浮かべている。

「いつでしたか、かりがねで申し上げましたでしょう。大和屋の若旦那とわたくしなんかでは、まるで釣り合わないって。わざと口にして、自分に縛りを掛けていたんです。そうしないと、ほんとの気持ちを抑えられなくなりそうで。だけど、自分をごまかすのはどだい無理だと思い知りました」

「お路さん……」

襟足を、熱く湿った舌が這っている。

「ねえ、このあいだも同じことをお訊きになりませんでしたか。なんべんお応えすれば、得心《とくしん》してくださるの」

「なんべんでも、いわせたいんだ」

思いのほか節張った指が、襟許《えりもと》を割って進んでくる。

「もう、罪作りなお人はどちらなのかしら」

いったん肩口を引いて、お路は上目遣いに千太郎を睨む。

ふいに遠のいた乳房を逃すまいとするように、男の手が追いかけてきた。

「お路さんに逢っていないと寂しくて、私はどうかなってしまいそうだよ」

「それは、わたくしだって……」

「いま少し、こうしていよう」

「でも、そろそろ帰らないと……」

「そういわずに、あとちょっと、ちょっとだけ……」

襟許からこぼれる白い乳房を、鏡が映し出している。男の動きにうながされるまま身体を横たえていく己れの像に、お路は婉然《えんぜん》と微笑み返した。

五

親父に会ってほしいと、千太郎が血相を変えて訪ねてきたのは三日後の昼下がりであった。何やらただならぬ様子を感じ、お路は身支度もそこそこにかりがねを出た。

猪蔵の操る舟が大川を下り始めたところで話を聞くと、昨夜、大和屋富左衛門《とみざえもん》が心ノ臓のきつい発作に見舞われたという。すぐに掛かりつけの医者を呼び、一命はとり留めた。だが、医者は千太郎を廊下に連れ出し、向後《こうご》は生命にかかわるような発作がいつ起きてもおかしくないと、険しい顔で告げたのだった。

医者の診立てを千太郎は父親に黙っていたが、己れの身体がどんな具合であるのかは、当人が誰よりも心得ているものらしい。富左衛門は今朝になって人心地がつくと、倅《せがれ》によい伴侶を見つけてやれなかったことがこの世の心残りだと、にわかに心細いことをいい出した。

「お路さんのことを打ち明けるならいまだと思って、一緒になりたい人がいると切り出したんだ。そうしたら、こちらにお連れしなさいと、親父が……」

千太郎がそう話したあたりで、南茅場町の岸に舟が着いた。

大和屋は間口四間ほどで、屋号の染め抜かれた暖簾をくぐると、墨の香りが顔に押し寄せてきた。帳場格子の内に坐っていた番頭が腰を上げ、「若旦那さま、お帰りなさいまし」と店座敷の框《かまち》に膝をついた。お路にも、「おいでなさいまし」と頭を低くする。

店は間口のわりに奥行きが深く、主人の寝間は廊下の突き当たりを二度ばかり折れた先にあった。

「お父っつぁん、お路さんをお連れしました」

千太郎に続いて、お路も部屋に入る。六畳間の中ほどに敷かれた床で、富左衛門が憩《やす》んでいた。齢のころ六十半ば、髪はほとんど白くなっている。顎の細い輪郭に実直そうな目鼻が並んでいて、千太郎の顔立ちは父親ゆずりとみえた。

千太郎とお路が、枕許に膝を並べる。

「おお、おまえさんが、千太郎の……」

富左衛門は身を起そうとして、途端に顔をゆがめた。

「お父っつぁん、無理をしちゃいけないよ」

千太郎が父親の背中を支え、ふたたび床に横たわらせる。持ち直したとはいえ、本調子には程遠いようで、富左衛門の唇には色がなかった。

襖が開いて、年老いた下女が茶を運んできた。千太郎とお路の前に湯呑みを出し、床のそばにある盆に載せられた水差しの中身をたしかめると、部屋を下がっていった。

「お加減がすぐれぬところへ押しかけまして、あいすみません。小梅瓦町にて船宿を営んでおります、路と申します」

畳に指を揃え、お路は深々と頭を下げる。

「お父っつぁん、今朝も話した通り、お路さんが大和屋に嫁いでこられることになっても、船宿の跡継ぎには妹さんがおありです。むろん、親戚になるんですから、私も支えて差し上げる心づもりです」

千太郎が、心なしか固い声でいい添えた。

「ふむ、女子ながらに商いを」

枕に載せた頭をゆっくりとめぐらせた富左衛門の目には、お路を値踏みするような色が浮かんでいた。

「お路さん、私は女房を若いうちに亡くしましてな。倅はほんの子どもで、きょうだいもなかった。それが不憫で、厳しく叱ったり、周りと競わせたりすることがありませなんだ。そのせいか、少しばかり頼りなく育ってしまいましてね」

乾いた唇をしきりに舌で湿らせながら、富左衛門が言葉を継ぐ。

「大和屋はお得意さまの信用を裏切らないことを身上に、商いをさせていただいております。倅の嫁もそうした商いを心掛けているところから迎えたいと、人に世話を頼んだりもしたのですが、意にかなう話がないまま、いまに至った次第でございましてね。おまえさんも商人なら、わかってもらえようが……」

「お父っつぁん、何がいいたいんだい」

千太郎が遮った。

お路はわずかに膝をにじる。

「旦那さまの仰言ることは、とくと心得ました。身の程もわきまえず、若旦那さまとお近づきになった軽率さをお詫びしようと、本日はそのつもりで参ったのでございます。大和屋さんの暖簾に泥を塗るようなことは、断じていたしません。どうかご案じなさらず、養生なさってくださいませ」

居丈高な物言いに聞こえぬよう心を配りながら、お路はあらためて畳に指先をつかえた。

「ちょ、お路さん」

うろたえる千太郎に構わず、先を続ける。

「それはさておき、こうしてお目に掛かりましたのもご縁でございましょう。僭越ながら、こちらさまでは奥向きに仕える女子の手が足りぬふうにお見受けいたしました。患っていなさる旦那さまには、何かと不便もおありかと存じます。差し支えがなければ、床上げなさるまでのあいだお見舞いに上がって、身の回りのお世話をして差し上げたいのですが」

富左衛門が、よく飲み込めないという顔をしている。

「これでも商売柄、こまごまとしたご所望にお応えすることには慣れております。女子の奉公人がひとり増えたと思ってくだされればよいのです」

「おまえさん、それで構わんのかね」

怪訝そうに訊き返す富左衛門に、お路はにっこりとうなずいた。

「そうすることで若旦那さまのお役に立てるのでしたら、何よりでございます」

富左衛門にいとまを告げて部屋を出ると、共に廊下へ立った千太郎が長い息を吐き出した。

「親父もお路さんも、何をいい出すのかとはらはらしたよ」

「旦那さまの気持ちも、痛いくらいわかりますもの。やっぱり、わたくしみたいな女の出る幕ではないんですよ」

「お路さん、そういうのは二度と口にしない約束だよ」

「ごめんなさい」

しおらしくうつむくと、千太郎が気を取り直すようにいった。

「それにしても、女手が足りないとよく気がついたね」

「お茶を出してくだすった方がおられるでしょう。湯呑みを置いて立ち上がったとき、幾度も腰をさすっていなさいました。あの様子では、旦那さまのお世話をするにしても、痒いところに手が届くという具合にはいかないのではないかと」

「へえ、目配りがきいているな。さすがはかりがねの女将だ」

千太郎が感心してみせて、お路の肩を抱き寄せようとする。

「千太郎さんたら……。こんなところで、いけませんよ」

「あ、お路さんが初めて名前で呼んでくれた」

たしなめられたというのに、千太郎はうれしそうに笑み崩れた。

「犬や猫じゃないんですから、のべついちゃつくのはよしにしましょ」

「どうしてだい、つまらないな」

「人目に晒すなんて、もったいない」

千太郎がほんの少し考える顔つきになり、目尻をいっそう垂れ下がらせる。

「それもそうだね。ふたりだけの秘め事にしておいたほうが……、ふふ」

廊下を店座敷のほうへ向かうと、先刻は閉まっていた部屋の障子がわずかに開いていた。

「そこは、墨を乾かす部屋なんだ」

足を止めて中をのぞいているお路を、千太郎が振り返った。

「先にも少し話したが、この店はもともと親父が奈良の本店から暖簾分けしてもらって出した江《え》戸《ど》店《だな》で、奈良から仕入れた墨を店先で商うほか、店の奥にある作業場で職人たちが墨をこしらえているんだ」と千太郎はいった。墨造りの本場は奈良とされており、粋《すい》を好む京大坂で大和屋本店の墨が常用されているのはむろんなのだが、粋《いき》を身上とする江戸ではまた異なる風合いを求める客があって、そうした声に応じることのできる江戸店はたいそう重宝がられているという。

「作業場をのぞいてみるかい」

「お仕事の妨げになりませんか」

「いま時分は、職人がひと息ついている頃合いだと思うけど……。おい、松吉《まつきち》どん、開けますよ」

千太郎はそういって、ひとつ隣の障子を引いた。墨の香りが強くなる。

外に面した障子窓があるのに、四畳半の板間は薄暗かった。床といい天井といい、そこらじゅうが黒光りしている。幾年月もかけて墨の精気を吸い込んできた調度や道具が、じんわりと艶を放っているのだ。

黒い小山のように見えた塊が、こちらを振り向いた。

「あ、若旦那。今しがた、ひととおり型入れしたところでさ。おや、お客さんで」

松吉と呼ばれた男が首をかしげた。腹掛け股引きに尻切れ半纏という出で立ちで、衣から出ているところは月代《さかやき》から足の裏まで黒くなっている。目許から下は手拭いで覆われており、人相も定かでないが、声の感じからして四十そこそこだろう。

「こちらはお路さん。この先、ちょくちょくお見えになるだろうから、くれぐれも失礼のないようにしておくれ」

お路が控えめに腰をかがめると、松吉はしばし考え込み、顔を覆っている手拭いをやおら剝ぎとった。人懐こそうな口許があらわになる。

「こいつはどうも。若旦那のいい人ですかい」

墨色に縁どられた眼許が弛んでいた。

「松吉どん、軽口をたたいてないで、さっさと型出しに掛かったほうがいいんじゃないのかい」

「へい。若旦那も、そろそろ障子をお閉めになるのがよろしいようで。そちらの別嬪さんが、真っ黒に染まっちまいまさあ」

部屋の障子をぴしゃんと閉めると、千太郎は照れ臭さを隠すように講釈を始めた。

墨というのは、松や油を燃やして採れた煤《すす》に膠《にかわ》や香料を混ぜて練り、大きさや形の異なる木型でととのえたのち、時を掛けて乾燥させる。その日の天候によって練り具合を加減するのはもちろん、木灰《きばい》にうずめて乾かす工程においても、湿り気を少しずつ違えた灰に移し替えていくので、一丁の墨ができあがるのに半年掛かることもざらなのだそうだ。

「墨をこしらえるのが、それほどの長丁場とは存じませんでした」

「練っているときの墨は、搗きたての餅みたいでね。さっき、松吉が型入れをしたといっていただろう。作業場には木型からはずして日の浅い墨もあるんだが、その段でも、まだ柔らかいんだ」

「へえ、そうなんですか」

かりがねまで送っていくと千太郎がいうのを丁重に辞退して、お路は大和屋をあとにした。

二日ほどして、お路は富左衛門を見舞いにいった。髪を落ち着きのある島田に結い直し、木綿縞に前垂れを締めたお路を見て、床にいる富左衛門が目を見張った。

「お路さん、何もそこまでしなくとも」

先だっては地味に拵《こしら》えてはいたが絹物を着ていたし、髪も粋筋《いきすじ》の女が結う潰し島田だった。

「身体を動かす仕事には、これが打ってつけなんです」

襷を両肩に掛け渡しながら応える。

「そうはいっても、おまえさんだって船宿の商いがあるだろうに」

「妹に任せて参りましたので、どうかお気遣いはなさいませんよう……。さ、お背中をお拭きいたしましょう」

お路はそういって、湯の入った小盥《こだらい》に浸されている手拭いを固く絞った。小僧が台所から運んできた沸かしたての湯に、お路が水を注いでよい按配に加減してある。

小僧に手伝わせて身を起こした富左衛門は、ほかほかと湯気の上がる手拭いでお路に背中を清めてもらいながら、「千太郎め、心許ないとばかり思うていたが、女子を見る目はたしかなようだ」と、気持ちよさそうにつぶやいた。

その後も、お路は折をみて大和屋に通った。

もっとも、お路の来訪を誰よりも心待ちにしていたのは、下女のおとくであったかもしれない。富左衛門を見舞うついでに、お路はおとくの腰を揉んでやったり、高い棚にある物を下ろしてやったりした。

「お路さんみたいな人が、若旦那さまのご新造さまになってくださるといいのだがねえ」

などとおとくが洩らすようになるのに、お路が初めて大和屋を訪ねた日から、半月ほども経っていない。

六

五月に入ると陽射しが力強くなり、また、雨の降る日も増えて、向島では押上村や寺島村《てらじまむら》の田畑が生き生きとした緑に染まった。

「若旦那の色男気取りも、なかなかさまになってきたじゃないか」

千太郎を船着き場から送り出したお路がかりがねの居間にもどってくると、鼻唄をうたっていたお律が顔をめぐらせた。

西日が射す縁側で足の爪を切っている妹をちらりと見やり、お路は畳に出しっぱなしになっている湯吞みを盆に載せた。

富左衛門を見舞うため、お路にしょっちゅうかりがねを空けさせていながら、そのあいだの切り盛りを担わなくてはならないお律に断りのひとつも入れずにいたのでは礼儀を欠く、と千太郎がいい出したのだった。

日暮れまで少し間のあるいま時分が、客の絶えるひとときだ。

「お茶じゃなくて、お酒を出したほうがよかったんじゃないのかえ。ふだんは差しつ差されつ、しっぽりやってるんでしょ」

お律が冷やかし気味にいってよこす。

「構うことはないよ。男ってのは、あんまり甘やかすと図に乗るから」

「若旦那もお気の毒に。ま、そうでもないか。姉さんがあれだけよそよそしく振る舞ってるのに、でれでれし通しだったし」

千太郎とふたりでいるときとそうでないとき、お路は異なる顔を使いわけている。といっても、小難しく構えることはない。ふたりきりのときは千太郎よりほかは視界に入れない。他人がいるときは千太郎を視界に入れない。要は、それだけだ。

この女が誰にも見せたことのない顔を知っているのは、広いこの世に俺ひとり。

そうした自負に、男心はくすぐられるものらしい。わけもないことではあった。

「あたしもこんど、小五郎さまに素気《すげ》なくしてみようかな」

爪先をのぞき込んだまま、お律がいう。

「おまえにはできないよ」

「どうしてさ」

「さんぴんに骨抜きにされてるようじゃ、まだまだ」

「小五郎さまは、さんぴんなんかじゃありませんよう」

顔をむくれさせたお律に、お路は苦く笑った。

「それはともかく、おまえ、お頭につなぎはつけてくれたんだろうね」

「むろんだよ。ひと月の内には細工を打ちたいといってきなすった」

「それを早くいっておくれ」

お路は湯呑みの載った盆を脇へ寄せ、懐から折り畳んだ紙を取り出した。

お律が腰を上げて居間へ移り、縁側に面した障子を閉める。お路のかたわらに膝をつくその表情が、にわかに引き締まっていた。

ふたりの前に広げられた紙は、綱十郎から預かった大和屋の絵図面であった。

肋骨《あばらぼね》をきゅっとすぼめると、お路の声はしぜんと低くなる。

「店座敷の奥が墨の作業場、廊下を折れたとっつきが番頭の寝起きする部屋。若旦那の部屋と旦那の寝間が、奥に並んでる」

金蔵はここ、とお路は富左衛門の寝間の隣にあるひと間を指差した。絵図面はじっさいの間取りとおおむね違わなかった。

「旦那みずから金蔵の見張り番をしてるって寸法かい。ほかに入り口は」

「ない。金蔵に出入りするには、旦那の寝間を通るよりほかないんだ」

お律が顎を引いて、しばし思案顔になる。

「姉さんは面が割れてるし、あたしひとりで忍び込もうか。旦那が目を覚ましでもしたら厄介だ」

お路は妹を一瞥《いちべつ》した。

「おまえはわかってないね。金輪際《こんりんざい》、へまは踏めないんだよ」

「でも」

「旦那が目を覚ましたところで、びっくりした拍子に心ノ臓が止まっちまうのが関の山さ。どっちにしろ、あれはもう、そう長くはないね」

鼻白んだ表情を浮かべているお律に構わず、お路は言葉を継ぐ。

「金蔵の鍵型についてはいま少し掛かりそうだが、取り急ぎお頭に問い合わせてほしいことがある」

お律が顔つきをあらため、目で先をうながした。

「どうも、大和屋はそれほど繁盛してないんじゃないかと思ってね」

「え……。それは、たしかなのかえ」

「なんとなく、そんな気がする」

儲かっている店には、金のたたずまいというか匂いというか、何ともいえぬ気配がむんむんと漂っているものだが、大和屋ではそれが感じられないのだ。盗られて困るところから奪うのは、綱十郎の身上に反している。

姉の顔をしばらく見つめたあと、承知、とお律が唸《うな》るように返事をした。

お路は絵図面を懐にもどした。

居間は、源森川の水音に満たされている。

「毎度のことながら、姉さんが黒丸《くろまる》を落とす腕前には惚れぼれするねえ」

お律がだしぬけに声を張り、夕陽を映しはじめた障子に向かって、弓に矢をつがえるような仕草をした。

弓術で用いる的のまん真ん中は、黒丸に塗りつぶされている。盗みに入る先の、これといった人物を的になぞらえて籠絡《ろうらく》することを、お律は暗に示しているのだ。この場合の黒丸は、千太郎である。

ふだんは男にちょっと触れられるのもおぞましいのに、それが黒丸となるとまるで平気になるのが、お路は自分でも不思議でならなかった。

お路が黙っていると、お律がからかうように絡んでくる。

「次に若旦那に逢うときは、せいぜい可愛がってやるんだね」

「おまえにいわれなくても、そうするつもりだ」

お路は盆を抱えて腰を上げる。

敷居際に立ったとき、姉さん、と呼び止められた。

「何だえ」

「姉さんの腕にけちをつける気はさらさらないけど、どうか用心しておくれよ」

「へえ、おまえに意見されるとはね」

「男は金と女につまずくのが相場だが、女は形のないものにつまずくそうだ」

「そんなの聞いたことないよ。だいたい何だい、形のないものって」

「たとえば、まごころとか」

お律の声から、軽口めいた響きが失せている。

「ふん、くだらない」

お路は障子をすらりと引いて部屋を出た。

七

日本橋川を進む舟が大川へ出ると、千太郎がお路の手を握ってきた。

富左衛門が心ノ臓の発作で倒れてからこっち、出合茶屋でゆっくりと逢引きすることもかなわず、お路をかりがねに送っていく舟の中が、ふたりきりになれる場となっている。

富左衛門が臥せってそろそろひと月になるものの、容態は一進一退であった。

屋根船の四畳間は、簾を半分ほど下ろしている。千太郎の肩口に頬を預けて、お路は猪蔵の漕ぐ櫓の音を耳にしていた。

「お路さん、聞いておくれ。お父っつぁんが、近いうちに身代を譲ってくれそうなんだ」

「あら、それは」

待ってましたと咽喉《のど》から飛び出しそうになる声を吞み込んで、お路は神妙に居住まいを正す。

「当人にはまだ黙っていろといったそうだが、番頭が昨日、こっそりおしえてくれてね」

「おめでとうございます。旦那さまから見ても、千太郎さんが一人前になられたということですよ」

「これもひとえにお路さんのおかげだ。お路さんがいてくれなかったら、今ごろはどうなっていたか……」

千太郎が感極まり、拳を目許に押し当てている。

「まあ、何もお泣きにならなくたって……」

「女将さん、あっしはその辺で一服してめえりやす。半刻ほどでもどりやすんで」

簾越しに、猪蔵がそっと声を入れてきた。

「ああ、そうしてくれるかえ」

いつのまにか、舟は葦《あし》の生い茂る岸辺に舫《もや》われていた。

お路が簾をするすると下ろすと、四畳間はにわかに小暗くなった。膝をにじって千太郎の前へまわり、頬骨の突き出しているほっぺたを両手で包み込む。

「そんなふうに泣いていないで、顔を見せてくださいな。きちんとお祝いをいわせてくださいまし」

赤子をあやすような口調に、千太郎は拳を目許からはずしたものの、お路と視線が合うと、恥ずかしそうに目を伏せた。しかし、ほどなく、思い直したようにそろそろとまぶたを持ち上げ、お路をじっと見つめてきた。

当人は正面を見ているつもりなのだろうが、焦点のずれた眸《ひとみ》に何か別のものを透かし見られている気がして、お路は落ち着かない心持ちになる。

「子ども時分、おまえの目は気味が悪いって、いつも仲間はずれにされてたんだ。ゆえに、人の顔を見て話すのがおっかなくなっちまった。何かものをいうのも、おどおどして」

「………」

「そんな私に、お路さんは分け隔てなく接してくれた。おかげで、堂々と振る舞えるようになったんだ。きっと、親父にもそれが伝わったに相違ない」

「そんな、わたくしは何も」

目を逸らしたくなるのを辛抱し、お路は千太郎を見つめ返す。

「こんな目だからこそ見えるものがあると、いまは胸を張っていえる。お路さん、ほんとうに、ありがとう」

千太郎の目が、新たな涙で潤む。向き合っているお路をたじろがせるほど、まっすぐな視線だった。

きらきらと光る眸に、己れの顔が映っている。だが、盛り上がった水の膜に白い面輪《おもわ》が揺れるきりで、自分がどんな表情をしているかは読み取れなかった。


一方、綱十郎はこのところ別の細工で江戸を離れているようだった。お律がつなぎをとるべく手配りしているが、なかなか返事がない。

その日、お路が大和屋に出向くと、寝巻に袖なし半纏を羽織った富左衛門が蒲団の上にかしこまっていた。かたわらには、千太郎も控えている。

「旦那さま、お加減はよろしいのですか」

「ああ、今日はすこぶる調子がいい。だから、千太郎とお路さんに折り入って話をしておこうと思いましてね。まあ、そこへお坐り」

富左衛門の唇には、いくらか赤みが差していた。

手で示されるまま、お路は千太郎の隣に膝を折った。

「話というのは、ほかでもない、千太郎に店を任せる肚《はら》を決めたのです。ついては、お路さん、おまえさんに倅の伴侶になってもらいたいのだ」

「旦那さま……」

「このひと月ばかり、身の回りの世話をしてもらって、お路さんの人となりについてはじゅうぶん承知しました。おまえさんなら倅と共に大和屋を盛り立ててくれるに相違ないと、そう見込んだのですよ」

「も、もったいないお言葉でございます」

お路は手をつかえて頭を低くした。

「これ、千太郎。異存はないだろうね」

「もちろんです、お父っつぁん」

「では、これを渡しておこう」

富左衛門が尻をずらして蒲団をめくると、鍵の束があらわれた。

「この二本が墨蔵の鍵、それからこっちの二本が金蔵の鍵だ。いずれの錠前も特別な仕掛けが施してあって、二本の鍵を順序に従って差し込まないと開かぬ仕組みになっています。くれぐれもよろしく頼みますよ」

富左衛門の声には、ずっしりした荷を肩から下ろしたような安堵が滲んでいた。重々しい音を立てる鍵の束を千太郎が両手で受け取り、懐の奥へ収めたのをお路が見届けたとき、部屋の外に小僧の声がした。

「若旦那さま、少々よろしゅうございますか」

「む、何だい」

千太郎が敷居際に立ち、小僧と短いやりとりをしたのちに部屋を出ていった。しばらくしてもどってきたときには、客を連れている。

「こちらです。どうぞ中へ入ってください」

「あい、御免くださりませ」

千太郎にうながされ、女のふたり連れが部屋に入ってきた。どちらも三味線を抱え、先に立った者が、後から続いてくる者の手を引いて、そろりそろりと歩みを進める。

おや、瞽女《ごぜ》さんだ……。

お路が蒲団の足許へ移って場所を譲ると、瞽女たちは口ぐちに礼をいって腰を下ろした。相方の手を引いている四十がらみの女は、それでもいくぶん目が見えるようで、三味線の置き所を手で探っている二十そこそこの女に、細やかな指図をくれている。

千太郎が富左衛門の床をまわり込み、お路のかたわらへ坐った。

「あい、旦那さま。わっちどもにお目通りくださりまして、まことにありがとう存じます」

年かさの女が膝の前に手をつくのに合わせ、若いほうも頭を低くした。きちんと富左衛門のほうを向いている。

「おまえさん方に上がってもらうのは、半年ぶりですか。そろそろお見えになる頃かと、先だっても倅と話していたのですよ」

富左衛門がそう返したのをみると、瞽女たちは前にもここを訪ねてきたことがあるらしい。

「本日は、何をご所望でございますかえ」

「そうさな、『葛《くず》の葉《は》』をお願いできるかね」

「かしこまりましてございます」

若い女が三味線を引き寄せて音を合わせ、撥《ばち》を構えた。じきに前弾きが流れはじめ、四十女が朗々と唄いだす。

うりざね顔にまぶたをきつくつむり、音の一つひとつをたぐるようにして三本の糸に撥を当てている女に、お路はお夕を重ねた。

瞽女は、三味線を弾きながら唄なり語りなりを聴かせて世を渡る、目の見えない女の旅芸人であった。お夕に聞いたところでは、瞽女には各々が属している座があり、頭の差配で縄張り内の家々を訪ねていっては、瞽女唄と呼ばれる調べを披露するという。江戸で名の知られているのは、豊島町《としまちょう》に住まいのある槇野《まきの》、松野《まつの》と呼ばれる頭たちで、目の前にいるふたりも、おそらくいずれかの配下と思われた。

むろん、音曲の師匠宅に住み込んで修業に励むお夕は、一軒ずつまわって門付けするような労苦を味わうことはない。瞽女座の門を叩くのは、そうしなくては食べていけぬ者が大方だった。

瞽女の頭からあてがわれた部屋で、先輩や同輩たちと寝起きしながら唄と三味線の稽古を積み、人に聴かせてお銭を稼げるようになるには、いかほどの辛抱を重ねなくてはならぬのだろう。藍色の褪めた木綿物を着て三味線を弾く女の、膝の継当てを眺めながら、お路はそんなことを思った。

物思いを途切れさせたのは、唄が終わり、千太郎と富左衛門が手を打ち鳴らしている音だった。瞽女たちが神妙な面持ちで頭を下げている。いくらか遅れて、お路も手を叩いた。

「やあ、ぞんぶんに楽しませてもらいました。このあと夕餉《ゆうげ》の支度をさせますから、食べていってください」

千太郎が申し出た。瞽女唄に耳を傾けているあいだに、時分どきになっている。

「あい、座敷に上げていただいたうえに、お膳までいただきましては……」

「遠慮はいりませんよ。おふた方とも、お腹が空いているでしょう」

「では、台所にて頂くことにいたします。見苦しいものをお見せしてはいけませんので」

瞽女たちが小僧に案内されて部屋を下がっていくと、お路は鼻をすんと鳴らした。

「千太郎さんは、たいそう慈悲深くておいでなのですね」

己れの声が、思いがけず潤んでいる。千太郎が父親の許諾を得るまでもなく瞽女たちに膳を食べていくよう勧めたことに、いささか感じ入っていた。

「慈悲……というほどのものではないけれど」

千太郎が苦笑し、この目だよ、と自分の顔を指差す。

「子ども時分、麻疹に罹《かか》って高い熱が幾日も引かなくてね。麻疹で目が見えなくなる例があると親は医者から聞いて、躍起《やっき》になって願を掛けたらしい。生まれつき、左目が斜めを向いているだけでも差し支えがあるのに、これで右目でも失明したらこの子が不憫でならないと思ったそうだ。熱が下がって、ふだん通りになった頃、親にいわれたよ。おまえの業《ごう》をどこかの子が引き受けてくれたおかげで、目が見えなくならずにすんだんだって」

「……」

「埋め合わせといえばいいのかな。門付けにきた瞽女さんに施しをして、せめてもの功徳《くどく》を積もうと、まあ、そんなところでね」

千太郎は、それが善行であると信じて疑わない言葉つきであった。富左衛門もしかりで、目を細めてうなずいている。

胸の奥が、すっと冷えた。

「わたくし、台所で給仕のお手伝いをして参りますね」

立ち上がろうとしたお路は、しかしよろけて、左隣にいた千太郎へ倒れかかる格好になった。

「だっ、大丈夫かい」

とっさに肩を支えた千太郎が、少しばかり戸惑っている。

「足が痺れて……、ごめんなさい」

千太郎の胸許に手を添えながら頭をかがめると、それを見ていた富左衛門が穏やかな笑い声を上げた。

「ほう、お路さんでも不覚を取ることがあろうとは」

「いやですわ、お恥ずかしい」

「ははは、これも功徳を積んだご利益かもしれないな」

お路を抱き止めたまま、千太郎までもが砕けた調子で応じる。

やがて、部屋を出たお路は、二度ばかり深く呼吸をして息をととのえた。

廊下の突き当たりを右へ折れると、台所で瞽女たちやおとくの声がしている。茶碗や皿の触れ合う音に混じって、墨職人の松吉の声もした。仕事に区切りがついて、女どもを話相手に茶を飲んでいるようだ。

お路は台所の脇を通りすぎ、次の突き当たりを左へ折れた。台所の連中は、誰ひとりお路に気がつかない。己れの息に気を凝らしたお路は、空気そのものになっているのだ。

ある部屋の前までくると、お路は障子を引いてふっと中へ入った。

視界が暗黒色に閉ざされる。

いったん目をつむり、三つ数えてまぶたを持ち上げると、ほんのりとした艶の中に、墨の作業場が浮かび上がった。胸の前で開いた手のひらには、鍵の束がほのかな光を集めて輝いている。今しがた、よろけたふうに見せかけ、千太郎の懐から抜き取ったのだ。

壁際に設えられた棚へ近づき、木型からはずして日の浅い墨を木箱から取り出した。先に千太郎がいっていた通り、餅みたいな手触りだ。金蔵の鍵を押しつけて二本の型を取り、持参した袱紗に墨を包む。

手についた墨を厠《かわや》の手水《ちょうず》で洗い落としてから台所をのぞくと、瞽女たちが膳のものを八割方たいらげたところだった。

「お菜《さい》はお口に合いますか。ご飯のお代わりはいかがでしょう」

さりげなく輪に入ったお路に茶碗を控えめに差し出しながら、若いほうの瞽女が訊ねかける。

「あのう、こちらのお店のご新造さまでござりますか。半年ばかり前に参りました折は、おいでにならなかったかと」

「いまはご新造さまではねえけど……」

「じきにご新造さまにおなりですよ」

頬を赤らめているお路の横で松吉とおとくがほとんど同時に応えて、台所がわっと沸いた。

富左衛門の寝間のほうで障子の開く音がし、おい、なんだか騒々しいな、と千太郎の声が響いている。

「すみません、わたくしはあちらにもどります。ごゆっくり召し上がってくださいね」

瞽女たちに声を掛けて廊下を引き返すと、千太郎が富左衛門の寝間の前でふてくされていた。

「給仕はおとくに任せておけばいいじゃないか。こっちは置いてけぼりをくらって、なんとなし妬《や》けるようだよ」

お路の耳許へ唇を寄せ、ひそひそと囁きながら腰へ手をまわしてくる。襖一枚へだてた向こうには父親がいるというのに、いつのまにか千太郎はこんなにも大胆になったようだ。

「こら、いたずらをしてはいけませんよ」

お路は素直に抱き寄せられながら千太郎の懐へ鍵を差し込んでおき、尻を撫でている手を軽くつねった。

「いてっ。うふ、うふふ」

まるで叱られるのが嬉しいとでもいうように、千太郎が白い歯を見せている。

「千太郎、お路さん、そこにいるのなら入っておいで。話しておくことが、まだたくさんあるのですよ」

部屋から富左衛門の声が聞こえた。

「はい、いまうかがいます」

千太郎から身を離し、お路が襖に手を掛けようとした、そのときだった。

「お路さん、ちょっとお待ち」

右の手首を、千太郎にぐいっと摑まれた。

「何でございましょう」

「おかしいな、墨がついている」

お路の親指についた墨を見て、千太郎が眉をひそめている。

「いつ、どこで、ついたのかな」

「あ……」

さっき、手水で落としきれなかったのだろう。見れば、千太郎の手の甲も、つねられたところが黒い痕になっている。

「台所で松吉さんのお茶を取り替えるときに、ついたんじゃないかしら。湯呑みが黒くなっていましたから」

「そうか。それもそうだな」

涼しい顔で応じたお路に、千太郎はさもありなんというふうにうなずくと、袂から手拭いを取り出す。

墨が爪のあいだに入ると厄介だよと、黒くなった親指を何のためらいもなく口に含み、手拭いでぬぐい始めた千太郎を見下ろしながら、お路は冷たい汗が腋《わき》を落ちていくのを感じていた。

八

大和屋富左衛門方に賊が入り、金蔵から三百両を持ち去ったのは、五日後のことであった。盗まれたのは金子きりで、主人をはじめ奉公人にも傷を負った者がなかったこともあり、得意先の信用を重んじる富左衛門の意向を優先させて、お上への届け出は見送られた。しかしながら、富左衛門は、金蔵の錠前を破られている最中、隣り合わせの寝間で眠りこけていた己れの不甲斐なさにがっくりきたらしい。賊に入られた二日後、きつい発作を起こしてそのまま息を引き取った。

「どうも、雨戸の建て付けが悪くなっていて、一枚だけはずしていたらしいんだ。賊はそこから入ったんだな」

「ふうん」

かりがねの居間の縁側で、お律が一ノ瀬小五郎の耳掻きをしてやっている。お律の膝枕でうっとりと目をつむっている小五郎は、仏壇の花を替えにきたお路には気づいていない。

「店の金蔵に、賊の名が書かれた木札が残してあったそうだ」

「へえ、何と書かれていたの」

「ええと……『緋薊参上』、といったかな」

「……」

わずかに振り向いたお律と、花入れから手を離したお路の視線が、一瞬、交錯した。

「話には続きがあるんだ。亡くなった主人というのが、米相場に手を出していてな。取り引きがはかばかしくないところへ賊に入られて、大和屋はいっきに左前さ」

「でも、手堅い商売が身上のお店だったのでしょう。さっき、小五郎さまはそう仰言いましたよ」

「主人が倅の先行きをひどく案じていたそうだから、幾ばくかの足しにでもなればと思ったんだろう」

「それで、その大和屋ってお店は、この先どうなるのかしら」

「さあ、そこまでは俺も知らないね」

声がそこで途切れ、ほどなく、媚びを含んだお律の笑い声がくすくすと聞こえてきた。

お路は仏壇に手を合わせると、足音を忍ばせて居間を出た。


その月の末になって、千太郎がかりがねを訪ねてきた。

「日本橋の店を畳んで、奈良へいくことにした。向こうには大和屋の本店があるし」

千太郎は居間にも上がらず、裏口の外でお路に告げた。

「こたびはまことに、災難でございましたね」

お路はしんみりと応じた。大和屋の翳《かげ》りを見抜いた己れの目に狂いはなかったが、綱十郎の指図を待たずに金蔵の鍵型を取った判断もまた、誤ってはいないと思っている。

沈痛な面持ちで、千太郎が声を絞り出す。

「お路さんと離ればなれになるなんて、身を切られるような思いがする。だが、本店があるといっても、私は奈良が初めてで、右も左もわからない。そんな土地にお路さんを連れていっても、苦労させるだけだ」

「千太郎さんの辛さは痛いほどわかります。わたくしとて、足手まといになりたくありませんもの」

「奈良で出直して、先行きの目途がついたら、きっと迎えにくる。それまで、待っていてもらえないだろうか」

お路は手許に視線を落とし、ゆるゆると首を振った。

「いまここで先のことをあれこれ算段するのは、よしましょう。そんなに待っていたら、お婆さんになってしまいます」

しばらくのあいだ、無言のときが流れた。

千太郎が、長い溜息をついた。

「お路さん、いま一度、顔をしっかりと見せてもらえないか」

お路は面を上げ、しばし千太郎と見つめ合った。その目は、やはり片方だけ、焦点がわずかにずれている。

千太郎は腕をまわしてお路の肩を抱きかけたが、ぐっと唇を噛みしめると、力なく下におろした。

風の絶えた日暮れ時であった。

お路と千太郎が源森川の岸辺に下りていくと、舟の支度をすませた猪蔵が櫓を手にした。

青黒い闇に覆われ始めた水面を、千太郎を乗せた舟が遠ざかっていく。土手では花をつけた薊がひっそりと、しかし毅然としてたたずんでいる。

桟橋に立つお路には、どうという感傷もなかった。

ただ、男の涙に形はありやなしや、とのみ思った。

夏の香り

一

快楽の余韻から先に覚《さ》めるのは、きまって男のほうだ。

仰向けに寝ていた小五郎《こごろう》がうつ伏せになったので、お律《りつ》に触れていた脚が離れた。

枕許の煙草盆を引き寄せる音がして、じきに煙草の煙が漂ってくる。すっきりとした辛味を感じさせる煙を吸って初めて、お律は自分が今しがたまで男女が交わったあとの匂いに包まれていたことに気がついた。

時折、遠くからかすかな雷鳴が聞こえてくる。西両国《にしりょうごく》の盛り場をふたりで冷やかしていたらにわかに黒い雲が湧いてきて、降りだした雨から逃れるように飛び込んだ船宿の二階座敷であった。日ごろ逢瀬に用いている柳橋《やなぎばし》の茶屋が先客で埋まっており、浅草御門近くまで駆けてきた。表口の掛け行燈《あんどん》には船宿と書かれているが、船頭を幾人も抱えている様子はなく、部屋の造作もどことなく小粋で、出合茶屋といったほうがよさそうなたたずまいである。

薄手の夜具を胸許《むなもと》まで引き上げると、お律はまぶたを閉じたまま身体の向きを変え、向こう脛《ずね》を小五郎のふくらはぎにぴたりと添わせた。ふだん己れをがんじがらめにしているあれやこれやを、唐黍《とうきび》の皮を一枚ずつ剝《む》くように取り除いて、まっさらな女子《おなご》にもどしてくれる男である。何者でもない、ただのお律でいられる心地よさを、いま少しだけ貪《むさぼ》っていたい。

馴れ初めは、小五郎が師範代をつとめる剣術道場の門を、お律が叩いたことにある。浅草元鳥《もととり》越町《ごえまち》で一刀流指南の看板を掲げる道場主、古川惣右衛門《ふるかわそうえもん》は、富田《とだ》流小太刀の遣い手としても名高かった。お律の小太刀は子ども時分に父の手ほどきを受けたのが始まりで、特定の道場に通ったことはないものの、折々に伝手《つて》を得て名手と呼ばれる人たちに指南を請うてきた。古川道場を訪ねたのも、前に稽古をつけてもらったことのある道場の師範が口利きしてくれたおかげである。老年の惣右衛門は足腰がいささか衰えており、師範席から口頭で型を伝えたのみであったが、お律のしなやかな腰の構えと太刀筋のよさを褒めてくれた。惣右衛門のかたわらでそれを見守っていたのが、小五郎であった。

後日、小梅瓦町《こうめかわらまち》にあるかりがねを小五郎がだしぬけに訪ねてきて、お律を両国の花火に誘ってくれたのだが、世の中には型にはまらぬお侍がいるものだと、お律は驚くやら呆れるやらしたものだった。それがおよそ一年前のこと、深い仲になってからは半年ほどになる。

煙管《きせる》を灰吹きに打ちつける音がした。小さく息を吐く気配があって、小五郎が脚をこちらへ押し返してくる。くすくすと笑いながら、お律は目を開く。

腹這いになった小五郎が、頰杖をついている。やや小柄ではあるが、剣術で鍛え抜かれた身体は筋肉にみっしりと覆われ、肩や上腕には力瘤が盛り上がっていた。目鼻立ちの彫りの深さが、横顔だといっそう際立つ。

その男ぶりに、お律はしばし見とれた。見れば見るほどいい男だ。小五郎が初めての男というわけではないが、二世を誓うならばこの人と心に決めている。相性というのだろうか、身も心もしっくりくるのだ。

何をするでもなし一服つけているとばかり思っていたが、小五郎の視線の先には、一枚の紙が広げられている。その目許に射す影が、どことなく険しかった。

「小五郎さま、何を見ていなさるの」

頭を枕から浮かして、お律も小五郎と同じ構えになった。上体を肘で支え、右の肩口を小五郎に寄せる。温かく弾力のある筋肉の感触が、皮膚に伝わってくる。

「瓦版だ。前の客が置いていったんだな」

「ふうん。面白いことが書いてあるかえ」

「緋薊《ひあざみ》の一件だ」

「……………」

「大和屋《やまとや》って店に盗賊が入ったと、先だって話しただろう。忘れちまったか」

「あ、ええと、思い出した。日本橋の墨問屋でしたっけ」

もっとも、自分がその緋薊であるとは口が裂けてもいえるものではない。

「為次郎《ためじろう》のやつ、そうとう熱が入っているようだ。こういっては何だが、盗人が商家の金蔵を破る話なぞ、掃いて捨てるほどあるというのに」

瓦版屋「伊勢屋《いせや》」を主宰する友人の名を挙げて、小五郎が肩をわずかに上下させる。目許の影は消えていた。汗ばんだ肌の、それまで接していなかった面が触れて、お律は自分の皮膚がほんの少し冷たくなった気がした。

小五郎は富山藩家中、一ノ瀬《いちのせ》家の三男で、当年とって二十五歳になる。江戸定府《じょうふ》の一ノ瀬家は、現在は小五郎の長兄、平左衛門《へいざえもん》が当主となっていた。隠居した父親は健在だが、母親は小五郎が十歳のときに風邪をこじらせて亡くなっている。

とはいえ、お律が知っているのは富山藩邸が下谷池之端《したやいけのはた》にあるということくらいで、小五郎がどういった屋敷でどういった人たちと暮らしているのかとなると見当もつかない。小五郎は、そういう話をしたがる男ではなかった。

しかし、同じく富山藩士の子息に生まれながら、町人へと身分を転じた為次郎のこととなると話は別で、とたんに舌が滑らかになる。お律は会ったことはないが、子ども時分からよほど気が合うとみえ、今でも親しく行き来しているようだ。

小五郎が視線を上げて振り向いた。黙っているお律が退屈しているのではないかと、窺うような目になっている。

「為次郎が緋薊の一件にこだわるのには、因《わけ》があるそうだ」

「あら、どんな」

「盗人は女なのではないか、といっている」

「女?」

思わず肩を引いたお律を見て、小五郎は話に引き込まれたと受け取ったようだ。視線を瓦版にもどし、指の先で紙面をつついた。

「賊は『緋薊参上』と記された木札を置いていった、とある」

「それは先だっても聞かされましたよ」

「緋の字だけが紅色で、あとは墨色だったらしい」

「はあ」

「そんな気の利いたことを、男が考えつくはずがなかろう」

「なんだ、たったそれだけのこと」

「ネタはまだある」

お律の拍子抜けした声に、まるで瓦版屋みたいな口を利いて、小五郎が食いついてくる。

「それがだな、なんというか、こう」

肘をついたまま、にたにたと笑って両手のひらをひらりと舞わせた。ひょうたんのような輪郭を描いている。

「思いのほか、尻が大きかったんだとさ」

「……………」

「大和屋の倅《せがれ》が、賊のしんがりの姿を見ていたんだ。夜中になんだか胸騒ぎがして障子を細く引いてみたら、雨戸が一枚だけ開いていて、連中が腰をかがめて出ていくところだったと……。射し込んでくる月明かりに、丸い尻が浮かび上がっていたそうでな」

いま一度、小五郎が手首をくねらせた。その仕草をすくい上げるようにして小五郎を軽く睨むと、お律は蒲団についていた肘をはずし、ふたたび横向きになった。さっきと異なり、小五郎に背を向ける格好になっている。ふたりのあいだに、拳ひとつぶんの隙間ができた。

姉の体軀と、大和屋千太郎《せんたろう》の面立ちが脳裡をよぎった。姉は世間の女子のなかでとりたてて肥りじしともいえないが、盗人としてはいささか肉付きのよい身体つきをしている。

伊勢屋から売り出された瓦版を、お律たちはとうに手に入れていた。大和屋の金蔵には「綱」の一字を刻んだ木札も残されていたはずなのに、瓦版はそのことにはひと言も触れていなかった。伊勢屋が、いや為次郎が緋薊にこだわるのはどうしてなのか、小五郎の話を聞いてお律は腑に落ちた気がした。

「為次郎は今しばらく緋薊を追いかけると意気込んでいる。なにしろ、女の盗賊だ。黒い頭巾の下にどんな顔容《かんばせ》が隠されているのか、大いに興趣をそそられるじゃないか……おい、お律、聞いているのか」

背中に、小五郎の肘が触れる。総身に滲んだ汗を気取られたくなくて、お律は身体を前にずらした。

「そんなに興趣をそそられるんだったら、小五郎さまも為次郎さんと、その、緋薊とやらを追いかけなさったら」

「なに」

「頭巾に包まれた顔容が、たいそう気になるんでしょ」

ふうむ、と小五郎が唸《うな》った。

「焼き餅かな」

「女子と床に入っているときに、ほかの女の話をする男《ひと》がどこにありますか」

つんとした声音をこしらえる。口にすると、じっさい腹立たしくなってきた。あらゆる枷《かせ》から解き放たれたひとときを堪能していたのに、いきなり現実《うつつ》へ引きもどされたのが忌々しい。

小五郎が黙り込んだ。少しばかり間をおいて、声が返ってくる。

「おーお、男冥利《みょうり》に尽きるとはこのことだ。美人姉妹と世に聞こえたかりがねのお律に焼き餅をやかれる野郎など、そういるものではないぞ」

のんびりとした口調で大げさなことをいうものだから、お律はつい噴き出した。

男心を惹きつけておくには手綱《た づな》捌《さば》きが肝要だ、と姉はいう。微笑みかけるのも、見つめ合うのも、さらにいえば身体を許すのも、すべては己れの手綱次第。弛《ゆる》めたり引き締めたりする機を見逃さなければ、かならずや男は虜《とりこ》になる。

姉にたぶらかされた男をお律は幾人も見てきたし、大和屋の千太郎がいともたやすく籠絡《ろうらく》されるのを目の当たりにもしたけれど、己れはそうしたところの詰めがまだまだ甘いと思う。いまだって悋気《りんき》を起こすならとことん貫き、小五郎がほとほと手を焼いたところでふっと折れれば相手をやきもきさせた甲斐もあるだろうに、早々に手綱を手放してしまった。

けれど、そんな自分が無性に愛《いと》おしくもある。

「小五郎さまが緋薊を追いかけるなら、あたしは雪之丞《ゆきのじょう》一座の小屋でものぞいてみようかしら」

お律は近ごろ評判になっている、美男子ばかりを集めた見世物一座の名を口にした。

「お、おい、滅多なことをいってくれるなよ。お律に心変わりをされた日には目の前が塞がって、俺は気鬱《き うつ》の病になっちまう」

日ごろは快活な小五郎が、気弱そうな声で嘆いてみせる。その落差が滑稽で、お律はまたしても笑い声をたてた。

「なあ、いつまで背を向けてる。悋気もほどほどにしないと、俺だって……」

お律の脇腹を、小五郎の手のひらが撫でている。敏感なところを竹刀ダコがなぞっていて、くすぐったい。

「俺だって、なあに」

「目移りするかもしれないぞ」

「そんなこと、させるものですか」

笑いながら、お律は身体ごと振り返る。小五郎が夜具を剝いで、ぐいっと抱き寄せてきた。とっさにその手を避けて、お律が身体をひねる。じゃれ合う仔犬みたいに、ふたりは上になり下になり、蒲団の端から端へと転がっていく。

鬢付《びんつ》け油《あぶら》の香りと共に、小五郎の体臭がお律の顔を包み込む。春の陽だまりの匂いに、それは似ていた。

「じっさいのところ、ほかの女に気持ちが向いたら、おまえ、どうする」

下になった小五郎が、覆いかぶさっているお律の耳許で囁《ささや》いた。お律は身を起こして、馬乗りのような格好になった。

「首根っこを押さえて、閻魔さまの前に引きずり出して差し上げます」

軽口めいた口ぶりでいって、がっしりした首の付け根に両の手を添える。すかさず、両側から筋骨たくましい腕が伸びてきて、お律の手首を摑んだ。

「のぞむところだ。何があっても、この手を離すなよ」

下から見つめてくる眼差しが、思いのほかひたむきだった。お律はどういうわけか胸がきゅっとなって、こくりとうなずくのがやっとであった。

身支度をととのえて船宿を出ると、往来には夕立のあとのまばゆい陽が雲を割って射しかけ、蒸発する湿気が靄《もや》となって立ちこめていた。三間ほど前を歩く人の姿が、紗幕《しゃまく》のような靄の先にようやく見てとれる。

「かりがねまで送っていきたいが、今日はあまり遅くならぬようにと屋敷で釘をさされておってな」

申し訳なさそうに、小五郎が首の後ろへ手をやる。

「ご案じなく。猪蔵《いぞう》が七ツ（午後四時）に柳橋《やなぎばし》の袂《たもと》へ迎えに参りますから」

「そうはいっても、これでは埒が明かんだろう」

小五郎が苦々しそうに川岸へ目を向ける。神田川の水面《みなも》からも、おびただしい量の水蒸気が陽の光を反射させながら這い上がってくる。

「俺は帰らねばならんが、船宿にもどって、いましばらく部屋を使わせてもらえるよう掛け合ってみるか」

「これくらい平気ですよ。じきに風も出るでしょうし」

「そうか。では気をつけて。姉上どのにも、くれぐれもよろしくお伝えしておいてくれ」

そういって、小五郎はお律に背を向けて歩きだした。

肩幅の広い後ろ姿が白く輝く靄に呑まれて、たちまち見えなくなった。

二

綱十郎《つなじゅうろう》がかりがねに顔を見せたのは、六月に入って十日ばかりのち、小糠雨《こぬかあめ》のそぼ降る日暮れどきであった。

「女将《おかみ》さん、舟を頼めますかな」

「おいでなさいまし。ただいま支度をいたしますので、どうぞ上がってお待ちください」

土間に立った綱十郎はどこぞの商家の主人といった風体《ふうたい》で、上がり框《かまち》に膝をついて出迎えたお路《みち》も、舟を出すまでのあいだ座敷で待つようにと客にすすめる船宿の女将そのものである。

口許に微笑みをたたえたお路が先に立ち、履き物を脱いで框に上がった綱十郎を居間へ通した。

大川の川開きが行われた日は、涼をもとめる屋形船や屋根船で両国橋あたりの水面は身動きがとれぬほどだったが、そのあとは梅雨らしい空模様が続いている。この調子だと今宵も花火は揚がらないだろうし、じっとしていると肌寒いくらいで、納涼船を仕立てようという手合いもない。二階の座敷に客は一組、四半刻ほど前に上がった商人のふたり連れがいるが、内密の用談があるらしく、しばらくは下りてきそうになかった。

船頭の詰所で猪蔵と世間話に興じていたお律は、綱十郎が訪ねてきたのを察すると、茶を淹れて居間へ持っていった。

部屋では、お路が綱十郎と向かい合って坐っていた。縁側の障子は閉めきられており、入り口近くに置かれた行燈のあかりが、ふたりの引き締まった表情を照らし出している。

お律は綱十郎の前に湯呑みを置き、姉の隣に膝を折った。

茶をひと口のんで、綱十郎が口を開く。

「大和屋のことでは世話になった。礼をいわせてくれ」

「恐れ入りましてございます」

頭を下げる姉にならい、お律も身をかがめる。

「さっそくだが、またひとつ、おめえさんたちに乗り合ってもらいてえ細工があるのだ」

綱十郎が、低い声をさらに落とした。

わずかに間をおいて、お路が応じる。

「お話をうかがえますか」

「こんどのは端折り細工じゃねえ。狙いをつけた店には一年ほど前から下地《したじ》役を送り込み、蔵の鍵型も取ってある」

「すると、そうとうな大店《おおだな》でございますね。いつものように、主人の寝間にある金箱を受け持てばよろしいので?」

「いや。店蔵《みせぐら》から、ある品をせしめてほしいのだ。名は明かせぬが、さる筋から依頼を受けている。もちろん、金蔵にはおれがとこの配下が忍び込み、千両箱を頂戴するつもりだ。ただ、ちょいと厄介なことがある」

「それは、どういう」

「店蔵に掛かっている錠前に、どうも手の込んだ細工がしてあるようでな。おれも大抵の錠前は破れると自負しているが、この時季はいささか心許《こころもと》ねえ。梅雨の湿気で古傷が痛むのよ」

そういって、綱十郎が左手を差し出した。薬指の第二関節から先、そして小指の第一関節から先が、まるで金属の板を表と裏から当てて圧をかけたように平べったく潰れている。指先は血の気のない白っぽい肌で、爪も剝がれて新たな肉が盛り上がっていた。

話に聞いたことはあったものの、お律が目にするのは初めてだった。錺《かざり》金具の職人であった時分、綱十郎はその腕前を妬《ねた》んだ兄弟子に指先を金槌で潰されたのだ。綱十郎お頭《かしら》には指先の感覚がない、とうそぶく者もいる。

だが、綱十郎一味は頭目みずから錠前を破り、配下たちが連携のとれた動きを発揮してたちどころにお財《たから》を盗み出すことで、盗賊の仲間内に名を知られていた。

「お頭にそういわしめるほどの錠前とは、いかなる細工が組み込まれているのでございましょうか」

「ふふ、知りたいか」

綱十郎のそそのかすような声音に、我知らず身を乗り出していたお路がはっと肩を引いた。手先の器用な姉が細工の込み入った錠前に興味を示し、それを見越していた綱十郎にからかわれたのをお律は感じ取った。

「錠前の細工はともかく、厄介はそれだけではねえのだ。店蔵の戸を開けると鳴子が仕掛けられていて、うっかり触れようものなら音が響き渡る仕組みになっている」

「身軽な者でないと、おいそれと獲物には近づけないということですか」

「うむ」

ゆっくりとうなずきながら、綱十郎がお律にも視線を向けた。ときとして冷徹にも見える目が、この細工はおまえたちにおあつらえ向きだとけしかけている。

お律はなんとなく気が進まなかった。だが、姉は話に乗るに相違ない。

緋薊姉妹が綱十郎一党の傘下に入るかたちとはいえ、お律にとってのお頭は、あくまでもお路であった。十両盗めば首が飛ぶ世の中で、天下の御定法《ごじょうほう》を破ると姉が肚《はら》を括《くく》ったら、己れはそれに従うのみだ。お縄にかかりたくなければ、私《わたくし》の情はとっとと手放したほうがいい。

思案に沈んでいたお路が、視線を上げた。

「錠前の手が込んでいるのは、店蔵きりでしょうか。金蔵は」

「錠前にしろ鳴子にしろ、とりわけ用心が固いのは店蔵だ。それゆえ、こちらも一年もの時をかけたのだが……。金蔵のほうは任せてくれ。ちょろいものだ」

「して、獲物は何を」

「阿片《アヘン》だ。南蛮渡りの品ゆえ、日の本に入ってくる目方は限られている」

「では、薬種屋ですか」

案の定、お路は乗り気になっているようだった。押し入り先についての仔細を耳に入れれば乗り合い船に片足を突っ込んだも同然で、あとには退けなくなる。

「木挽橋《こびきばし》の近くにある『坂根屋《さかねや》』という店でな」

「といいますと、三十間堀《さんじつけんぼり》沿いの」

「ほう、知っているのか」

「幾度か前を通っていますが、店の中までは存じません。あすこは隣との屋根が、いくらか離れております」

「そうか、おめえさんは常日ごろ、屋根筋を読み取る目で町を歩いているのだったな。どうだえ、この話、請けてもらえるか」

綱十郎の目にある光が凝《こ》った。

「よろしくお頼み申します」

姉が畳に手をつかえると同時に、お律も頭を低くした。

「こいつは心強え。なに、難しく考えることはねえのだ。錠前の細工についてはあらかた見当がついているから、お路がおれのいう通りに指先を動かしてくれるだけでいい。鳴子が仕掛けられた場所も、下地役が詳細に調べ上げている」

ぐっと目許を和らげた綱十郎が、何かを思い出したように懐《ふところ》へ手を入れた。

「そういえば、これを忘れていた。奉行所の目くらましになればとおめえさんたちにも木札を残してもらったのだが、どうも裏目に出ちまったらしい」

姉妹の前に一枚の瓦版を広げ、綱十郎が腕組みをした。例の、伊勢屋から出ている瓦版だ。

かつて綱十郎一味は上方《かみがた》を根城にしていた。お路たちも上方にいた時期があり、両者のつき合いはその時分に始まっている。

もっとも、江戸へ出てきたのはお路たちのほうが先で、綱十郎一味が江戸で細工を仕掛けるようになったのは、ここ二年あまりのことであった。盗られても困らぬ先を選び、念入りな下ごしらえをほどこして、じっさい盗みに入ると何人《なんぴと》も殺傷することなく、内輪からひとりのお縄者も出さないというので、いまや町奉行所ではそれと知られた存在になっている。一味をしつこく追っている八丁堀《はっちょうぼり》の旦那もいると聞くが、盗みに入られた商家の中にはお上への届け出を見合わせるところもあり、奉行所では盗みの全容を摑むのに手こずっているようだ。

綱十郎一味に押し込まれた際、目印となるのが「綱」と刻印された木札であった。昔から、我こそは正統なりと自負する盗賊は、仕事を遂げた場に名入りの木札を残して矜持《きょうじ》を示すものなのだ。

木札に関しては、「万が一にも一味に入られた折には躊躇せずお上に届け出るように」と、前々から市中見廻り同心や配下の目明したちが立ち寄り先の商家などに呼び掛けていたことであったが、いつしか商家に出入りする職人衆や得意先へと伝わり、世間にもその名が広まって、このごろでは綱十郎もいささかやりにくくなってきたらしい。奉行所の目をいくらかでもほかへ逸らすことができればと、姉妹も「緋薊参上」と記された木札を残してくれぬかと、綱十郎に頼まれたのだった。

「あの、お頭。その木札のことで、ちょっとお話が……」

「お律、何だ」

おずおずと口を入れたお律に、綱十郎が顔を向けた。お路もいぶかしそうに振り返る。

「木札に書かれている一字のみ紅いことが、瓦版屋の気を引いたようなのです。緋薊は女子なのではないかと、推量しているみたいで」

「ふむ。綱十郎のつの字も書かれてねえのは、そういうことか」

綱十郎が手で膝を打つ。

「おまえ、どうしてそんなことを知ってるんだい」

姉の目が鋭く刺してきた。

「それは、ええと、その」

「まあ、いいじゃねえか」

苦笑いを浮かべた綱十郎が、手で押さえる仕草をしてみせる。その手で瓦版を拾い上げると、折り畳んで懐へもどした。

お路が畳に指先を揃える。

「お頭、あいすみません。わたくしも、いま耳にしたばかりでして」

「そうかりかりしなさんな。盗人なんてのはどうあってもお天道さまに顔向けできる稼業ではねえが、手前の細工《しごと》を誰からも見向きされねえのも、それはそれでつまらねえものでな」

鷹揚《おうよう》な口ぶりでいって、綱十郎が腰を上げる。

「お律、瓦版屋のことで、また何かあれば知らせてくれ。ただし、くれぐれも用心するようにな」

三

数日後、神田岩本町《いわもとちょう》にある石本織江《いしもとおりえ》方の居間では、お律の持参したまくわ瓜が甘い香りで部屋を満たしていた。

「お夕《ゆう》がいつもお世話になっております。よろしかったら、皆さんで召し上がってください」

「まあ、いつも気を遣っていただいてすみません。ありがたく頂戴いたします」

稲藁に包まれているまくわ瓜をお律がどこへ置けばよいか逡巡《しゅんじゅん》するより先に、それは織江が差し出す両手にすんなりと納まっていた。稲藁で縒《よ》られた持ち手といい、実が傷まぬよう厚めに編まれた底といい、まるで測ったように手の位置がぴたりと決まっている。見えぬ目で、どのように像を読み取っているのかと、お律はすっかり感服した。

三十二歳の織江は顔にも身体にも無駄な肉はついておらず、冬になると向島《むこうじま》に飛来する鶴のような気高さを漂わせていた。顔に化粧っ気はないものの、肌はつやつやしている。もとは武家の娘だが、橘《たちばな》検校《けんぎょう》という人に引き取られて音曲の稽古に励み、一本立ちしてこの指南所を構えたのだと、姉から聞かされていた。

廊下を隔てた向かいの部屋から、唄と三味線の音が届いてくる。しっとりとした調べがたまに途切れ、低い声が二言、三言したのち、ふたたび流れ始める。

「どうぞ遠慮なさらず、お夕さんの顔を見ていってくださいな。そろそろ稽古を仕舞う頃合いですし」

稽古中に訪ねてきた非礼を詫び、いとまを告げようとしたのをここでも織江に先まわりされて、お律はたじたじとなった。

日ごろは織江が弟子たちの稽古をつけているが、時折、織江の師、橘検校が浚《さら》ってくれるらしい。稽古場で音がしているのに居間で織江がお律に応対しているのは、そうしたわけだった。

織江方にはお夕も含め四人の内弟子がある。いずれも盲目の娘たちだ。

稽古場に響いている音色に耳を傾けていた織江が、ふと首を起こした。

「お夕さんの三味線は、素直なうえに品がございます。唄もそこそこ筋はよいと思いますが、三味線の音は、これまで見てきた弟子の中でも群を抜いています。もっとも、お宝を持っていても磨かなければ光りはしませんけれど」

穏やかな口ぶりに、芸と技に生きる者の矜持と厳しさが滲んでいた。

子ども時分からじっとしているのが不得手で、ならばと父が与えてくれた木剣を振りまわして遊ぶのが日課であったお律からすると、一刻といわず腰を落ち着けて音曲と向かい合うことのできるお夕は、自分の妹ながらあっぱれというよりない。ただ、それが盲目の人間にひらかれた数少ない道で、諦めの上に成り立っている世界だということを考えれば、うかつに感心すべきではないとも思う。

ほどなく、唄と三味線が鳴り止んだ。

三味線を片づける物音がしばらく聞こえたあと、稽古場の障子が開き、廊下のきしみと衣擦《きぬず》れの音が、居間の外に近づいてくる。

織江が立ち上がって部屋の入り口へいき、障子を引くと、紫色の検校衣に身を包んだ橘検校が立っていた。五十がらみの、やや痩せた身体つきをした男である。

「お疲れさまにございました。こちらへどうぞ。いま、お夕のお姉さんがお見えになっておりますの。さ、お夕、おまえもお入り」

織江が検校のうしろにいるお夕にも声を掛ける。

頭巾を被《かぶ》った橘検校が、わずかに身をかがめて敷居をまたぐ。その人相がはっきりと見えたとき、お律は息を呑み込んだ。が、辞儀をするあいだに、さりげなく呼吸をととのえる。

検校は白い袴の股立ちを取ると、織江の隣に置かれた座布団に腰を下ろした。

「お夕の、お姉上とな」

声にいささかの険しさがあった。

検校のあとから入ってきたお夕の顔が、心なしか蒼ざめて見える。

お夕が自分の斜め後ろに膝をつくのを待って、お律は畳に手をつかえた。

「妹がいつもお世話になっております。厳粛な芸の道へお預けした者をみだりに訪ねて参る縁者の浅はかさを、どうかお赦しくださいませ」

「うむ」

橘検校は低く唸ったきりだった。軽く目をつむり、膝に載せた手はやわらかく拳を握っている。

わかっていればよろしい、ということだろう。

「まくわ瓜を届けるために、わざわざ足を運んでくださったのです。すぐに帰ると申されるのを、私がお引き止めしまして」

織江の声にも、どことなく検校の機嫌をうかがう響きがある。

橘検校がおもむろに袖を振るって腕組みをした。焚《た》き染《し》められた香が、こまやかに匂い立つ。きりっとした、力強い香りだ。

織江がこちらへ顔を向けた。

「お夕、せっかく姉さんがお見えになったんだ。ちょいと、そのへんをひとまわりしてくるといいよ」

「でも、お師匠さん。今日はわたしがおまんまを炊く当番で」

「そんなの、お竹《たけ》にでも任せるといい」

織江が手を打ち鳴らすと、数を五つもかぞえぬうちに、先ほど茶を運んできた娘が姿を見せた。

お夕を連れて表へ出ると、もわっとした温気《うんき》が顔にまとわりついてきた。西へ傾きかけた陽が粘りのある光を降らせ、往来の両側に軒を寄せ合う商家の庇が、濃い影をこしらえていた。

影の中を、お夕の手にする杖が慎重に地面を敲《たた》きながら、進む先をさぐっている。顔色は先刻よりも幾分よくなっていたが、それでもなんとなく冴えない。

お律はその手を取り、もう片方の手に杖を預かった。上野へ花見にいった折は、お路と猪蔵もいたのでお夕は杖を持たなかったが、ふだんは白木の杖を用いている。

両国にある雪之丞一座の小屋でものぞいてみようかと思ったものの、まっすぐ歩くのも難しい人ごみで、お夕ともどども揉みくちゃにされる気にはなれなかったし、美男子揃いといってもお夕がその男ぶりを拝めないのでは連れていく甲斐も半減するしで、結局は織江の家から二丁ばかり歩いたところにある神社へ向かうことにした。こぢんまりしたお稲荷さんだが、社殿の軒下にはさまざまな奉納額が掲げられている。

お詣りをすませたふたりは、境内《けいだい》に出ている水茶屋へ入った。

葦簀《よしず》張りの中は四割がた客が入っていて、ほどよくざわざわしている。お律たちは奥のほうに置かれた床机《しょうぎ》に腰掛けた。

「何か頼むかえ」

「わたし、心太《ところてん》が食べたい」

茶釜を据えた店先には、水をなみなみと張った長方形の舟が出してあり、羊羹ほどの大きさに切り分けられた心太が涼しげに水底を泳いでいた。

「冷たいものじゃなくて、温かいものにしたら。茶釜の横で、団子を焼いているよ」

「こんな日に団子だなんて、口がべたべたしそう」

「だっておまえ、なんだか顔色がよくないんだもの」

「ああ、それはね。稽古で気が張り詰めてたのが、まださほど弛んでないせいで」

お夕の口許に、白くて丸い歯がこぼれる。

「稽古はお侍のいくさと同じ。調子に気を合わせ、音に耳を凝らし、間に息を詰める。一瞬でも手を抜くと、斬られちまう」

「斬られるって、三味線でかい」

「わたしたちにとっては、撥《ばち》が刀なの」

背筋を伸ばし、お夕がまぶたを震わせる。まるで観音様がそこにおわすような、神々しい姿だった。

「ご注文はお決まりですか」

心太を二つ注文し、茶汲み娘が下がると、お律はお夕に訊《たず》ねた。

「さっき稽古してた曲は何ていうんだい」

「『黒髪』」

　黒髪の
　結ぼれたる思いをば
　とけて寝た夜の枕こそ
　ひとり寝る夜の
　あだ枕……

ひと節《ふし》、お夕がくちずさんでみせた。ひそやかで、周りのざわめきに溶け込むような声だ。うぶ毛で覆われた頰にあどけなさを残す妹が、ひとり寝をする女の切なさをどうやって知り得るのか、お律は愚にもつかないことを考える。

「おまえには三味線の才があるんだってね」

「え、才だなんて」

「織江師匠が褒めてなすったよ」

「お律姉さん、お師匠さんのお愛想を真に受けてどうするの」

茶をひと口のんだお夕が、やんわりと諌《いさ》めるようにいう。

「目の見えない女子には、男の人みたく当道座《とうどうざ》に入って官位を一つひとつ昇っていくような仕組みがないでしょ。そりゃ、瞽女座《ごぜ》はあるわよ。でも、あれは女子どうしが手をつないで、群れになって旅をしながら食べていく仕組み。お師匠さんは箏《こと》の上手で一本立ちしていなさるけど、何やかやで先立つものは入用だと思うの。お律姉さんみたいにご喜捨をめぐんでくださる人がいれば、お世辞のひとつもお返しになるでしょうよ」

お夕の口調に皮肉めいた響きはなかった。

ご喜捨というからには、お律がまくわ瓜だけ届けにきたのではないことを、お夕は見通しているのだろう。盆暮れにそれなりの付け届けをしているのだから、水菓子の差し入れにわざわざ金一封を上乗せすることもあるまいと、お律は出掛けに小袱紗《こぶくさ》を渡してよこしたお路を少々うっとうしく思ったのだが、思い違いをしていたのは自分のほうだったのかもしれない。

妹の横顔が、お律にはひどく大人びて見えた。

じきに、心太が運ばれてきた。

「おまちどおさま。ここに置きますよ」

「ええ、ありがとう」

お夕が懐から手拭いを出して腿の上に広げ、膝の脇に置かれた小鉢と箸を手に取った。茶汲み娘の声と物音で、位置を測ったようだった。

　硝子の小鉢に盛られた心太を、お律も箸でたぐった。つるつるした舌触りと、酢醤油の爽やかな味わいが口に広がる。

「お路姉さんは、お変わりありませんか」

「ないない。相変わらず、朝から晩までお叱言《こごと》だらけ。こっちが何かしくじると、『あたしのいう通りにしないからだよ』」

　お律が姉の声を真似てみせると、お夕が小さく噴き出した。口の端を、手拭いでちょいと押さえる。

「ああ、可笑《おか》しい。お師匠さんも、おまえがとこの上の姉さんは若いのに人柄《にん》がしっかりしてるといっていなさった。わたしたちに縁もゆかりもなかった江戸で、お師匠さんに入門させてもらえたのは、お路姉さんが方々に伝手《つて》をもとめてくれたおかげだものね」

　そういって、お夕がにわかに表情をあらためた。

「お律姉さん、ごめんなさいね。船宿のお手伝いもできず、わたしだけ修業をさせてもらって」

「何をいってんだい。芸の修業はおまえの本分だ。あたしも姉さんも、おまえを道楽の稽古所に通わせてるつもりは露ほどもないんだからね。あたしたちが、いつまでもそばにいられるとは限らないんだし、ひとりで食べていけるだけの芸を身に着けてもらわないと」

　思わず知らず、口調がきつくなった。お夕をかりがねから遠ざけ、織江の門下に入れることにしたのはお路の独断だったが、そればかりは姉のいう通りにしてよかったとお律は思っている。

「ほんとうに、ありがたいことだわ」

お夕がひと言ずつ、噛みしめるようにいった。

しばらくのあいだ、ふたりは無言で心太をすすった。お路の話に触れたゆえだろうか、お律は姉とのやりとりを思い出していた。先だって綱十郎がかりがねを訪ねてきた、あの晩のことである。

綱十郎が帰ったあと、緋薊が女子ではないかと瓦版屋に疑われているのを知りながら黙っていたことを、お律はお路に詰《なじ》られた。そしてお路は、瓦版屋などと行き来のある小五郎とつき合っていれば何が糸口となって足がつくか知れたものではない、定まった稼ぎもない男のどこがそんなにいいのかまるでわからない、だいたい小五郎とお律では身分が釣り合わない、とないない尽くしでけちをつけた。

姉はいずれ妹を盗人稼業から足を洗わせ、堅気の男に縁づかせようと算段しているふうだが、いっぺんでも泥水に染まった者がしみを完全に拭い落とすことができようとは、お律には到底思えない。

だがそれでいて、すぎたことをすべて水に流し、小五郎とふたり、どこかでひっそりと暮らしてみたいと夢想したりする。そうなれば、小五郎も自分も大事なものを手放すことになるが、小五郎がその痛みに耐えるというなら、お律はどこまでもついていく肚であった。

姉の胸の内もわからないではないが、その気持ちをお夕ほど素直に受け取る気にはなれない。小五郎とはきりのいいところで手を切るようにと険しい顔で迫ったお路に、緋薊が女子と疑われたのは木札に紅色が混じっていたせいばかりではなく、盗みのしんがりをつとめていた誰かさんが丸い尻を見られていたからだ、とお律はやり返した。

唇をきつく噛んで睨み返した姉の顔が、心太を食べ終えた口許をきりりと結んで合掌している妹の面輪《おもわ》に重なった。姉と妹は、温厚で意志の強かった父の面差しを受け継いでいる。

勘定をすませて水茶屋を出ると、木立に覆われた神社の境内は、さっきよりもひんやりして感じられた。

「お律姉さん、ごちそうさま。心太、美味《おい》しかったわね」

お律は少しばかり返事に詰まった。

「あら、姉さんの口には合いませんでしたか」

「うーん。好みによるだろうけど、心太は甘いほうが」

「そういえば、西のほうでは砂糖とか黒蜜とか、甘くして頂くんでしたっけ。わたしはすっかり江戸風に慣れちまった」

「西のほうで心太といえば、断然、黒蜜だよ。でも、こっちで黒蜜をかけても、どうもひと味足りないんだ」

お律がそういっても、お夕はぴんとこない顔をしている。

ふたりは神社をあとにして歩きだした。お夕は往きがけに道順を飲み込んだとみえ、杖をついてすたすたと足を運ぶ。門口のかたわらに柳の植わった織江の家が見えてきたとき、ふと杖が止まった。

「お律姉さん、さっき橘検校が居間にお入りになったとき、何か驚いていなすったでしょう」

目の開いている者よりずっと多くのことを見ている妹に、お律はあらためて感じ入りながら応じる。

「一瞬、お父っつぁんがそこに立っているのかと思ったんだ。それで、びっくりして」

「お父っつぁんが……」

「でも、そんなことは、あるはずがないだろ。他人の空似だって、すぐに思い直したよ」

「そんなに似ておいでなの」

「まあ、目許とか口のあたりが、少しばかりね。身体つきなんかは、まるきり違ってる。そうしてみると、似てるとはいえないかもしれないね。しょせん、あたしの目も頼りにならないってことだ」

お律は自嘲ぎみに笑ったが、お夕はまるで頓着なく、二度、三度とうなずいている。

「へえ、目許とか口のあたりが……。ふうん」

亡き父、久右衛門《きゆうえもん》の目鼻立ちを、思い出しているようだった。お夕は七つになるまで目が見えていたので、父の面影が記憶に残っているのである。

四

木挽橋の近くで薬種商を営む坂根屋は、間口が六間もある大店だ。

店の前に流れる三十間堀川を、汐留橋《しおどめばし》をくぐってきた舟がゆるゆると北へ進んでいた。空を高くなりつつある陽は清々《すがすが》しい光を降らせ、梅雨明けが近いことを思わせる。

年老いた船頭が櫓《ろ》を漕ぐ舟には、野良着を着た百姓の女房風ふたりが乗っていた。ふたりの足許には、葉物やねぎ、茄子などが入った籠や笊《ざる》が積まれている。

「ほう。これはまた、青々とした菜っ葉だね」

店の前に出ていた坂根屋の番頭が、川面をのぞき込んで声を掛けた。

舟の動きが止まり、女房たちが手拭いで姉さん被りにした頭をわずかにかがめる。ふたりともうつむき加減で表情がよく見えないが、紅《べに》っ気のない唇や陽に灼けた首筋に、なんともいえぬ色気を漂わせている。

船頭が腰を伸ばし、番頭へ声を投げた。

「今朝とれたばかりの作物でごぜえやす。青菜は汁の実にどうぞ。茄子は塩もみにしても炊いてもようがすよ」

「美味しそうだな。どうだね、お鹿《しか》さん。今晩のお菜にしては」

番頭が、岸辺に植えられた柳のほうを振り向いた。根方に、小太りの中年女が立っている。木綿縞の着物を襷掛けにして、坂根屋の女中であるようだ。

「番頭さん、困りますよ。青物を買う人はいつも決まっていて、こうして待ってるんですから」

「そうはいっても、あの菜っ葉は、なんともみずみずしそうじゃないか」

いま一度、番頭が舟へ目を向けた。菜っ葉を見定めるとみせて、女房たちへちらちらと視線をやる。

「たまには違う人から買ってもいいだろう」

「もう、番頭さんったら」

お鹿と呼ばれた女中が肩を上下させ、水辺へ首を伸ばした。

「船頭さん。菜っ葉と茄子と、ほかに何がありますか」

「ねぎときのこがごぜえやす」

「じゃあ、きのこもいただきますよ。すまないけど、台所まで運んでくれるかい」

「へい、ただいま」

船頭が岸に舟を着け、女房たちが籠や笊を抱えて石段をのぼってきた。

「こっちですよ」

店の横にある路地を入っていくお鹿に従いながら、ふたりが番頭に軽く会釈をして通りすぎると、番頭は満足したようにうなずいて店へ入っていった。

「このへんに置いておくれ」

裏口を入ったお鹿が、土間にある流し台の脇を指差した。

「あい、かしこまりましてございます」

そう応えて、お律は菜っ葉の入った籠を肩から下ろした。かたわらでは、茄子ときのこが盛られた笊を、それぞれお路が下に置いている。日ごろ、かりがねが寺島村《てらじまむら》の百姓から買い入れている作物であった。

「あれ、お鹿さん。いつものお百姓さんじゃないんですか」

板間を雑巾で拭いていた女中が顔を上げた。

「番頭さんが、この人たちをお気に召したみたいでね」

笊のそばにしゃがんで茄子を手に取り、吟味するように眺めていたお鹿が応じると、雑巾掛けの女中も土間へ身体を傾けた。

「ふうん。あら、美味しそうだこと」

財布を取ってくるからちょいと待っててておくれといって、お鹿が奥へ引っ込んだ。板間の女中は、雑巾掛けにもどっている。お律は頭を覆う手拭いをほどいて首筋の汗を拭いながら、台所にくまなく視線を走らせた。

流し台の縁、食器戸棚の上、むき出しになった梁。明かり取りの窓に飛びつくまでの足掛かり手掛かりとなる場所を目で測る。こうして見当をつけた寸法を、あとで綱十郎に伝えるのだ。

「ご苦労だったね。いつもというわけにはいかないが、いいものが採れたときは、また声を掛けておくれ」

奥から出てきたお鹿が、銭と一緒に小さな紙片をさりげなくお路の手に載せる。

「これはどうも、ありがとう存じます」

押しいただくようにして、お路が身をかがめた。

半刻《はんとき》（約一時間）ほどのち、姉妹は両国橋の西詰を歩いていた。お律は細かな格子柄、お路は子持ち縞の単衣《ひとえ》を小ざっぱりと身に着けている。新大橋の下流に、洲になった一帯がある。そこへ猪蔵が舟を寄せ、土地の漁師が網や船具をしまっておく小屋で、ふたりはあらかじめ用意しておいた単衣に着替え、百姓風にざっとまとめただけの髪を島田に結い直したのだった。泥をなりつけた顔も川の水で洗い、唇には紅を挿した。

西両国の大川沿いには、葦簀張りの水茶屋がずらりと並んでいた。赤い前垂れを着けた娘たちが、店の前を通りかかる人を呼び入れている。

水茶屋の向かいには菰《こも》掛けの芝居小屋や見世物小屋がひしめき合い、赤や黄色に染められた幟《のぼり》が青い空に向かって突き立っていた。江戸見物にきたとひと目でわかる一行が寄席の看板を見上げていたり、勤番侍《きんばんざむらい》が矢場をひやかしていたりと、ここはいつでも人でごった返している。三味線や太鼓の音もどこからか聞こえてきて、ざわめきが足許から湧き上がってくるようだ。

「あの番頭、舌なめずりしそうな目でずっと姉さんを追っかけてた」

「よしとくれ。背中がむずむずする」

「番頭がきっと声を掛けてくるに相違ないって、お鹿さんが見込んだ通りだったね」

「見込んだも何も、声が掛かるようにこっちが仕向けたのさ。おまえ、あたしに落とせない男がいるとでも思っているのかえ」

平然と返されて、お律は肩をすくめた。

ふたりとも、ごくふつうの声で喋っている。周りが声を張り上げている中では、がやがやしたうねりに声を預けるようにすると雑音に溶け込むことができるのだ。男たちがすれ違いざまにふたりを振り返るのも、話声に耳を留めたせいではない。

大川から吹いてくる風が頰に心地よかった。

「それにしても……。姉さん、いつ、お鹿さんに文を渡したんだい」

「お鹿さんが笊のそばにしゃがんだだろ。あのとき袂に落としたんだ」

「へえ。ちっともわからなかった」

お鹿の袂に入った文には、綱十郎からの指図が記されていた。奥へ下がったお鹿は中身に目を通し、すばやく返事をしたためてよこしたのである。その返事がいま、お路の帯のあいだに挿《はさ》まれている。この先をいったところにある茶屋で、綱十郎の配下と落ち合う手筈になっていた。

広小路には鮨や天ぷらなどの屋台も出ていて、食べ物の匂いに釣られた連中が立ち止まるので、思うように前へ進めない。

すぐ左手では、切り分けられた水菓子を並べている屋台の前に立つ娘が、まくわ瓜を食べたいと、連れの男に話し掛けている。

「こういうところのを食べると、腹をこわすことがあります。あまりお勧めできませんな」

応じている声に、聞き覚えがあった。何とはなしに振り向いて、お律は思わず足を止めた。

男のほうも、こちらに目を向けている。表情が固まっていた。まばたきを繰り返している目を見て、お律はとっさに踵《きびす》を返そうとするが、横にいるお路がすっと前に出た。

「これは一ノ瀬さま。いつもお世話になっております」

「あ、ああ」

小五郎が、我に返ったような顔になった。

「あら、小五郎さまのお知り合いですか」

まくわ瓜を見ていた娘がやりとりに気づき、小五郎へ小首をかしげる。齢《とし》のころ十六、七か、髪の結い方が武家風であった。胸も腰も膨らみきっていない身体に、花籠文様の縫い取られた振袖をまとっている。頬に真綿を含んでいるようなふんわりとした笑みが、十人並みの器量に愛嬌をもたらしていた。

丸顔が子どもっぽくもあるが、目の動きや仕草の端々に、お律は成熟した女を垣間見ていた。あなたさまをまるごと信頼しておりますという目を、娘は小五郎に向けている。その目は、己れの行く手を阻むものなど何ひとつないと信じて疑わぬふうでもあった。

風がにわかにべたついて、お律は咽喉《のど》をふさがれたようになる。

「恐れ入ります。手前どもは、川向こうで船宿を営んでいる者にございます。一ノ瀬さまには、いつもご贔屓《ひいき》にしていただいておりまして」

小五郎に先んじて、姉が応えている。どこまでも慎ましやかな声だった。

「そう、船宿を」

「人混みに一ノ瀬さまをお見かけして、つい声をお掛けしてしまいました。このようにうつくしいお連れさまがおありとは存じませんで」

「まあ、うつくしいなんて、そんな」

娘は恥じらうように下を向いたが、ほどなく物怖じのない目を小五郎へ向けた。

「次は、涼み船に乗ってみとうございます」

「その節はどうぞ、手前どもにお運びくださいまし。お待ち申し上げております」

そつなく応じて、お路が頭を低くする。

お律はそっと目を伏せた。姉が小五郎に口を挿む隙を与えまいとしてくれているのが、せめてもの救いだった。

五

台所で片づけ物をしていたお律が姉に呼ばれて出ていくと、店先に見知らぬ男がいた。

「手前は為次郎といいます。小五郎から、お耳に入っていませんか」

土間に立ってあたりを見まわしていた男が、お律に腰をかがめた。

「ああ……瓦版屋の」

町人のなりをしているが、もとは小五郎と同じく富山藩士の子息であった。

「実家に用があって藩邸に参った折、一ノ瀬の屋敷にも立ち寄って小五郎と顔を合わせたんですが、お律さんへの言伝《ことづて》を預かりましてね」

西両国の広小路で武家の娘と連れ立っていた小五郎と出くわしたのが、十日前のことだ。お律はこの場で言伝の中身を聞きたかったが、背中に姉の視線を感じ、為次郎を表へ出るようにうながした。

瓦焼き小屋の横にある小さな空き地までくると、為次郎は前置きもなしに口を切った。

「何といえばいいか、その、見合いの申し込みをかわしきれなかったそうなんですよ」

「お見合い……」

「一ノ瀬の兄上の奥方、つまりは御義姉《あね》上からもたらされた縁談だそうで。小五郎は釣り書きに目を通す前に断るつもりだったのに、それでは話を持ってきてくれた人に義理が立たないと御義姉上に泣きつかれて、形だけという約束で見合いをすることにしたのだとか」

「……」

「男が水茶屋で茶を飲んでいる。その前を娘がゆき過ぎる。まあ、見合いってのは、たいていそんなものです。娘がどこかへいってしまえば御役御免と小五郎は高を括っていたが、娘のお供についていた婆やが引き返してきたのは誤算であったと。娘を小五郎に押し付けて、人混みに紛れていったそうでしてね。それで、仕方なしに広小路をぶらぶらしていたところ、お律さんとばったり」

　その場に居合わせていたかのように、為次郎が気まずそうな顔をした。人懐《ひとなつ》こそうな容貌では あるものの、まるい目が絶えず動いて、抜け目のない感じもする。

　夏草に覆われた空き地は、草いきれでむせ返るようだった。油蟬がさかんに鳴き立てている。小五郎が初めてお律を花火に誘いにきたのも、こんなふうに陽射しの照りつける日であった。

「あらましは、だいたい飲み込めました。でも、小五郎さまがご自分でお見えにならないのは、どうしてなんでしょう」

「いま、小五郎は籠の中の鳥ですよ。参りたくても参ることができない。ほら、御義姉上があのように行き届いた方でおられますし」

　お律がきょとんとしているのを見て、為次郎が眉をひそめる。

「ひょっとして、聞いていないとか」

「あの、あたし、お屋敷のことはほとんどうかがっていないんです」

「そうでしたか。まったく、あいつらしいな」

　為次郎は少しばかり思案してから口を開いた。

「手前の実家も一ノ瀬家も、家禄は二百五十石。したがって、三十俵二人扶持《ぶち》といった貧乏武家にはあたりません。だが、家禄の高低にかかわらず武家の次男、三男というのは厄介者あつかいされるのが通り相場でしてね。学問なり武芸なりに秀でて新規召し出しの栄に浴するか、他家へ養子にいくか、世に出ようと思えばそれくらいしか見込みはありません。親の代にはまだ脛《すね》をかじらせてもらえるが、自分の兄が家督を継ぐと肩身がぐっと狭くなる。手前の例でいうと、夕餉《ゆうげ》のお菜を減らされました。兄嫁の立場になれば無理もなかろうと思います。日がな閑そうにしている義弟なぞ、目障りなだけでしょうし」

ところが一ノ瀬家は違うのです、と為次郎が続けた。小五郎の兄嫁はおとなしやかな人柄で、夫や義父に仕えるのと同等の礼儀をもって義弟に接してくれるのだという。むろん、お菜に差がつくこともない。

「もっとも、ご当人はすでに跡取りを産んでおられることだし、本音をいえばいつまでも義弟に家にいてほしいわけではないでしょうな。そういう御義姉上の気持ちも慮《おもんぱか》って、小五郎は見合いから逃げられなかったんじゃないかと思うんです。あいつ、妙に物堅いところがありませんか」

「ええ、たしかに」

屋敷でのことを話そうとしないのも、お律によけいな気遣いをさせたくないゆえだろう。

「ですが、ご安心を。見合いをしたとはいえ縁談を受ける気は毛筋ほどもないと、小五郎がはっきり口にしました。いまは御義姉上に気を遣ってむやみに出歩くことを控えていますが、ほとぼりが冷めたらお律さんに会いにくるはずです」

「まことに、そうでしょうか」

「小五郎を信用できませんか」

「いえ、そうでは……。見合いまでしておいて、縁談をお断りできるものなのかと」

「あいつは心底、お律さんに惚れていますよ。つき合いの長い手前が請け合います。どうか信じて待っていてやってください」

お律を力づけるようにいった為次郎が、それにしても、と空を見上げる。

「惚れた女がいるんだったら、思うがままに突っ走ればいいのになあ。瓦版屋になりたくて後先かんがえずに屋敷を飛び出したおれとは、そこが違うところかな」

ぐっと砕けた調子になった為次郎に、お律の心もいくらかほぐれる。

「手前勝手になりきれないのが、小五郎さまの佳《い》いところなんです」

為次郎が額に手をあてた。

「いや、こいつはどうも、あてられちまったな」

六

烈《はげ》しい夕立のあと、夜に入って風が涼しくなった。町木戸はとうに閉まり、静まり返った三十間堀の通りには、犬の仔一匹、見当たらない。

暗がりから黒装束に身を包んだ人影が吐き出されると、坂根屋の裏手にひとり、ふたり――つごう十人ほどが音もなく集まった。あたりを見まわした綱十郎が、高い板塀に切られた裏の戸に身を寄せ、指先で合図を叩く。

ほどなく、すうっと戸が開いた。黒装束の連中が、煙のように吸い込まれていく。

お路に続いて戸口をくぐったお律に、内側にいて戸のさるをはずしたお鹿が、目顔《めがお》でうなずいた。

一味の男たちは母屋の背後にある金蔵のほうへ駆けていくが、緋薊姉妹が目指す店蔵は庭の奥にある。

「お律、こっちだ」

「姉さん、承知」

目と目で会話して、姉妹は板塀に沿って庭へまわり込む。後ろでは、お鹿が裏の戸を閉めている。

ほのかな星明かりの下、店蔵の白壁が浮かび上がっていた。蔵の戸前にお路が駆け寄り、錠前を開けにかかる。

お律は腰の小太刀に手をやり、周囲を油断なくうかがった。

お路の白い指先が、闇の中をしなやかに泳ぐ。蔵の戸は三重に造られており、それぞれに仕掛けの異なる錠前が取り付けられていたが、うぶな娘が老練な男に手なずけられるように、ほどなく守りの構えを解かれてしまった。

三つめの錠前をはずし、がっちりと閉じられていた戸を開いたお路が、顎を持ち上げて奥を示した。ここからはお律の出番である。

戸口に立ったお律は目を閉じて深く息を吸い、ゆっくりと吐いた。身体の芯に一本、気の柱を通す要領で集中を高める。

薄く開いた目が、壁際の棚にある壺をとらえた。両手に収まるほどの小ぶりな壺だ。棚までは、一間半ばかり。手前には数本の細縄が張られ、小さな竹筒のぶら下がる鳴子板が幾枚も連なっている。

暗がりの底に、埃や黴《かび》の匂いが淀んでいた。お律は、蔵の中を縦横無尽に縫っている空気の筋目を読み取った。外側を漆喰で塗り込められているとはいえ、明かり取りの窓や入り口の戸が開閉されるときに入ってくる空気が、蔵の中では幾層もの束となって入り乱れているのだ。筋目に逆らわず、空気そのものになりきることに徹すれば、おのずと細縄を避けて棚へたどり着くことができる。

いま一度、呼吸をととのえると、戸口から流れ込む夜陰《やいん》に紛れ、するりと蔵へ忍び入った。つま先立ちになった足許を横切る細縄を越え、胸許に迫る空気の筋目をかいくぐりながら、棚へと近づいていく。後ろで見張りにあたる姉の目には、優雅な舞を舞っているふうに映るかもしれない。

ほどなく、陶器のひんやりとした感触が指先に触れ、お律は壺を懐の深いところへ押し込んだ。埃や黴とは異なる香りを嗅いだのは、身体の向きを変えて踏み出そうとしたときである。

空気の筋目を侵してしまったのを、お律は瞬時にさとった。

いけない、と思った刹那、父の面影が脳裡をよぎった。なぜ、と思う間もなく、こんどは小五郎の顔が重なる。

盗みの最中に邪念が入り込むことなど、あってはならぬ。

背筋を冷たいものが落ちていき、頭巾の中で髪が総毛立った。

口から吐き出される息が、暗闇に波紋を広げていく。

カタカタカタカタ……。鳴子が音を立てた。ただし、気配に共鳴しただけの、かすかな響きだ。母屋で寝ている者たちを目覚めさせるほどではない。

お律は呼吸を立て直そうとした。しかし、いったん乱れたものを正すのは容易ではない。

「断ち切っておしまい」

お路の低い声が耳に届いた。

「細縄を切って、鳴子を床に下ろすんだよ」

声が畳み掛けてくる。

「でも……」

正統なる盗人は、錠前であれ鳴子であれ、差し向けられた仕掛けを正面から受けて立つものだ。そこから逃げるのを何より嫌っているのは、お路自身ではないか。

「迷ってるひまはないよ、さっさとおし」

姉の声には、有無をいわさぬ力があった。

細縄がつながれている隅に移ると、お律は左手で鳴子のぶら下がっているほうを支え、小太刀を抜いた右手で縄の端を切った。はずみで鳴子が音を立てぬよう細心の注意を払いながら、左手に持った縄を下ろしていく。

手許に集中すると、しぜんに呼吸がととのった。暗がりにふたたび浮かび上がってきた筋目の合間を縫い、蔵の外へ出る。お路の姿を目にしたら、総身《そうみ》にどっと汗が噴き出してきた。

「ね、姉さん……」

我知らず膝が震えたが、頭巾の奥から見返してくる目はひややかだった。

「お財は」

差し出された手に、お律は懐から壺を出して載せる。

「色恋にうつつを抜かして、このざまかい。とばっちりを食うのは御免だよ」

乾いた声だけを残して、お路はもう、屋根へと飛び上がっている。

七

ひと月半ぶりに会う小五郎は頰の肉がいくぶん落ちたようで、お律の胸は締めつけられた。

「為次郎から仔細を聞いてくれただろう。これでも、屋敷を抜け出すのに苦労したんだ」

玄関までいくにも義姉上のいる居間の前を通らねばならぬし、下人も俺を見張るよう申し付けられているから手ごわいのだ、と話すのを聞きながら、小五郎もまた己れのやつれた顔を見て同じ感慨を抱いたに相違ない、とお律は思った。

先に為次郎と話した空き地の前である。あんなに油蟬が鳴いていたのに、いまは法師蟬に取って代わられている。

「お屋敷の方の目を盗んで抜け出してきたということは、正式に縁談を断っておいでではないのですね」

「う。それは、まあ」

痛いところを突かれた小五郎が、少しのあいだ天を仰いで、視線をもどす。

「義姉上に、こちらの意思は伝えてあるのだ。しかし、先方が大いに乗り気だとかで、無下《むげ》に断るのも憚《はばか》られてな」

お律は小五郎に背を向け、つま先で地面を軽く蹴った。

「お相手の娘さんは、どんな方ですか」

「どんなって、お律も見ただろう。あのまんまだ。俺にいわせれば、まるっきりの子どもだね。

旗本の娘なんてのは苦労を知らないせいか、何でも自分の望み通りになると思い込んでいる」

「そう、お旗本の……」

「まったく、鼻持ちならぬお嬢さまだよ」

「………」

「とにかく、ここが正念場だ。折をみてきっぱり断るつもりだから、いましばらく辛抱してくれ」

「………」

「おい、何か応えろよ。怒っているのか」

お律がなおも黙っていると、草履《ぞうり》が土を踏む音がすると同時に、小五郎が目の前にまわり込んできた。お律はぎゅっと抱きしめられる。

「ちょっ。誰かに見られたら、どうするんです」

「案ずるな。誰も見ておらぬ」

「だけど……」

「そりゃ、怒るよな。怒って当たり前だ。思う存分、怒るがいい」

鼻唄でも唄うような、のほほんとした調子で、小五郎が耳許に囁きかける。懐かしい体臭と鬢付け油が、ほのかに香った。

お律の口からくすくすと笑いが洩れると、抱きしめている腕の力がいくぶん弛んだ。

「よし、俺は決めたぞ。こたびの縁談は辞退すると、屋敷に帰ったらただちに義姉上に申し上げる。な、だから機嫌を直せ」

大きな手のひらが、背中をとん、と叩いている。

お律は小五郎の匂いをいっぱいに吸い込むと、厚い胸板に手を当ててそっと押し返した。

「これきり、逢うのはやめます」

小五郎が一歩さがって、お律の顔をのぞき込む。

「いま、何と」

「あたしたち、おしまいにしましょう」

小五郎がいぶかしそうに眉をひそめる。

「もしや、身分が違うとか、つまらないことを考えているんじゃないだろうな」

「そうではありません」

「では、どうして」

「転がり始めているのが、おわかりになりませんか」

お律は顔を上げ、これはうちの船頭から聞いた話ですけど、と小五郎の目を見つめた。

「深川《ふかがわ》あたりを流していると、見るからに訳のありそうなふたり連れを乗せることがあるんですって。船頭に声を掛けるのは、たいてい男のほう。女子は舟に乗る寸前までよそよそしい感じなのに、水面へ出ると、一転するそうで」

舟が漕ぎ出した途端にそわそわするのは、例外なく男だという。女はというと、「近場だと知っている人の目があって落ち着かないから、いっそ浅草の出合茶屋へ着けておくれ」などと、ぬけぬけと指図を出す。

「舟に乗るまでさんざん迷っても、女子は漕ぎ出してしまえば肚が据わります。けれど、殿方は舟が出てから行先を思案し始める。小五郎さまだって……」

「あらぬことを。俺は迷ったりなぞしない」

「娘さんはもう、立ち止まれませんよ」

「しかし、俺は……」

「小五郎さま」

お律は小五郎をさえぎった。

「縁談はだいぶ前から持ち上がっていたのではございませんか。小五郎さまは、あたしに黙っていらした。毛筋ほども迷いがなかったとはいえませんでしょう」

小五郎が言葉に詰まった。

「一方であたしと逢瀬を重ねながら、一方で別の娘と見合いをするような殿方をあてにするほど、お人好しではございませんの」

「おい、待てよ」

小五郎がお律の手首を摑んで揺さぶったが、お律はその指を一本ずつ、淡々と剝がしていく。

手と手が、離れた。

「どうぞお帰りを」

小五郎はしばらくその場にとどまっていたが、やがて荒々しい足取りで遠ざかっていった。

足許に生い茂る草むらが、乾いた風にそよいでいた。葉は水分を失って、生気なく黒ずんでいる。

夏は去ったのだ。

八

お律がひとりで帰ってきたのを見ても、お路は何もいわなかった。

夜になり暖簾《のれん》をしまったあと、ふたりで夕餉をとっていると、向かいの膳についているお路が両手を小さく叩いた。

「そうだ、心太をこしらえてあったんだ。食べてしまわないと」

「ちょっとばかり時季遅れじゃないかえ」

「お客用にとっておいた天草《てんぐさ》が余っちまってたんだよ」

そういって立ち上がったお路が、お律の膳をちらりと見やる。

「どうしたんだい、あんまり食べてないじゃないか」

「なんだか食欲がなくて……」

「心太なら入るだろ」

お律が苦笑まじりにうなずくと、お路はいそいそと居間を出ていった。

「はいよ、お待たせ」

台所からもどってきたお路が、お律の膳に小鉢を置いた。透き通った心太には黒蜜が掛かっている。

「姉さん、これって」

「お客には酢醤油を添えて出しているけど、あたしたちが心太といったら、やっぱり黒蜜だものね」

お路が自分の膳の前に坐りながら、口の端を持ち上げる。

「そうじゃなくて、黒蜜に何かまぶしてあるでしょう」

小鉢に鼻を近づけると、黒蜜の甘やかでこくのある香りに、ぴりっとした刺激が混じっている。

「ニッキだよ」

「ニッキ……。坂根屋の店蔵で、これと同じ香りがしたんだ。そしたら、お父っつぁんの顔が浮かんできて」

お律は小五郎の面影もよぎったことには触れなかった。

「そうだろうね。香りってのは、心の底に眠っている記憶を呼び起こすことがあるそうだし……。浜岡《はまおか》の黒川屋《くろかわや》で食べていた心太は、黒蜜にニッキがまぶしてあったんだ。お父っつぁんがどこかの寄港地でその食べ方を知って、たいそう気に入ったらしくてね。もっとも、おまえは気にしたこともないだろうけど」

「……すると、姉さんはあのとき気づいていたのかえ」

何をいまさらという表情でお律を見返している、それがお路の答えであった。

縁側では、秋の虫が鳴き始めている。

小鉢を手にとり、心太を箸でたぐる。なめらかな舌触りとともに、えもいわれぬ香気が鼻に抜けていく。

「これこれ、この味だよ。それにしても、坂根屋の店蔵でどうしてニッキが香ったんだろう」

首をひねるお律に、お路があきれたような顔をした。

「おまえって子は、ほんとうにものを知らないんだから……。ニッキは肉桂《にっけい》ともいって、もとは薬種なんだ」

「へえ、そうなの」

「殿方の鬢付け油には、肉桂を多めに混ぜているのもあるらしいね」

何気ない調子でいって、お路は心太をすすっている。

見抜かれているのだ、何もかも。

「姉さん。あたし、小五郎さまとは、もう金輪際《こんりんざい》……」

口にした途端、抑えていた気持ちが込み上げてきて、胸が詰まった。

「あ、お父っつぁんで思い出した。仏さまにも、心太をお供えしないと。台所にまだ残っているから、持ってこよう」

お路がそしらぬ顔で腰を上げた。部屋の入り口で、振り向かずにいう。

「お父っつぁんは、明るく笑ってるお律が大好きだったよ」

廊下へ出ていく足音を耳にしながら、お律の目に涙がとめどもなくあふれてきた。

恋の面影

一

お夕《ゆう》が鈴を失くしたことに気づいたのは、箏柱《ことじ》の箱を抱えて座敷へ入ろうとしたときである。箱を抱える指先に、何か大きな塊に突き当たった感触があり、その塊が「あっ」と声になるかならぬかの響きを洩らした。

敷居際に立っていた何者かにぶつかったのだ。

「すっ、すみません」

「こちらこそ、失礼いたしました」

とっさに頭を下げると、返ってきたのは、先刻、お夕たちを座敷へ通してくれた女中の声だった。

根岸《ねぎし》の里にあるこの寮は、京橋《きょうばし》の小間物商「伊豆屋《いずや》」の持ちもので、いまは隠居所として使われている。今日は隠居が客を招き、橘検校《たちばなけんぎょう》と石本織江《いしもとおりえ》の演奏を堪能することになっていた。

お夕は前もって準備をするため、姉弟子のお福《ふく》と昼すぎに岩本町《いわもとちょう》の織江宅を出た。こういうときに楽器を運んでくれる、目の見える男がいて、お夕とお福は織江の箏を抱えたその運び屋と根岸へやってきたのであった。お夕たちは柳橋《やなぎばし》から舟に乗って大川を遡り、山谷堀《さんやぼり》で下りて日本堤《にほんづつみ》を歩いてきたが、織江はのちほど駕籠で到着する手筈になっている。

「箏は床の間に向かって左の壁に立て掛けておきました。ほかにお手伝いすることはございませんか」

女中の声が畳み掛けてくる。

「恐れ入ります。あとはわたしたちでととのえますので」

どぎまぎしているお夕の代わりに、座敷の中ほどで織江たちが坐る位置をたしかめていたお福が返事をした。

女中が下がっていくと、お夕はお福のかたわらに膝をついた。

「ねえ、お福ちゃん。わたし、鈴をどこかに落としたみたい」

織江宅に住み込んでいる四人の弟子のうち、お福はお夕より一つ年かさの十七歳で、すぐ上の姉弟子だった。最年長のお菊《きく》と最年少のお竹《たけ》は、岩本町で留守番をしている。

師匠も弟子も目が見えない所帯では、家の中で出会いがしらに額と額をぶつけることも珍しくない。人の気配はおおよそ読めるのだが、何かに気を取られていたり、急に身体を動かしたりすると、ごつん、と痛い思いをしてしまう。そうしたわけで、誰からともなくいい出して、めいめいに音の異なる鈴を身に着けるようになったのだった。

お福の鈴が、ちりちりと音を立てた。袖を振ったらしい。

「おおかたぼんやりしてたんじゃないのかい。お夕ちゃん、朝からいやにそわそわしてるもの」

お福の物言いはずけずけしているが、裏表のない性分には嫌味がなかった。上州《じょうしゅう》の豪農の娘で、生まれたときにはすでに目が見えなかったという。

目が不自由といっても人それぞれで、お夕は光の加減がまぶたに映り、明暗を読み分けられるが、お福はまったくの闇に閉ざされている。そのぶん物事のゆらぎを察する勘が研ぎ澄まされるのか、こちらの考えていることがそっくり見透かされていて、ぎくりとすることもたびたびだった。

「だ、だって、その、こちらのお座敷にうかがうのは初めてなんだもの。そわそわするのは当たり前でしょ」

「まあ、それもそうだね。でも、どこで落としたんだろう。心当たりはあるのかい」

「ううん。落としたときに、音がしそうなものだけど」

いつになく上ずっている心持ちを見抜かれたのではとお夕はひやりとしたが、うまくはぐらかせたようで、いくらかほっとする。

お福が短く息を吐いた。

「探すにしても、初めてきた場所じゃ、見当のつけようもないよ。お師匠さんにわけを話して、新しいのを買ってもらうよりないかもね」

「できれば、お小言をもらいたくないんだけどな」

そういって、お夕は帯のあいだへ手を差し込む。そこに挿《はさ》んである紙入れに、鈴を付けてあったのだ。指先に布張りの紙入れは触れるものの、留め金に結わえ付けてあるはずの紐がちぎれてなくなっていた。懐《ふところ》にすうすうと風が抜けていくようで、にわかに心許なくなる。

だが、箏を覆っている布を取り除き、猫足を取り付けて畳の上に据え、柱《じ》を立てて調弦にかかる頃には、鈴の行方などいずこへか消え去って、お夕は十三本の糸が生みだす音の響きを追うことに没頭した。

箏を調弦しておくようにと、織江から命じられたのである。日ごろの修業ぶりが問われているといってもよかった。

勝手知ったる稽古場ではなく、時も限られている中で、よい塩梅《あんばい》の音をこしらえるのは容易なことではない。調弦を仕上げるのは織江当人だとしても、土台が狂っていては、ととのえるのに手間取ってしまう。そんなへまをしたら今夜のお膳にありつくことは到底かなわぬし、明日からの稽古中に叱責される回数も、ぐっと増えるに相違ない。

「織江さま、どうぞこちらでございます」

気づくと、廊下で織江と女中の声がしていた。衣擦《きぬず》れの音が、座敷に入ってくる。

「お師匠さん、音をみていただけますか」

お夕は膝をずらし、箏の前を開けた。

位置についた織江が、糸の向こう側から手前にかけて、ひと息に掻き鳴らす。ちょっと間があって、こんどは第一弦から一音ずつ、吟味するように鳴らしては、時折、音程に加減を加えていく。

斗《と》、為《い》、巾《きん》とひとわたり十三音が響き終わって、織江が箏に被《かぶ》さっていた身を起こしたのが、黒紋付きの生地が擦れ合う音でわかった。何もいわれないが、明らかに調子をはずした音はなさそうだ。

お夕の肩からいくぶん力が抜けたとき、「検校どのがお見えになりました」と、表のほうから女中の声が届いてきた。

どきどきと、途端に心ノ臓が躍り始める。口を開けたら飛び出して、そこらじゅうを跳ねまわりそうだ。

どうか、この音がお福ちゃんに聞こえませんように。

胸の高鳴りを鎮めるように、お夕は両手で襟許《えりもと》を押さえた。

二

根岸の里は上野の山の東北側に開けた田園地帯で、風趣に富んでいることから文人墨客に好まれ、雑木林や竹藪に囲まれた風景の中には、日本橋や京橋などの富商が構える寮も点在していた。

緑に溶け込むように建つ伊豆屋の隠居所に、橘検校の三味線と唄、織江の箏の音が流れている。

地唄《じうた》の『雪』であった。

花も雪も払えば清き袂《たもと》かな
ほんに昔のむかしのことよ
わが待つ人も我を待ちけん……

いまは尼となっている女が、芸妓《げいぎ》であった時分の恋を回想する曲だった。

地唄とは、江戸で生まれた長唄や端唄《はうた》に対して、上方《かみがた》の人々が自分たちの土地の唄という意味合いをこめて区別したもので、江戸では上方唄と呼ぶ人もいる。古くから盲人たちが曲を作り、守り伝えてきたことから、法師唄の名称もあった。

座敷で奏でることを前提とした音曲ゆえ、芝居に用いられる長唄のような派手さはないが、しっとりとした落ち着きと品のよさを身上《しんじょう》としている。もともとは三味線を弾きながら唄う曲として作られたが、当節は箏と合わせたり、さらに胡弓が加わったりもする。

織江の凛《りん》とした箏の音に、空からひっそりと舞い落ちてくる雪が重なる。それを受け止めるのが、橘検校の堂々として懐の深い三味線の響きだ。

びいぃんと、空気が波立ってお夕に押し寄せてくる。日ごろの稽古では箏も三味線も手にするが、おまえには三味線のほうが向いているようだと織江からいわれたこともあって、おのずと耳が橘検校の音色に引きつけられる。

どうすれば、こんな音が出せるのだろう。楽器の構え方は。撥《ばち》の握り方は。撥を糸に当てる角度は。

目が見えたらいいのにと思うのは、こういうときである。

日々の暮らしにさしたる不具合はないが、芸のこととなると話は別だ。己れの目指す音は頭にこだましているのに、腕が追いつかない。もどかしくて、胃ノ腑のよじれる心地がする。

　聞くも淋しき独り寝の
　枕に響く霰《あられ》の音も
　もしやといっそ堰《せき》かねて……

橘検校の声は、まさしく男のものであった。咽喉《のど》仏を震わせて発せられる、太い声だ。しかし、そこには女の魂が宿っている。

情夫に捨てられた女の心情など、男の橘検校にわかるはずもないのに、冷えびえとした侘《わび》しさ、やるせなさが沁みてきて、お夕は胸がきゅうっと締め付けられたようになる。

いつであったか、目の見えない者が奏でる音はどういうわけか心に残る、といった人がいた。お夕たちにとって、芸はこの世を渡っていくのに欠かせぬ杖であり、命綱である。この道ひとすじに生きていくという肚《はら》の据わりようがおのずと音にあらわれ、聴く者の心を打つのだろうか。橘検校が芸の極みへ達するまでにたどった道の険しさを思うと、お夕は気が遠くなりそうだった。

それはそうと、橘検校のことばかり気になるのは、何ゆえなのか。こうして三味線の音を聞いていても、前よりも曲の深みや奥行きを汲み取れるようになった気がする一方で、芸のことなぞ抜きにして、ふたりで他愛のない話に興じてみたいと考えたりする。だが、橘検校その人を前にすると、さっきみたいに胸がどきどきして、のぼせたような心持ちになってしまう。

橘検校の目鼻立ちがお父っつぁんに似ているなどと、お律《りつ》姉さんがいったりするから……。

お夕は先だってお律と会った折のことを思い出した。橘検校に亡き父の面影を重ねるようになったのは、あれからだ。

お夕の母は、産後の肥立ちが思わしくなく、お夕を生んで三月ばかりで亡くなった。ゆえにお夕は、母の顔も温《ぬく》もりも憶えていない。

父がこの世を去ったのは、お夕が六つのときだった。お路《みち》から聞いた話によると、父は火事になった家から逃げ遅れたのだという。いわれてみれば、どこかの建物が赤々とした焔に包まれるのを見たような気もする。視力を失ったのは七つだから、当然、その時分は見えていたのだ。

しかしながら、父の面影を憶えているかと問われても、憶えているような、そうでもないようなど応えることしかできない。父は春から夏のあいだは千石船《せんごくぶね》を乗りまわしていたし、秋や冬も陸上でこまごまとした仕事があったらしく、浜岡《はまおか》城下の黒川屋《くろかわや》にゆったりと腰を落ち着けてはいなかった。記憶しているのは、顔貌《がんぼう》よりも、抱き上げられたときの二の腕にできる力瘤とか、頬にあたる髭が痛かったとか、そんなことである。

父の面影を橋検校に重ねるだけでこんなにもふわふわした心持ちになる己れが、お夕はいささか不思議であった。この気持ちを、何と名付ければよいのだろう。

師匠たちの演奏は締め括りにさしかかっていた。夜陰を思わせる調べが、余韻を残して消えていく。

曲が終わると、ややあって「ほうっ」と座から溜息が洩れた。手を叩く音もする。

「朝晩はしのぎやすくなって参りましたが、昼日中は真夏のように暑い日もございます。皆さまにいくらかでも涼を感じてもらえたらと、師匠方に『雪』を所望いたしました。そうした趣向を楽しんでいただけましたかな」

「ええ、それはもう。降りしきる雪と尼さんの姿が、そこに見えるようで……」

「じつに素晴らしゅうございましたな。演奏を聴いているあいだ、汗も引っ込みました」

隠居と客がやりとりしている。客は男ばかり四人で、隠居と同じくこの界隈《かいわい》にある寮で暮らしている者や、日本橋や深川《ふかがわ》あたりから訪ねてきた者であったが、客のそれぞれはさほど親しい間柄でもなさそうだ。

縁側の障子は開け放たれており、七月の田圃《たんぼ》を渡ってきた風が座敷を吹き抜けていく。むんとした青臭さとは別に、かさかさと白茶けた秋の匂いもお夕の鼻に寄せてくる。町なかよりも、蝉の声が大きく聞こえた。いま時分は法師蟬が鳴いているが、日暮れどきには蜩《ひぐらし》に変わるのだろう。

それから半刻《はんとき》（約一時間）ばかり、隠居や客の要望に応じて橘検校と織江が曲を披露し、座がお開きになると、お夕とお福は楽器を片づけた。台所に控えていた運び屋の男が座敷に入ってきて、箏を抱え上げる。橘検校と織江にはこのあとねぎらいの膳がふるまわれるそうで、師弟は帰りも別々だった。

運び屋の手を借りながら框《かまち》を下り、履き物に足を入れる。白木の杖を手にして、戸口を出ようとしたときである。

「すまぬが、ちょいと待ってくれぬか」

後ろから呼び止められた。

ころ、ころ、ころ、ころ。

お夕の鈴が鳴っている。耳慣れた音を、聞き違えるはずがなかった。振り返ると、その音は、迷うことなくこちらへ向かってくる。

三

「これはおまえさんの鈴かと、その日のお客さまから声を掛けられてね。手水鉢《ちょうずばち》の足許に転がっていたんですって。きっと、厠《かわや》へいったときに落としたんだわ」

「ふうん。よく見つかったもんだね」

お夕の話を聞きながら、お路はおざなりな相づちを打った。葺屋町《ふきやちょう》の操座《あやつりざ》で人形芝居を一幕だけのぞいたあと、駕籠屋新道《しんみち》にある蕎麦屋へ入っている。

人形芝居の筋立てが退屈だったせいで、うっすらと眠気に覆われていた。しぜんに欠伸《あくび》が込み上げてくる。だが、お夕が帯のあいだから取り出した紙入れを見ると、眠気はいっぺんに吹き飛んだ。

「おまえ、そんなところに付けてるのかい」

「そうよ。これだと勝手がいいんですもの。音をさせたいときは、こう、鈴だけ帯の外に出せばいいし、静かにしなきゃいけないときは、帯の内側に仕舞えばいいでしょ」

「違う。鈴じゃなくて、匂い袋だよ」

我ながら、声が険しくなった。

「大事なものだから他人《ひと》に見られないようにしろって、あれだけいったじゃないか。肌守りと一緒にして、首から下げておけと」

お夕の紙入れは布張りの二つ折りで、輪っかになった留め金で閉じられるようになっている。留め金に括り付けられた真新しい紫色の紐には、鈴と共に匂い袋がぶら下がっていた。

匂い袋の青みがかった布地には、異国風の文様が縫い取られている。巷《ちまた》ではちょっと見掛けないものだ。

ころころと鈴をもてあそんでいたお夕が、びくっと首をすくめた。

入れ込みの土間にいる客たちの視線が已れに集まるのを感じて、お路はわざとらしく咳払いをした。

「もういいから、紙入れを仕舞いなさい」

石本織江からお路に声が掛かり、かりがねで屋根船を仕立てたのは六月の終わりであった。織江を贔屓《ひいき》にする商家の主人が、船遊びかたがた商いの用談をしたいという話だった。数多《あまた》の船でごった返す大川の波をくらって屋根船が揺れたりせぬよう、お路は老練の猪蔵《いぞう》を船頭につけることにし、また、自ら「鍵屋《かぎや》」に足を運んで助っ人をよこしてくれと頼んだ。鍵屋はいわずと知れた、江戸花火の総本山である。

もてなしを受けるほうの主人は、採算の見通しがつかない取り引きに二の足を踏んでいるとのことだったが、当日は織江の弾き唄いと、舳先《へさき》から打ち揚げられる花火に大いに興趣をそそられたとみえ、用談はつつがなくまとまった。

織江にも、たんと祝儀がはずまれたらしい。「お路さんに、御礼を申し上げたく存じます。恐れ入りますが、拙宅までご足労いただけませんか」と、下女を遣いによこした。お路が出掛けていくと、織江は丁重に礼を述べて、「お見えいただいたついでに、お夕さんとゆっくりしてきてくださいな」と、ふたりを送り出してくれたのだった。

お夕が紙入れを帯に挿み込んだのを見届けると、お路はさりげなく首をめぐらせた。さっきから、どうも誰かに見られている気がしてならない。

土間には四人掛けの飯台が六つばかり置かれ、奥のほうには小上りも設《しつら》えられている。時分どきをすぎているのもあって、客はお路たちのほかに三組いるきりだ。芝居帰りらしい男女、職人風の四人組、年寄りの夫婦といったところで、今しがたきつい声を出したお路のことなどすっかり忘れたという顔つきで、蕎麦をたぐったり仲間との話に興じたりしている。

べつだん、怪しいことはなさそうだ。お路はお夕に向き直ると、茶の入った湯吞みに口をつけた。

「匂い袋のことはともかく、修業に預けたおまえをたびたび表へ連れ出したりして、お師匠さんも内心は呆れてなさるんじゃなかろうか」

織江の厚意にありがたく甘えさせてもらったものの、お路はいくらか気が引けた。折にふれて付け届けをしてあるとはいえ、春には姉妹三人で花見にいったし、先だってもお律が息抜きに心太《ところてん》を食べさせたと聞いている。

「お師匠さんがゆっくりしておいでといいなすったんだもの。そう案じることもないでしょうよ」

湯呑みを両手で包んで、お夕がおっとりと応じる。

「じゃあ、お福とかいったっけ、ほかの内弟子に妬《ねた》まれたりは」

「しないわ。表に出たぶん、帰ったらひとりだけ、みっちり稽古させられるもの」

「だったら、まあいいけど」

お路は小さく息をつく。

「いえね、これでよかったのかと、時折、考えることがあるんだ。おまえにばかり辛い思いをさせてるんじゃないかって」

「辛くないとはいわないわ。でも、どんな技芸を身に着けるにしろ、修業ってのはそういうものでしょう。大丈夫よ。へこたれそうになると、薊《あざみ》の花を思い浮かべるの」

「薊？」

「わたしの目がいまみたいになる前に、お路姉さんとお律姉さんと、三人で見たじゃないの。薊は葉の縁に棘があるけど、わたしたちもそんなふうに逞《たくま》しく生きなきゃいけないって、お路姉さんが話してくれたわ」

「お夕……」

「お路姉さんは、つくづく心配性ね」

鼻の脇に皺を寄せて笑ったお夕が、だがすぐに、かしこまった顔になる。

「こんなに心配してもらえるわたしは、つくづく果報者ね。ほんとうに、平気だから安心して。屋根船のことではかりがねのおかげで上々の首尾だったとお師匠さんも喜んでいなすったし、人形芝居の浄瑠璃を耳に入れるのも、わたしには芸の修業になる。地唄にかぎらず、いろいろな音曲を耳にしなさいと、橘検校も仰言《おっしゃ》っているの」

「橘検校……。ああ、お師匠さんのお師匠さんか。おまえ、橘検校にも稽古をつけてもらってるのかい」

「時どきね。織江師匠は箏の名手でいなさるけど、三味線は橘検校のほうが得手《えて》になさっているから」

いまから六年ほど前、お夕を織江に入門させるにあたり、お路はその身の上を少しばかり調べさせてもらった。大身《たいしん》旗本の娘に生まれた織江は、二歳で眼病に罹《かか》り、四歳でまったく目が見えなくなった。六歳のとき、屋敷へ出稽古にやってきた音曲の師匠に箏の手ほどきを受けたが、織江の音を聞いた師匠が「仕込みっ子として引き取りたい」と申し出て、織江の親もこれを承諾した。その師匠というのが、橘検校である。

引き取られたとき織江は七歳、検校は二十六歳だった。その頃は検校の女房が息災にしていて、女の弟子が家に住み込んでも差し支えはなかったらしい。

芸の技量も人柄も、織江ならば間違いなかろうと見極めをつけて、お路はお夕を預けることにした。十歳という、芸道に入るにはいささか遅まきの感がある年齢を気に掛けていたお路に、織江は「齢《とし》は関係ございません。当人の覚悟、それに尽きます」ときっぱりいい切った。その言葉を聞き、お路は自分の見当がはずれていなかったと確信を持ったのだった。

お夕は手を腿の上に置き、心持ちうつむいている。

思慮深そうな額、長いまつ毛、すんなりと通った鼻筋、軽く引き結ばれた唇。

うりざね顔に並んだ目鼻の一つひとつに、お路はうっとりと見入った。お律とも話したことがあるが、まるで観音様を拝んでいるみたいだ。無垢で、慈悲にあふれていて、こうして目にしているだけで、我が身のまとっている穢《けが》れが、残らず洗い流されるような心持ちになる。

お夕はお路の、たったひとつの救いであった。祈りといってもいい。

お夕の目は、七つのあるときからずっとまぶたが閉じられたままになった。妹が見ている闇を、姉であっても知ることはかなわない。推し量るだけである。

ものの色や形を見て取ることができないのは、むろん不憫《ふびん》とは思う。しかし、この世の醜さを目にしなくてすむのは、幸いとも思う。

織江に入門した時分のお夕は、お路から離れるのをひどく怖がり、挙動もおどおどしていたのに、いまでは顔をうつむければ水仙、正面を向けば白百合を彷彿とさせる娘っぷりだ。ちょっと会わないうちに、わずかに憂いが加わったようでもある。日々の鍛錬が、妹を磨いているのだろう。

お路がお夕を織江に預けたのは、盲目の妹にひとりで食べていける道をつけてやりたかったのもあるが、世の裏街道に身を落とした姉たちからはなるたけ遠い道を歩んでほしいと望んだゆえでもあった。

芸の道は、いばらの道だ。容易ではないからこそ尊く、高潔な道を、お夕にはひたすらに歩んでほしい。

お夕の視力が失われた責めは、すべてこの自分にある。だから、お夕を守るためなら、世の中の醜さをまるごと引き受けたって構わない。そう肚を決めたのが、昨日のことのようだった。

もっとも、十両盗めば首が飛ぶ世の中である。観音様の慈悲をもってしても己れの罪が帳消しになることは、万に一つもあるまい。

お路が自嘲気味に口許を歪ませたとき、盆を抱えた小女が蕎麦を運んできた。

ふたりとも、天ぷら蕎麦を注文していた。飯台に置かれたどんぶりから、白い湯気が上がっている。

まずは蕎麦を味わおうと、海老の天ぷらを脇へ寄せたお路が向かいに目をやると、お夕も同じことをしていた。姉妹はこんなところが似るのかと、いささか可笑《おか》しくなる。

蕎麦をすすると、出汁と醬油の釣り合いがとれた風味に、蕎麦の素朴な香りが混ざり合って、鼻から抜けていく。心までほぐれるようだ。お夕がいうように、己れは何事にも気を揉みすぎるきらいがあるのかもしれない。

しかしそれでも、お路は念を押さずにいられなかった。

「織江師匠のところへ帰ったら、匂い袋を鈴とは別にして肌守りと一緒にすること。約束しておくれ」

「わかりました。でも……」

苦笑まじりに応えたお夕が、わずかに首をかしげた。かすかな物音に、耳を澄ますような顔つきだ。

「そういえば、鈴を拾ってくれた人に、これをどこで手に入れたのかと訊かれたっけ」

お路はどきりとした。

「おまえ、何て応えたんだい」

「神社の縁日で、ほかの弟子とは音が違うものをお師匠さんに買ってもらいましたって」

「それで、向こうは」

「はあ、さようですかって。なんだか、あてがはずれたような口ぶりだった。それがなんとなく引っ掛かっていて……。ひょっとして、匂い袋のことを訊きたかったのかしら」

だからいわんこっちゃない。お路は咽喉許まで出掛かった言葉を呑み込み、天井を仰いだ。用心はいくらしたところで、しすぎることはないのだ。

顔をもどし、お夕に訊ねる。

「その人、名を何ていうのか、わかるかい」

「いいえ。でも、伊豆屋のご隠居さまには、先生って呼ばれてた」

「先生……」

「師匠方の演奏が始まる前にお話しされているのを耳にした感じでは、だいぶ懇意にしておいでの様子だったわ。ご隠居さまは当代のご主人をいささか心許なく思っていなさるようで、日ごろから先生にお店の切り盛りにかんして助言を仰いでおられるみたい」

「そう……。齢は、どのくらい」

「そうねえ、声の張りからすると、五十そこそこかと。だけど、姉さん、どうしたの。そんなにぴりぴりして」

四

根岸の里には、王子《おうじ》から伸びてきて山谷堀、大川へと注ぐ音無川《おとなしがわ》が流れている。舟も通わぬ小さな流れだが、一帯の田畑を潤すのに欠かせぬ用水であった。

その音無川のほとりに、伊豆屋の寮が建っていた。茅葺《かやぶき》屋根の平屋で、近隣に見られる百姓家のような風情を漂わせている。

八畳が一間に六畳が二間、台所、厠、それに湯殿が付いているといったところか……。

十間ばかり離れた松林の中から寮をうかがっているお路は、建屋の屋根を見下ろしながらそう推量した。松の木を登り、ちょうど枝分かれしている部分に腰掛けている。野良着に脚絆《きゃはん》をつけた身ごしらえは、そのあたりの百姓女とさして変わらない。地上およそ三間ほどの位置からは、伊豆屋の寮だけでなく谷中《やなか》や奥州《おうしゅう》街道へ通じる道までも見渡せるが、こんもりと繁った枝葉が目隠しとなって、向こうからお路の姿をみとめることはできない。

西へ傾いたお天道様の光が葉と葉のあいだをこぼれ、枝へ這わせた手を青白く染めている。お路は懐から遠眼鏡を取り出して目に当てた。子ども騙しの玩具に毛が生えた程度の代物だが、二丁先くらいまでなら遠目がきく。

お夕の鈴を拾った男が伊豆屋の寮を訪ねてくるのを、待っているのである。といっても、かならずあらわれるという保証はない。だが、お夕の話からすると、男は隠居と親しくつき合っているようで、ちょくちょく顔を出しているのではないかと思われた。

鈴と一緒になっていた匂い袋に男が目を留めたらしいのが、気に掛かっている。もしかすると、その男はお路がずっと探している人物かもしれないのだ。

道に人影が動いた。谷中のほうから、四、五人が連れ立って歩いてくる。お路は遠眼鏡の先端を向け、玻璃片《レンズ》に映る顔をひとりずつたしかめた。しかし、いずれも目当ての男ではない。

遠眼鏡を下ろし、遠くの空へ視線をやった。黄味がかった明るみと、うっすらと青くなり始めたところが、天の中ほどで溶け合っている。

志野袋《しのぶくろ》というものがある。茶道や香道で用いられる丸い巾着袋で、差し渡し約二寸ほど、女の手のひらに載るくらいの大きさだ。茶席や香席では会に集《つど》う人が持参した香を炷《た》くことがあり、そういった面々は、細かく割った香木を紙に包んだ香包みと、香木を炷くのに用いる銀葉《ぎんよう》を、志野袋に入れて持ち歩いている。

亡き父、黒川屋久右衛門《きゅうえもん》にも香のたしなみがあり、日ごろから志野袋を携えていた。

お夕が失くしかけた匂い袋は、お路が久右衛門の志野袋をほどいて仕立て直したものである。お路とお律も、各々ひとつずつ持っている。いわば形見の品ではあったが、そのことを、お路はお夕に告げていなかった。話せば、いろいろとややこしくなる。

父は火事で生命を落としたとお夕には話してあるが、その死にはいくつかの謎がつきまとっている。

お路が探しているのは、謎を解く手掛かりになるかもしれぬ男であった。

男も同じ裂《きれ》でこしらえた志野袋を持っていると、久右衛門が生前に語っていた。父とは古くからの友人だったのだ。だが、男が父の味方なのか、そうではないのか、お路には判断がつきかねる。

いつしか、周囲が薄青く翳《かげ》っていた。空の明るみも淡くなって、暮れ方の色が深くなっている。お路は遠眼鏡の筒を縮めて短くすると、懐へ仕舞った。どうやら、こたびも無駄骨折りだったようだ。

半月前にお夕の話を聞いてから、この木に登るのは三度目だった。ほんとうは毎日でも見張りにつきたいのだが、大川では八月の末まで、夜ごと納涼の花火が打ち揚げられており、かりがねも書き入れ時なのである。

引き上げようと腰を浮かしたとき、足許の枝葉がふいに揺れた。何者かが下から登ってくる。瞬時に懐の遠眼鏡を引き抜き、隙のない構えをとったお路は、繁みの合間から突き出た顔に、目を丸くした。

「なんだ、猪蔵か……。舟で待っていろといったはずだよ」

「へえ、すみません」

わずかに首を上下させると、猪蔵は胴体をくねらせて松葉のあいだをすり抜け、お路の膝あたりにある枝に尻を軽く載せた。六十をすぎているとは思えぬ身ごなしである。

それにしても、山谷堀からここまで後を尾《つ》けられていようとは。お路は己れの脇の甘さを痛感すると同時に、相手に気取られずに尾行してきた猪蔵に舌を巻いた。

「ここんとこ、女将《おかみ》さんが何用でお出掛けなさるのか、お律嬢さんがえらく気に掛けてなさいやして」

「あたしにも思案があってね。先だって一ノ瀬《いちのせ》さまとの縁が絶たれて、あの子はぺしゃんこにへこんでる。そういうときは、考えるひまもないくらいに忙しく立ち働くのが、いちばんなんだ」

「それはそうかもしれやせんが、行き先も明かさず出られるのはいかがかと……。綱十郎《つなじゆうろう》お頭《かしら》のお指図でも?」

「細工絡みなら、とっくにお律にやらせてるよ」

「じゃあ、どうしてこんなところで見張りなんか。目当ては何なので」

「塚田新之丞《つかだしんのじよう》」

お路が男の名を口にすると、猪蔵の顔に驚きが広がった。

「塚田ってことは、久右衛門旦那の……。そいつが、ここを通るんですかい」

「まだ、そうと決まったわけじゃない。手掛かりが鼻先をかすめたくらいで、何とも見極めがつかないんだ。塚田にかんしては、猪蔵やお律に話していないこともあるし」

それゆえあたしがこうして、といいかけて、お路は身を前に乗り出す。伊豆屋の寮の格子戸が開き、ひとりの男が表へ出てきていた。

隠居かと思ったが、年格好からいって、なんとなく違う気がした。男は藤の花で名高い円光寺《えんこうじ》のほうへと歩き始める。寮を訪ねてきたところは目にしていないから、お路が木に登った八ツ(午後二時)すぎには邸内にいたとみえる。

お路は遠眼鏡を目に当てた。いつになく手が震え、丸い枠になかなか姿をとらえられない。

男は茶鼠《ちゃねず》の着流しに十徳《じっとく》を羽織り、頭を総髪《そうはつ》に束ねて、医者か学者風に見える。お路が記憶している塚田新之丞とはかなり身なりが異なるものの、玻璃片に映った顔立ちは、紛れもなく本人のものだった。

「女将さん……。あれがそうなので?」

お路がゆっくりとうなずいたのを見て、猪蔵の顔つきがたちまち引き締まった。

「やつは女将さんの顔を知ってるんでしょう。あっしが、後を尾けてめえりやす」

「ああ、そうしてくれるかい」

玻璃片から目を逸らさず、めまぐるしく思案をめぐらせる。

「行き先がわかるだけでいいんだ。無茶をしてはいけないよ」

「心得やした」

「ああ見えて、もとはれっきとしたお侍だ。くれぐれも用心しておくれ。それから……」

「女将さん、早くしねえと」

猪蔵の声がいらついている。

お路は遠眼鏡を持ち直した。

「いま、円光寺の角を折れた。坂本《さかもと》のほうへ出るのかもしれない」

「合点でさ」

猪蔵が木の幹をするすると下りていった。

じきに、円光寺の背後へ抜けた塚田と、手前の角を折れた猪蔵の姿が、丸い枠の内側に収まった。田圃の中の道だが、街道筋の町家にも近く、人がそれなりに行き交っている。塚田の後を、猪蔵がつかず離れずの間を保ちつつ尾けていく。

ほどなくふたりの姿は竹藪の陰に隠れてしまい、お路は遠眼鏡を目から離した。きつく押し当てていたせいで、右目の周りが痛くなっている。

かりがねに帰ったお路は、じりじりするような心持ちで猪蔵を待った。

猪蔵が引き上げてきたのは、暮れ六ツ（午後六時）の鐘が聞こえ、さらに半刻ほどもまわったころであった。

五

日本橋平松町《ひらまつちょう》の裏通りを式部小路《しきぶこうじ》の角まで歩くと、お路は踵《きびす》を返し、また平松町に向かって進んだ。さっきから四半刻《しはんとき》（約三十分）も、いきつもどりつしている。

「算勘指南《さんかんしなん》」と墨書きされた木札が門柱に打ちつけられた家の前まできて、足を止める。昨日、塚田新之丞の後を尾けた猪蔵は、塚田がこの家に入ったのを見届けていた。

根岸から日本橋まで歩くと、大人の男で半刻ほどかかる。相手に感づかれずに尾行したのち、舟を舫《もや》ってある山谷堀まで引き返した猪蔵は、かりがねにもどってくるとさすがに疲れた顔をしていた。それでも今朝は、「一晩やすめばもう大丈夫、お供をさせてくだせえ」といい張るのを退けて、お路はかりがねをあとにしてきたのだった。

さて、何といって訪ねたものか。

足がふたたび通りを引き返しそうになるが、お路は腹に力をこめると、思い切って門をくぐり、格子戸に手を掛けた。

「ごめんください」

お路の声は、土間を上がってすぐの板間に吸い取られていった。

家の中は、ひっそりしている。

いま一度、訪《おとな》いを入れると、奥のほうでごそごそと物音がして、障子が引き開けられた。

「どなたかな」

ほの暗い部屋に、男の風貌が浮かび上がる。やや面長な顔の中央に、鉤鼻《かぎばな》が突き出していた。眉は薄く、唇は厚い。

「むむ、そこにいるのは……。まさかとは思うが、黒川屋のお路か」

細い目が、大きく見開かれた。

「お久しゅうございます。塚田のおじさま」

昔と同じように相手を呼んで、お路が腰をかがめる。

「これはたまげたな。どうして、ここがわかった……。そもそも、何ゆえ江戸にいるのだ。ともかく、中で話そう。上がってくれ」

塚田が身振りでうながす。

「はい」

お路は何気なく左右に目を配って人気がないのをたしかめ、土間に入って格子戸を閉めた。

通されたのは、次の間続きの八畳間であった。長火鉢のかたわらに文机が置かれており、広げられた帳面が何冊かと、はじきかけの算盤が載っている。机の横にも、分厚い帳面が積み上げられていた。

「昨今は、算盤や算術の知恵をもって世過ぎの糧《かて》としておるのだ。出入り先に頼まれて帳面を検算したり、遺り繰り算段の相談に乗ったりと、そういうことをしている」

お夕がいっていたのと、いちおうつじつまは合っている。部屋を見まわしているお路に、塚田が客用の座布団を出してくれた。

「久右衛門は、じつに残念なことであったな。訃報を聞いてすぐに駆けつけるわけにも参らず、江戸にて冥福を祈るほかなかった。そなたらのことも案じておったが……」

お路はそれには応えず、別のことを訊く。

「あの、藩のお勤めはどうなさったのですか」

「こっちも、まあ、いろいろとあってな。国許では、弟が城に上がっておる」

塚田は言葉を選ぶように応じて、茶の支度にかかった。

お路は座布団に膝を折り、携えてきた風呂敷包みを脇へ置く。塚田がちらりと目をやったが、何もいわなかった。

鉄瓶に湯の沸く音が鳴っているだけで、ほかの部屋から聞こえてくる物音はない。調度類を見ても、この家で寝起きしているのは塚田ひとりのようだ。

出された茶をひと口のんで、お路は口を開く。

「おじさまが根岸の里にあるお店の寮に出入りなさっていると、ある者から耳にしたのでございます」

気持ちが張り詰めているせいか、我ながら声がこわばっていた。

「根岸の……。たしかに、出入り先はあるが、誰がそれを」

「わたくしども姉妹は、父の志野袋を匂い袋に仕立て直したものを持っておりまして」

「匂い袋……。すると、伊豆屋の寮にいたあの娘……。齢のころからいって、あれはやはり、お夕なのか。いや、しかし」

言葉を切り、塚田が首をひねる。

「あの娘は、目が見えていなかった。久右衛門は、そのようなことをひと言も申しておらなんだぞ」

「お夕の目は、父が亡くなったのちに、見る力を失いました」

「なんと、さようであったのか」

姉妹の父、久右衛門は、浜岡藩の紙方役を務める松永《まつなが》家の三男として生まれ、長じて黒川屋へ養子に入った男である。近習組に属する塚田家の嫡男《ちゃくなん》、新之丞とは同い齢で、藩の学問所や剣術道場にも一緒に通った。久右衛門が町人となったのちも、ふたりは親しい友人として行き来していた。

航海から帰ってきた久右衛門を塚田が訪ねてきて、ともに酒を酌み交わしていたのを、お路も記憶している。お律などは塚田の膝に乗せてもらい、おじさま、おじさま、とはしゃいでいた。ただし、お夕が生まれる少し前に、塚田は江戸勤めとなった。

「ふつう、参勤交代をなさる殿さまのお供で出府する者は、一年か二年で帰国するものだが、新之丞はそうではないのだ。江戸のお屋敷で人手が不足し、算勘に明るい者を国許から差し遣わしてほしいとの要請があって、算盤の腕が立つ新之丞に白羽の矢が立ってな。江戸には、参ったきりになる。次に会えるのはいつになるかわからぬし、お路もきちんとご挨拶しなさい」

父にそういわれ、江戸へいらしてでも身体に気をつけてくださいと、お路は何となく寂しい気持ちで口にしたのだった。かれこれ十六年も前のことである。

もっとも、船で各地へ出掛けていく久右衛門は、その後も江戸に立ち寄った折には、塚田と会っていたらしい。

しばらくのあいだ、部屋に沈黙が流れた。

お路がどういうわけでここを訪ねてきたのか、塚田は摑みかねているのだろう。

「わたくしどもが江戸へ参りました経緯は、おいおいお話ししようと思っておりますが、本日は父のことでおじさまに幾つかお訊きしたいことがあり、おうかがいしたのでございます」

慎重に本題を切り出すお路を、塚田がさぐるような目で見返している。

と、にわかに表のほうが慌ただしくなった。格子戸が、がらっと音を立てる。

「ごめんください。こちらに、塚田新之丞という人はおいでになりますか」

女の声が高く響く。

塚田が腰を上げるより先にすっと立ち上がり、お路は表口へ出ていった。

思った通り、そこにはお律が立っている。

「何しにきたんだ。おまえなんかの出る幕じゃないよ。さっさとお帰り」

お路は傲然《ごうぜん》といい放つ。

「帰らないよ。塚田は、お父っつぁんの敵《かたき》じゃないか」

「敵かもしれないとはいったが、そうと断じた覚えはない。話はあたしがつける。おまえは引っ込んでおいで。まったく、誰がここへ連れてきたんだか」

小さく舌打ちすると、お律の脇から猪蔵が気まずそうな顔をのぞかせた。

「女将さん、あいすみません。その、どうしても姉さんのところへいくと仰言るもんで……」

「猪蔵、この子を連れて帰っておくれ。ここにいられると厄介だ」

「へ、へい。ですが」

お律が、きっとお路を睨み返した。

「姉さんは、いつだってそう。何でもひとりで勝手に片をつけようとする。妹は蚊帳《かや》の外なんだ」

「妹を守るのが姉の役目だ」

「ふん、子ども扱いして」

お律が履き物を脱ぎ捨て、框《かまち》に足を掛けた。

「ちょっ、お待ち」

立ち塞がろうとするお路をわけもなくかわし、奥へ入っていく。小太刀の稽古で鍛えている妹の動きに、姉はかなわない。

あっという間に、お律は八畳間の入り口に立った。

「おじさま、お久しぶりでございます」

「や、こんどはお律か……。しかし、面妖だな。今しがた、敵と聞こえたようだが……」

妹に追いつき、お路はお律の袖を引く。

「ちょいと、話はあたしが」

「また、姉さんはもったいぶって」

姉妹でひそひそやっていると、塚田がいぶかしそうに眉をひそめた。

「これはいったい、どういうことだ」

顔を上げたお律が、塚田に向き直る。

「単刀直入にお訊ねします。お父っつぁんを殺したのは、おじさまなのですか」

「お律ッ」

「だって、姉さんがいったんだよ。お父っつぁんが死んでいた部屋から、おじさまが出てくるのを見たって。おじさまが、お父っつぁんを殺したんだって」

「な……。お路、そなたあの場にいたのか」

塚田の目が驚愕でわななないた。

「わしが久右衛門を手に掛けたと、まさか、そのように思っているのではあるまいな」

「違うのですか」

お律が吠えかかる。

「お律、口を慎みなさい。おまえには黙っていたが、お父っつぁんは殺されたんじゃない。自害なすったんだ」

お路の言葉に、お律がゆっくりと振り返った。

「十年前のあの夜、四ツ半（午後十一時）をまわっていたでしょうか。わたくしは咽喉が渇いて目が覚めたのでございます。隣にいるお律を起こさぬようにそっと部屋を出て、台所へ参りました。わたくしは十六、お律は十二でしたが、お夕は六つの子どもでしたので、別の部屋で婆やと寝ておりました」

お路の横にお律が坐り、塚田と向かい合っている。猪蔵は外に待たせてあった。

「台所で水を飲んだのち、厠に入りました。手水を使いに庭へ出ると、離れの障子に灯あかりが映っておりまして……。夕餉《ゆうげ》のあと、お武家さまが黒川屋を訪ねてこられ、父が離れへお通ししたのは心得ていましたが、それにしても遅くまでおいでになることだと思いました。手を洗いながら、何気なく離れのほうを見ていましたら、障子が開いて縁側に人が出てきましてね。部屋から洩れるあかりに、塚田のおじさまの顔が浮かび上がったのでございます。おじさまは縁側から庭に下りて、裏口のほうへ去ってしまわれました」

お路はひとつ息をつく。

「ちょっと意外な心持ちがいたしました。おじさまは江戸のお屋敷におられるとばかり思っていたので……。何ゆえおじさまが浜岡城下においでなのだろう、それに、先に訪ねていらしたお武家さまはお帰りになったのかと、いささか気になりましてね。はしたないとは思ったのですが、飛び石伝いに離れへ近づき、開いたままになっている障子の脇から中をのぞいたのです。そうしたら……」

目に飛び込んできたのは、腹に刀を突き立て、のめるように突っ伏した父の姿であった。少しばかり離れて、人がひとり仰向けに倒れていた。父が離れに通した武家のようだった。

壁際には行燈《あんどん》が引っくり返り、こぼれた油についた火がちろちろと赤い舌で畳を舐めていた。

「そこから先は、きちんと憶えていないのです。庭に植わっている桜の根方で気を失っていたようなのですが……。正気にもどったときには、隣の家の一室に寝かされておりました」

そこまで話すと、お路はゆるゆるとかぶりを振った。黒川屋の裏手に住まっている番頭が、離れから火の手が上がっていることにいち早く気づいて駆けつけ、庭にうずくまっているお路を見つけてくれたのだった。母屋にいたお律たちも煙の匂いで目を覚まし、外へ逃げ出すことができた。だが、焔に包まれた離れは全焼し、母屋も半分が焼け落ちた。

「そんな、お父っつぁんが自害なすったなんて、姉さんはこれまでひと言も……」

お律の声に、当惑が滲んでいる。

「目に映ったことが夢か現実《うつつ》か、自分でもわからなくなっちまったんだよ。お父っつぁんが腹を切るなんて、思いもよらなかったし」

「……」

「塚田のおじさまの顔が暗がりに照らし出されたことだけは、やけにはっきりと憶えてる。けれど、ああ、何といったらよいのか」

いいさして、お路はこめかみを指先で押さえる。

「江戸にいるはずのおじさまを、自分はほんとうに見たのだろうか。考えれば考えるほど、頭がこんがらがって……。それゆえ、お律やお夕には話さなかった。話せなかったんだ」

思い出そうとすると、ただ凄惨《せいさん》な光景を見たというおぞましさばかりが前へ押し出されてきて、ほかのことはぼんやりと霞んでしまう。

「あの場をお路に見られていたとは、毛筋ほども思っておらなんだ」

塚田がかすれた声でつぶやいた。しばし黙考して、口を開く。

「あの夜、わしはたしかに、黒川屋の離れにおった」

「江戸ではなかったのですか」

「詳しくは話せぬが、ある役目を申し付けられて浜岡へ帰っておったのだ。夜分に黒川屋の者を起こしてはすまぬので、裏口から離れへまわっての。わしが中に入ったとき、久右衛門は人を斬ったあとで、自身も腹に刃を突き立てていた。斬られた者はすでにこと切れていたが、久右衛門にはかすかな息が残っておった。わしにいくつかのことを告げたのち、息を引き取った」

そういって顔を歪ませた塚田に、お路が訊ねる。

「父が自害したのは、お武家さまを斬ったゆえでしょうか」

「そうではない。だが、いずれにしても久右衛門は、あることの責めを負って、ああしたのだ」

「では、おじさまは、父に手を掛けてはおられぬと」

「当たり前だ。久右衛門とわしは、そなたらが生まれる前からの友人なのだぞ」

太い声が、お路の肚に響いた。

この十年、己れの記憶に開いた穴を埋められるのは、塚田よりほかいないとお路は考えてきた。しかし、あの部屋から塚田が出てきたことを勘案《かんあん》すると、よくない想像に頭が傾くのも否《いな》めなかった。

おじさまがお父っつぁんの敵とは思えない。でも、もしかすると、敵かもしれない。どうか敵ではありませんように。けれど、もしも、敵だったら。夜、寝床に入って悶々とするうちに外が明るくなっていたことも、一度や二度ではない。

「場合によってはわしを討つつもりで、短刀を携えてきたのか」

お路の脇に置かれた風呂敷包みへ目をやり、塚田が苦々しい顔をしている。

いつしか、お路の頰をあたたかいものが伝っていた。子ども時分の思い出が、次から次へと脳裡によみがえってくる。

父の乗る船が浜岡湊へ入ってくるとき、塚田が幼いお路を肩車して一緒に海を眺めたこと。母がお律を産んだとき、父と抱き合って嬉し泣きしてくれたこと。その母があの世へ逝ったとき、塚田は江戸詰めになっていたが、父だけでなくお路にも心のこもった文を送ってくれたこと。そこには、母がいなくなって寂しいだろうが、向後《こうご》は妹たちの世話をし、成長を見守ることが母に対する何よりの供養になるとしたためられており、お路は奮い立つような心持ちがした。

涙を流すお路を、お律が唖然とした顔で見つめている。

父が誰よりも塚田に信頼をおいているのは、お路も子どもながらに承知していた。その人を疑わねばならない心苦しさを、妹は到底、推し量ることはできないだろう。

袖口で涙を押さえ、お路は顔を上げた。

「おじさまは、仔細をご存じなのですね。おしえてください。父はどうして、死ななければならなかったのでしょうか」

それを知りたくて、ここを訪ねてきたのである。

石町《こくちょう》の鐘が、暮れ六ツを衝き始めた。

横からお律が、おずおずと声を掛ける。

「あの、姉さん。今宵は三次屋《みよしや》の旦那がお見えになることになっているけど……」

かりがねはささやかな船宿ではあるが、上得意の客が商い相手と内密の用談をするときなどは、女将みずから先頭に立ってもてなすことを心がけている。

お路は浅い息を吐き、塚田に向き直った。

「おじさま、あいすみません。わたくしたち、川向こうで船宿を営んでおりまして、そろそろ帰らないと差し支えが……。近いうちに、また日を改めて参ろうかと」

今日のところは、塚田が久右衛門の敵ではないとわかっただけで、よしとしなくては。

「む、船宿をな。後日、わしのほうから出向こうか」

「おじさまにお運びいただくなんて、とんでもない。こちらからうかがいます」

即座に応え、お路はお律と共に腰を上げた。

六

「そこ、違うておる」

橘検校に鋭くさえぎられ、お夕は撥を持つ手を止めた。

「こう、この音だ」

橘検校が三味線の二の糸を弾き、お夕が音をなぞる。ふたたび、検校の手本。追う、お夕。

石本織江宅の、一階にある稽古場である。

ふだんはここで織江の教授を受けているが、橘検校が出稽古にきてくれるときは一階を検校が使い、織江は二階の別室で弟子に稽古をつけた。いま、二階には織江とお福の筝の音が響いている。

「ふむ、いかんな」

溜息に溶け込んだ橘検校の落胆が、ちくちくとお夕を刺してくる。よその師匠は、こんなふうに手取り足取りで仕込んではくれないと聞いたことがある。そうであればなおのこと、思うような手応えを返すことのできぬ己れがもどかしい。額に滲んできた汗を、お夕は撥を持つ手の甲で拭《ぬぐ》った。

曲は『雪』であった。伊豆屋の寮で、織江と橘検校が奏した曲だ。あのあと、織江が次の稽古曲にと選んでくれ、時折、橘検校にも浚《さら》ってもらっているのに、ちっとも上達できずにいる。

尼になった女が昔の恋をしのぶ曲だとは、織江にも橘検校にもさんざん講釈されてわきまえていた。

――恋。

恋とは、どんなものだろう。

「ではいま一度、初めから弾くように」

その人の声を耳にして、羽ばたく心。よどんだ闇に、射し込む光。

お夕なりに咀嚼《そしやく》したものを音にこめて、幾度、その人に差し出したことか。

「わかりません」

どうにも届かないのが歯がゆくて、情けなくて、お夕は撥を下に置いた。

「む」

「恋なんて、知りません。検校さま、おしえてくださいませ」

一瞬の静寂のあと、橘検校の笑い声が上がった。腹の底から出た声は天井にも伝わったらしく、二階に聞こえていた箏の音が鳴りやむ。

「どうも根を詰めすぎたようだな」

「あの……」

「よろしい。本日はここまでにしておこう」

笑い混じりにからりといって、橘検校が三味線を膝から下ろしている。きゅるきゅると糸巻きを弛《ゆる》めていた音が、寸の間、途切れた。

「尼さんはな、浮世に未練を残しておるのよ」

誰にともなく橘検校がつぶやき、また、きゅるきゅると音がする。

梯子段《はしごだん》をきしませて下りてきた足音が、部屋の外に立ち止まった。

「検校さま、何かございましたか」

織江の遠慮がちな声がする。

「うむ。先だって伊豆屋の寮で出してもらった菓子の味が忘れられぬ、とお夕が申すのでな」

「は……。まあ、お夕ったら、そんなことを」

「稽古は仕舞いだ。上にいる者たちも、切り上げるとよい」

「かしこまりました」

足音が遠のいて、「おまえたち、下りておいで」と織江が梯子段の下から呼び掛けている。

三味線を長袋《ながぶくろ》に仕舞うと、お夕は居住まいを正して畳に手をつき、橘検校に稽古をつけてもらった礼を述べた。

ちりちり、しゃんしゃん、からからと、鈴の音が二階から降ってくる。稽古中は帯のあいだに挿んでいた鈴を、お夕も外へひっぱり出す。

お路に蕎麦屋でいわれた通り、匂い袋は鈴と別にして、肌守りと一緒に身に着けることにした。

廊下では、お福たちが織江に集められて、何やらいい付けられている。

「お夕ちゃんも、いこ」

表口から呼ばれて、お夕はわけがわからぬまま、お福たちについて外へ出た。弟子ばかりで表を歩くときはいつもそうするように、いちばん年かさのお菊が先頭に立ち、次いでお福、まだ十のお竹をあいだに挟んで、お夕が列の尻につく。

右手で杖をつき、左手でお竹の肩を摑みながら歩いて着いたのは、織江宅から二丁ばかり離れたところにある神社であった。前にお夕がお律ときたお稲荷さんだ。

境内《けいだい》に出ている水茶屋に、先頭のお菊がためらうことなく入っていく。

「おいでなさいまし。こちらへどうぞ」

茶汲み娘がお菊の手を取って、四人が一緒に腰掛けられる床机《しょうぎ》へと導いてくれる。

「いつもありがとう存じます。ご注文は何になさいますか」

「お茶とお団子を、四人前」

注文を受けると、茶汲み娘は下がっていった。

木立に覆われた境内の空気はひんやりして、じっとしていると薄ら寒いくらいである。このあいだはお律と心太を食べたが、時季はすぎたらしく、店先で「心太いかがですか」と呼び込む声もしない。

なんだか慣れたふうだったと、お夕は今しがたのやりとりを思い返した。そこはかとない奇妙な感じを抱いているのはお夕きりで、あとの三人は気に留めるふうもない。自分ひとりが何かから取り残されているような、居心地の悪さがあった。

「おまちどおさま」

団子と茶が運ばれてきた。舌触りのもそもそした団子を、お夕は茶で流し込む。

「さてと。これからどうしようか」

団子を食べ終わると、お菊がのんびりした口調でいった。

「わっちは、寄席がいいな」

「そうかい、お竹は寄席にいきたいんだね。この先に出ている笛売りの鶯笛がよく響くそうで、あたしはそこをのぞいてみるのもいいかと思うんだけど」

お夕はとうとうこらえきれなくなって、隣にいるお福の袖を引いた。

「ねえ、どういうこと」

「ああ、そうか。お夕ちゃんはいつも、お姉さんと外に出ているものね」

お福が声を低くした。お菊とお竹は、寄席だの笛だのといい合っている。

「橘検校がお見えになると、お師匠さんが小遣いをくださるときがあるんだ。どこかへいってらっしゃいって」

「え、でも、このあいだはそんなことなかった」

「まあ、だから、たまにね」

「………」

「もう、お夕ちゃんは鈍いんだから」

ふいに、生あたたかくて柔らかいものが、お夕の耳たぶに触れた。お福の唇は、「男と女」とささやいたようだった。

「お夕ちゃん、そろそろいくよ」

お福にうながされたときには、お菊が勘定をすませていた。結局のところ、寄席をのぞくことで落着したらしい。

水茶屋を出ると、顔を仰向けて木立からこぼれてくる光を探した。

「お福ちゃん、雲が厚くなったみたいだ。さっきより暗くなった」

「ふうん、そうかえ。あたしゃ、いつだってお先真っ暗だ」

おどけるような声が返ってくる。

お夕は薊の花を思い出そうとした。しかし、こたびに限ってうまくいかない。

「ねえ、お福ちゃん。わたしたち、真っ暗でも歩いていけるよね」

「もちろんだよ、お夕ちゃん。真っ暗でも歩いていかなきゃ」

風が枝葉をゆらして、ざわざわと音を立てた。

四人は列をこしらえる。

からから、ちりちり、しゃんしゃん、ころころ。境内に、鈴の音が響く。

「お夕ちゃん、痛いってば」

前に立つお竹が、いまにも泣き出しそうな声で振り返った。

「あ、ごめんなさい」

はっとして、お夕はお竹の肩から手を離す。知らないうちに、きつく摑んでいた。苦く笑うと、なぜか鼻の奥が痛くなった。

奥歯をぐっと嚙みしめ、辛抱する。

列がゆるゆると動きだした。

暗がりをさまよう尼の姿が、目裏《まなうら》に浮かんでくる。

歯を食いしばったまま、お夕は尼がまとっている未練に目を凝らした。

七

暑さの盛りをすぎ、空から降ってくる陽射しもさらりとしている。

すぐに出直すつもりだったのに、お路が塚田新之丞の家を再訪したのは、およそ半月後の九月上旬になった。大川で納涼の花火が打ち揚がる八月末まで、かりがねもてんてこ舞いだったのである。

今日も姉妹そろって商いを抜けるのは少々具合がわるく、お律をかりがねに残してきた。

格子戸を引いて訪いを入れると、じきに奥から塚田が出てきて、お路を部屋に上げてくれた。

「昔もいまも、ずっと独り者での。飯炊きの婆さんを雇おうと思うこともあるが、独りに慣れると、家の中にほかの者がいるのが煩わしい気がしてな。そんなわけで、茶くらいしか出せんのだ。すまぬな」

お路を八畳間に通し、塚田は長火鉢にかかっている鉄瓶で茶を淹れた。

お路は塚田の向かいに膝を折る。

「久右衛門のことをどのように話せばよいか、このあいだから思案しておったのだが……。そなたは、久右衛門が亡くなったわけを、どんなふうに聞かされているのか」

お路の前に湯呑みを置き、塚田が話を切り出す。

「詳しいことはおしえてもらえませんでしたが、お上の法に触れることがあったとだけ、藩のお役人からうかがいました」

「それを聞いて、どう思った」

「黒川屋は藩の御用をつとめておりましたし、大事な品を船で運ぶあいだに何か粗相があったのではと。ですが、あの」

「何だ、いってみなさい」

わずかにためらいつつ、お路は言葉を続けた。

「武家の生まれとはいえ、黒川屋へ養子に入った父は、れっきとした町人でございます。その父が、腹を切った。引っ掛かりを覚えるのは、そこなのです。これは憶測にすぎませんが、父は何らかの不始末の責めを負う覚悟を示しつつ、己れの面目を保とうとしたのではないでしょうか。だとしたら、父の死は無念の死。どのような無念を抱いていたのか、わたくしは知りとうございます」

「知ってどうする」

「できることなら、父の無念を晴らしたいと」

「ふむ」

塚田が腕組みをした。いくぶん思案したのち、口を開く。

「じつのところ、久右衛門は抜け荷の禁を犯しておったのだ」

「………」

お路は何か固いもので頭を殴りつけられた気がした。

「そなたがそんな顔をするのも無理はない。しかし大きな声ではいえぬが、あのころ浜岡城下の廻船問屋は大なり小なり、そうしたことに手を出しておったのよ。藩が運上《うんじょう》を吸い上げるのに躍起になっていたのだ。殿さまが出世にひどくご執心で、とにもかくにも金を入用としておった」

「……」

「だがどういうわけか、そのことがご公儀に洩れたようでな。そのうち密かに藩へ査察が入るのではないかと、江戸藩邸に伝わってきた」

「おじさまが国許へ帰っていらしたのは、そのことを御城下にいるどなたかに伝えるためですか」

お路の頭に、少しずつ冷静さがもどってきた。

「さよう。そなた、なかなか鋭いの」

塚田が眉を持ち上げる。

「当初の役目を果たしたのち、わしは久右衛門にも気をつけるよう忠告するつもりで、黒川屋へ立ち寄った。よもや、かように早く手がまわっていようとは」

「といいますと」

「厄介事をまるごとおっ被せられたのだ。黒川屋は廻船問屋仲間の筆頭をつとめておったゆえ……。久右衛門が斬ったのは、藩の重役の屋敷から遣わされた使者であった。久右衛門がいまわの際に、わしにそう申した。その使者は、黒川屋の抜け荷にかんして、久右衛門の身に覚えがないほど多額の金額を口にしたそうだ。それでちょっとした押し問答になって、護身用の脇差を抜いたと……」

そういうと、塚田は畳に手をつかえ、頭を低くした。

「お路、まことにあいすまぬことをした。内密の役目を帯びて帰国したとはいえ、わしは息絶えた久右衛門の亡骸《なきがら》をそのままにして立ち去った。行燈からこぼれた油に火がついているのを目にしながら、火事だと声を上げもしなかった。わしがあの場にいることを、誰にも知られてはならなかったのだ。それゆえ、あのような」

「おじさま、お手をお上げください。誰にも知られてはならないのに、おじさまは父のことを案じて、黒川屋に立ち寄ってくだすったのではありませんか」

「お路……」

塚田が顔を上げ、鼻を鳴らす。少しばかり落ちくぼんだ目許が、心なしか赤くなっていた。

「まんまと嵌《は》められたと、久右衛門は申しておった。自分を陥れた人物についても、おおよその見当がついていたようだ」

「嵌められた……。それは、どういう」

「そなた、『江角屋《えすみや》』という店を存じておるか」

お路はわずかに思案する。

「城下の南にあった廻船問屋でございますか」

「うむ。わしが出府したのちにできた、わりあいに新しい店だ。問屋仲間にも加わっておらんかった。浜岡藩領の外からきた男が始めたそうだが、一代で身代《しんだい》を築き上げたというから、かなりきわどい商いをしていたのだろう。おそらく、闇の取り引きで莫大な利を得ていたのではないか」

「では父は、江角屋の罪をなすりつけられるのを承知したうえで、問屋仲間のほかの方々に累《るい》が及ぶのを恐れ、己れひとりが盾となったのでしょうか」

「まあ、そういうことになる」

膝の上に置いた手を、お路はぎゅっと握る。

「その、江角屋は、いまものうのうと浜岡で商いを続けているのですね。話をうかがった以上、捨て置くことはできません」

「それがな、お路」

塚田が気遣わしそうな表情になった。

「浜岡城下に、いまやもう江角屋はない」

「えっ」

「ある者に聞いた話では、江角屋の乗る船が時化《しけ》で難破して、積み荷もろとも海の底に沈んだというのだ。なんにせよ、問屋仲間に加わっておらぬので、消息の摑みようがないのだが……。城下にあった店も、いつの間にやら畳まれておってな」

「な……」

「久右衛門の最期を見届けた者として、わしも江戸にいながらではあるが、できうるかぎりの手を使って調べてみたのだ。しかし、いま話したような顚末《てんまつ》で……。本来、こういうことは極秘にしておくべきなのだが、久右衛門と江角屋の両人ともこの世を去ったとなれば、これはもう終わったことゆえ、話してもよかろうと思うてな。それに、まるで仔細がわからぬのでは、あの凄惨な場を目の当たりにしたそなたが、いつまでも思いわずらうばかりだろうし」

「……」

いとまを告げて塚田の家を出たお路は、しばらくあてもないままに通りを歩いた。軽く放心している。父の無念の裏に江角屋の存在があったことは明らかになったが、その江角屋はすでにこの世の者ではないという。

気がつくと、今川橋《いまがわばし》にさしかかっていた。

ふと、お夕に会いたくなった。ほんのちょっとでいい、穢れのないあの笑顔を見たい。

お路は通りを右へ折れた。小伝馬町《こでんまちょう》の牢屋敷をすぎて左に入る。

じきに三味線の音が耳に届いてきて、歩みを止めた。

ふだんは稽古中の音が表に聞こえていても、構わず格子戸を引いて訪いを入れるのだが、お路は通りに立ち尽くした。

なんともいえない、もの侘《わび》しい音色だった。

誰が弾いているのだろう。

そう思って耳を傾けていると、三味線に合わせて唄が流れてくる。お夕であった。

かりがねでも客が芸者を連れてきたりするし、お路も端唄くらいは爪弾《つまび》くことがある。お夕が奏でているのは、そういう浮かれはしゃいだ趣きとは無縁の、奥深く物静かな世界だった。何か切実なものがぎりぎりまで研ぎ澄まされて、かえって凄みをはらんでいる。

どこがどうとはいえぬものの、これまでの妹の音色とは何となく違うようにお路は感じた。

今日はよしておこう。

門口を離れて歩きだす。

歩き始めてからも、しんみりとした余韻が耳許を去らなかった。

冬北斗

一

お律《りつ》がかりがねを出たのは、朝四ツ（午前十時）をまわったころであった。

水戸《みと》藩下屋敷の築地塀が延々と続く通りを、源森川《げんもりがわ》に沿って進む。九月末の澄んだ陽射しが、川面《かわも》に白く反射していた。夏のあいだは耳に涼やかだった水音も、心なしか侘《わび》しく聞こえる。

源森橋の袂《たもと》にさしかかったところで、つと歩みを止めた。

「どなた？」

「ほう、やはり気づいておられた」

大股な足音が後ろから迫ってきて、男がお律の前にまわり込んだ。木綿縞の着物を短軀にまとい、三尺帯を締めている。これで編み笠か手拭いを目深に被《かぶ》り、差し棒を手にすれば、瓦版売りの一丁上がりだ。

「伊勢屋《いせや》の為次郎《ためじろう》さんでしたか……。ご無沙汰しております」

お律が腰をかがめると、浅黒い肌をした為次郎の目が鋭く光った。

「少々あてのはずれた顔をなさいましたな。小五郎《こごろう》でなくてお生憎《あいにく》さまでした」

にやりとのぞいた白い歯を、お律は無表情に見返した。

「ひとつご忠告申し上げます。むやみに女子《おなご》の後を尾《つ》けるのは、およしになったほうがよろしゅうございますよ」

「はあ」

「不審な輩《やから》につきまとわれているのではと、肝を冷やしました」

「なんと、お律さんを怖がらせるつもりは露ほども……」

為次郎が、わざとらしくぼんのくぼへ手をやる。

何者かが後を尾けてきていることは、かりがねを出たときから気づいていた。表向きの商いはともかく、裏の稼業が稼業なだけに、いつ何時も油断はできない。歩きながらそれとなく後方を窺っていると、尾行するにしては張り詰めた気配がなく、足運びも無造作なものだったので、そしらぬふりをしてここまできたのであった。

小五郎が尾けてくるのではないかと、ほんのちょっとでも思わなかったといえば嘘になる。だが、図星を指されてすんなりと認めるのも癪《しゃく》だった。瓦版屋というのは、目のつけどころがいやらしい。

お律が苦々しい気持ちでいるのに、為次郎には屈託がなかった。

「とはいえ、助かりましたよ。お律さんに話があって参ったのですが、手前はどうもあのお姉さんが苦手でしてね。訪《おとな》いを入れるのをためらっていたら、ご当人が表へ出ていらしたので……。それはそうと、どちらへおいでになるんです」

類は友を呼ぶというが、まったくその通りだ。人の懐《ふところ》へまっすぐに飛び込んでくる、それでいて横柄さを毛筋ほども感じさせないところに、小五郎と相通ずるものがある。ゆえに、お律は為次郎をどうにも憎めない。

「元鳥越《もととりごえ》の古川《ふるかわ》道場へ参ります」

「というと、小五郎の剣術の師匠の……。そういえば、お律さんの小太刀はたいした腕前だとか。稽古にいらっしゃるのですか」

「かりがねのお客さまから葡萄を頂戴しましてね。古川先生の好物ですから、お裾分けに」

「さようで」

「あたしに話があるって、何でしょうか」

お律が訊《たず》ねると、為次郎の顔つきがいくぶんあらたまった。

「このところ、小五郎は連日、駿河台《するがだい》に通っていますよ」

「駿河台……？」

「小五郎を婿に望んでいる斉藤《さいとう》家の屋敷が、駿河台にあるんです」

「ふうん、斉藤さまと仰言《おつしや》るのですか。お武家さまの風習はよく存じ上げませんが、婿入りなさるにはしち面倒なしきたりが山のようにございましょうし、支度もいろいろとおありなのでしょうね」

「当人の支度なんぞ、たかが知れていますよ。要するに、わがまま娘に呼び出されてるってわけで」

「つつがなく縁談が進んでおいでなのですね。おめでたいことじゃございませんか」

「小五郎は朝飯をすませると富山藩邸を出て駿河台へ向かい、夕飯時まで斉藤の屋敷ですごして帰ってくる。一ノ瀬《いちのせ》家では松太郎《まつたろう》――これは小五郎の兄上の子で十一になるんだが、最近ではついぞしたことのない寝小便をするようになったそうです」

「……」

「松太郎を不憫《ふびん》に思われませんか。それまで道場の稽古がないときはいつでも遊んでくれていた叔父さんを急によそへ取られて、気持ちが追いつかないんですよ」

「それはまあ、お気の毒とは思いますけど、子どもさんは立ち直るのも早いものでしょうし」

通りの角を、天秤棒の両端にいっぱいの笊《ざる》をぶら下げた笊売りの男が折れてきた。

為次郎が腕組みになる。

「先だっておれがあれだけいったのに、小五郎に別れを切り出したそうですね。なぜです？　あいつは正味正気で斉藤家との縁組を断るつもりでいるんですよ」

「終わった話を、わざわざ蒸し返しにいらしたんですか。そもそも、お武家の次男、三男にとって他家の養子になるのは世に出る絶好の折だと仰言ったのは、為次郎さんじゃございませんか。あたしだって、小五郎さまの足を引っ張るようなことはしたくないんです」

川面から吹き上がってきた風が、お律の鬢《びん》の毛をなぶっていった。

笊売りが天秤棒を低くし、笊を手で押さえてやりすごしている。

土埃が舞い、為次郎がいがらっぽそうに咳払いした。

「うだうだと建前ばかりを並べていても埒《らち》が明かねえ。ちっとは本心でものをいったらどうなんだ。お律さん、悪いがおれにはおめえさんがそんなに健気《けなげ》な女子には見えねえんだよ」

為次郎の口調が、がらりと変わった。

「あら、ずいぶんないわれようだこと。まるであたしがふてぶてしいみたいじゃございませんか」

「小五郎にしても、おしとやかなだけの女子は好みじゃないだろうがね。おれは子ども時分から知ってるあいつを放っておけねえんだ。おめえさん方は、気性がよく似てる。だから、わかるんだよ」

「わかるって、何が」

「ふたりとも、意地を張ってる。がきの喧嘩みてえで、とても見てられねえ」

「意地ですって……」

語尾が風に流されていく。お律は腹に力を入れた。

「これきり会うのはよそうって、ふたりで話し合って決めたんです。そう、何もかも納得ずくで。ですから、どうぞお構いなく」

「ともかく、お律さんよりほかの女子を妻にするなんてことは、小五郎の本意じゃねえ。いましばらくは気が揉めるだろうが、あいつを待っていてやってほしいんだ」

「あんたもわからない男だね。子どもの寝小便の話なんか持ち出したりして、まだるっこしいったら。そういうのを、お節介っていうんだよ」

返した声が、尖りを帯びた。

かたわらを通りすぎようとしていた笊売りが、お律と為次郎の顔をさりげなく盗み見ている。

風呂敷包みに添えた指先から、葡萄の粒の弾力が伝わってくる。薄皮に覆われた柔らかな果肉をつぶしてしまわぬよう、お律は包みをそっと抱きしめた。

二

数日後の夕刻――

かりがねの居間に置かれた行燈《あんどん》には、灯がともされたばかりだった。

「まずはこれを。先だっての、おめえさん方の分け前だ」

綱十郎《つなじゆうろう》が懐から袱紗《ふくさ》包みを取り出し、畳の上をついとすべらせた。

「どうも恐れ入ります」

お律の隣に坐っているお路《みち》が形のよいお辞儀をして、袱紗包みを引き寄せる。胸の前で押し頂くようにして包みを開くと、黄金色の小判が五枚、顔をのぞかせた。

小判を帯のあいだに収めたお路が、袱紗をきちんと畳んで綱十郎に返す。そのあいだ、お律は畳に手をついて軽く頭を下げている。

綱十郎とお路のやりとりはごく低い声で交わされており、お路が小判を帯のあいだに挿《はさ》んだ手の動きもお律が見逃しそうになるほどに鮮やかで、常人にはただ袱紗がふたりのあいだをいったりきたりしているようにしか見えないだろう。

梅雨明け近くに三十間堀《さんじつけんぼり》の坂根屋《さかねや》へ忍び入ったあと、緋薊《ひあざみ》は秋口にも一度、芝露月町《しばろげつちよう》にある小間物商「臼杵屋《うすきや》」方への盗みに関わっていた。もちろん単独ではなく、綱十郎一党の盗みに乗り合うかたちだ。その折の緋薊の取り分を、頭目みずから届けてくれたのであった。

袱紗を袂に落とした綱十郎が、鼻をひくひくさせた。

「なんだか、よい匂いがするが」

「あ、これでございましょう」

お路が壁際へにじり、針箱の蓋に載せてあるものを手に取った。

「匂い袋でございます。時折、中身を詰め替えておりまして」

先ほど袋の口を開いているところに、綱十郎が訪ねてきたのであった。

「裂《きれ》の藍色に、なんともいえない深みがあるな。それに、縫い取られている文様がなにやら異国風ではないか」

「父の形見でして……」

「ふうむ、父御《ちちご》の」

お路の手のひらにある匂い袋を、綱十郎はしばらく興味深そうに眺めていた。

話が一段落つくと、お律はお路にいいつけられて台所へ行った。通いの板前が腕をふるった膳を抱えて居間にもどると、お路が長火鉢のかたわらに膝をつき、銅壺《どうこ》に張られた湯に徳利を沈めている。

「どうぞ召し上がってください。お口に合うとよいのですが」

お律は綱十郎の前に膳を置く。

「気を遣わせてすまんな。ほう、美味《うま》そうだ」

膳をのぞき込んだ綱十郎の、苦みのきいた顔立ちがほころんだ。猪口を手に取ると、お路が徳利を引き上げ、酒を注ぎ入れる。

膳と酒が綱十郎に供されたのちは、三人とも平静の声音に直っていた。

「くう、たまらねえ。こいつは五臓六腑に沁み渡るな」

猪口を傾けた綱十郎から、しみじみとした声が洩れた。

「灘《なだ》の酒でございます。新川《しんかわ》の下り酒屋、『加納屋《かのうや》』さんが、姉にと届けてくださいまして」

「富士見酒か。道理でまろやかな」

江戸近郊でも酒は造られているのだが、味となると上方の酒にまるで及ばず、江戸で呑まれている酒のほとんどが伊丹《いたみ》、灘、池田《いけだ》などで造られたものであった。上方《かみがた》から船で運ばれてくるあいだに、杉樽の香りが酒に移って味わいも増すといい、富士山を眺めながら海上を下ってくるこの酒を、江戸では富士見酒などと呼んで褒めそやした。

蕪の蒸し物に箸をつけながら、綱十郎がお律に訊ねる。

「加納屋は、ここをよく使うのか」

「向島《むこうじま》にある料亭のいくつかに酒を納めておいでだそうで、時どきそちらへご挨拶にお見えになっては、手前どもの舟でお帰りになります」

「得意先まわりを口実にして、かりがねの女将《おかみ》の顔を見にくるのを楽しみにしているのだろう。な、お路」

「さあ、どうでしょうか」

眉をぴくりとも動かさず、お路が綱十郎の猪口に酒を注いでいる。綱十郎とお律は、苦笑まじりの顔を見交わした。

「上方から酒を運んでくるのは、樽廻船だな」

綱十郎が話の向きを変える。

「さようでございます。もともとは酒荷も、米や味噌、古着などと一緒に菱垣《ひがき》廻船で運んでいたのですが、だんだんと酒荷だけを積む樽廻船が出てきたのですとか」

こういう理屈っぽい話を得手《えて》とするのはお路で、お律の出る幕はない。

「酒荷というのは、そんなに多いのか」

「それもむろんでございましょうが、菱垣廻船に積まれる品は、江戸の問屋から注文があって荷造りを始めますので、船荷がある程度まとまるのに時が掛かります。そのあいだに酒が腐ることも、昔はたびたびだったそうでして」

「そんなに待たされては、江戸の酒呑みどもが黙ってはいないだろうな」

「はい、新酒などはとくに……」

毎年、冬の初めにできあがる新酒は、鰹などと同様、初物好きの連中にもてはやされた。例年、十一月には、西宮《にしのみや》を出帆して江戸へ到着するまでの速さを競う新酒番船《ばんせん》が仕立てられるほどである。

「樽廻船が往来するようになってしばらくは樽廻船で酒荷を、そのほかの日用品などを菱垣廻船で運んでいたのですが、そのうちどんな品も樽廻船に積み込むようになったそうで……。樽廻船のほうが、菱垣廻船よりも安くて速いのです」

当然ながら菱垣廻船の側から苦情が出て、米、糠、藍玉、灘目そうめん、酢、醤油、阿波《あわ》ろうそくの七品に限っては菱垣廻船、樽廻船のいずれも扱えるが、そのほかは菱垣廻船でしか船積みできないという取り決めが両者のあいだで交わされた。

「それでも、取り決めの品以外をひそかに運ぶ樽廻船はございますとか」

いくらか首を傾けるようにして話していたお路が、綱十郎のほうへ顔を向けた。

「いま申し上げておりますのは、すべて父の受け売りでございます。他界して十年ほどになりますので、この節はだいぶ勝手が違っているかもしれません」

「そうたいして変わってもおらんだろうが……。さすが、廻船問屋の娘はよく知っているものだな」

感心した口ぶりで、綱十郎がいった。

お律としても、姉妹でよくぞここまで見識に開きが生じたものだと、少々あきれる心持ちがした。もっとも、父から話を聞く姉の横には自分もいたのだが、途中から舟を漕ぎ始めてしまい、しまいまで耳に入れられなかったのだ。

「つかぬことを訊くが、おめえさん方の父御は蝦夷地《えぞち》へ渡っていたのか」

お路が少々、返事に詰まった。

「蝦夷地……。いえ、父はもっぱら浜岡《はまおか》と大坂を船で行き来していたようでございます。あの、何ゆえ、蝦夷地と」

眉をひそめるお路に、綱十郎が手を左右に振った。

「いや、なんとなくそんな気がしただけだ。いまのは忘れてくれ」

そのとき、部屋の外に足音が近づいてきた。

「女将さん……。三次屋《みよしや》さんが、そろそろお帰りになるそうで」

猪蔵《いぞう》の声である。

「わかりました。お律、お見送りして差し上げて」

「はい。ではお頭《かしら》、ゆっくりしていらしてください」

お律は一礼して居間を下がった。二階へ上がり、菊の間の前で声を掛ける。

「三次屋さま、よろしゅうございますか」

障子を引くと、もわっとした温気《うんき》が顔に押し寄せてきた。

「お律さん、いつも厄介をかけてすまないね。おかげさまで、ようやく人心地がつきましたよ」

部屋では、三次屋伝兵衛《でんべえ》が炬燵《こたつ》にあたっていた。

「手前どもこそ、毎度、ご贔屓《ひいき》にあずかり、ありがとう存じます」

三次屋はかりがねの得意客であった。商談で向島の料理茶屋へ招かれたときには、茶屋で用意された舟を断ってかりがねに立ち寄ってくれたり、春は隅田堤の花見舟、夏の涼み舟、秋の紅葉舟、冬の雪見舟など、四季折々に舟を頼んでくれる。

この日も、向島で商いの話をすませた帰りとのことだった。

いまの時季は秋と冬の狭間《はざま》にあり、昼間は穏やかな陽気にめぐまれても、日が落ちた途端にきつい冷え込みにおそわれて、お律も戸惑うことがある。おおかたの人は何となく不調を覚えながらもやりすごせるのだが、寒さが底至りする冬よりも、季節の変わり目のほうが身体にこたえる手合いもいて、かりがねでは菊の間だけ一足先に炬燵を出していた。

三次屋は恰幅《かっぷく》のよい体格で、どちらかというと暑がりに見えるのに、いま時分の薄ら寒さにはめっぽう弱く、菊の間で休ませてくれと部屋を名指ししてくる。

炬燵板には銚子と猪口が載っていた。炬燵と酒で身体が温まったとみえ、ほんのりと赤みを帯びた三次屋の顔を、行燈のあかりが照らしている。

「女将には誰ぞ客があるのかな」

お律の顔を、いくらか無遠慮な目で三次屋がなぞった。

「ええ。親戚の者が法事の相談で参っております」

「風がつめたくなってくると、なんとなく人恋しい気がしましてね。炬燵にあたりながら、女将とよもやま話でもしたかったんだが……。そういうことなら仕方ない。また寄らせてもらいますから、よろしく伝えておいてくれるかね」

「かしこまりました」

五十年配で女房も子もある三次屋だが、お路をいたく気に入っていることを、お律はうすうす感づいている。今宵あたり、囲い者になってくれぬかと本気で口説くつもりだったのではと、下を向いて笑いを押し隠した。

源森川の岸辺は、すっかり暗くなっていた。

「三次屋さま、どうぞ足許にお気をつけあそばして」

お律は先に立って桟橋に下りると、三次屋の足許を提灯で照らした。舟では、行火《あんか》と綿入れ半纏の支度をした猪蔵がすでに控えている。

供待ち部屋で主人を待っていた小僧を先に舟へ乗せておいて、三次屋がお律に向き直った。

「お律さん、さっきも思ったが、おまえさんどうも顔色がよくないようです。どこか具合でも悪いのかね」

「具合の悪いところなんて、ありませんけど」

「ちょいとそれをよこしてごらん」

お律の手から提灯の柄を取り、顔の高さに持ち上げる。

「ふむ。こうして見ても、いくらか青い」

「このところ、少しばかり眠りが浅くて夜中に目が覚めたりするので、そのせいでしょうか。でも、身体は休めておりますから」

「眠りをおろそかにしてはいけませんよ。よい薬を扱うお店を知っていますから、こんど買ってきてあげましょう」

「そんな、たいしたことはありません」

「そのお店の薬が、まことによく効きましてね。遠慮は要りませんよ」

「三次屋さんが、そう仰言るのでしたら……」

ぐずぐずいっていてもきりがないので、お律は厚意に甘えることにした。

どこかから按摩の笛の音が、風に乗って聞こえてくる。

ふいに思いついた。

「あの、おねしょに効く薬もございますでしょうか」

猪蔵の手を借りて舟へ乗り移ろうとしていた三次屋が、船縁《ふなべり》をまたぎかけていた足をもどす。

「おねしょ、というと」

「あ、ええと、存知寄りの子どもさんが困っているそうなんです。ちょうどそちらの小僧さんくらいの齢頃《としごろ》の……。もともとおねしょなんて縁がなかったのに、近ごろ心細い思いをしたのがきっかけになったみたいで……」

しどろもどろだったが、三次屋は得心《とくしん》したようにうなずいた。

「お子さんの様子がふだんと違えば、親御さんも気を揉まれるでしょうな。お任せください。おねしょの薬についても問い合わせてみましょう」

三次屋が舟に乗り込み、猪蔵が竿を手に取る。桟橋を離れた舟は、じきに夜陰に飲み込まれた。墨を流したような闇を、お律は茫然として見つめた。おねしょの薬のことなど、どういうつもりで口走ったのか、自分で自分がわからない。

身体が冷えているのに気づいて、思わず肩をすくめた。

三

両腕で己れの身体を抱きかかえながら表口を入ると、こんどは菫《すみれ》の間の客が帰るという。

お律は船頭の詰所をのぞき、火鉢にあたりながら一服つけていた竹吉《たけきち》に舟を出すよう指図した。かりがねの船頭には猪蔵のほかに、この竹吉ともうひとり丑松《うしまつ》という若者がいる。猪蔵は裏口脇の四畳半で寝起きしているが、あとのふたりはおのおの近くにある住まいから通ってきていた。

菫の間の客を乗せた竹吉の舟を見送って、お律は二階へ上がり、今しがたまで客が使っていた二部屋をまわって酒器や煙草盆などを片付けた。

一階の居間は、襖が閉じられたままだ。

台所で用をすませて出てくると、舟を頼みたいという客が表口に入ってきた。立て込むときは、そんなものである。さっきは詰所にいなかった丑松がもどってきており、客をすみやかに舟へ案内していく。

慌ただしさに区切りがついたところで居間にいくと、綱十郎の姿が見当たらなかった。

「商いの妨げになってはいけないと、先刻、裏口からお帰りになったんだよ」

お路が空になった皿や小鉢を膳の上に重ねている。

「ふうん、ちっとも気がつかなかった。それはそうと、お夕《ゆう》のお師匠さんは、どういう用向きだったんだい」

お律は長火鉢のかたわらに腰を下ろし、自分の肩へ手をやって揉んだ。今日の昼すぎに石本織江《いしもとおりえ》から遣いがあり、お路が岩本町《いわもとちょう》へ出向いていた。帰ってきて、匂い袋の中身を詰め替えようとしているところに綱十郎が顔を見せ、船宿のほうも混み始めて、ろくに話を聞くひまもなかったのだ。

人差し指の先で膳を軽く叩きながら、お路がお律に顔を向ける。

「お夕の目が、もしかしたら見えるようになるかもしれない」

「え……」

「織江師匠は、年に一度、目のお医者を呼んで、弟子たちを診てもらっているそうだ。お夕は、まぶたが閉じて持ち上がらないが、光を感じることはできるだろ。そういう例に効くっていう薬が、近ごろ長崎に入ったらしくてね。なんでも、霊芝《れいし》に九十九種の薬草が合わさっていて、異国でもそれを服《の》んで目が見えるようになった人が、幾人もいるんだとか」

「へえ、そんな薬があるんだ」

「そうしたわけで、お夕もその薬を試してはどうかと、お医者がいっているんだって。もっとも、お医者の診察を受けるところまでは師匠の厚意によるものだが、薬を出してもらうとなると、また別の話になる。それゆえ、あたしが呼ばれたんだ」

「唐渡《からわた》りだと、薬代もけっこうするんだろうね。幾らなんだって？」

「ひと月につき、三両」

お路の指先が、とん、と膳に打ちつけられる。

町なかの薬種屋で買える腹痛や痰切りの薬が、一包につき三十二文からせいぜい四十八文といったところである。一日三包ずつ服用するとしても、ひと月に二分前後の勘定だ。

お律は小さく唸《うな》った。

「月に三両とは、べらぼうだね。その薬を服めば、お夕の目はかならず見えるようになるのかい」

「お医者の診立てでは、五分五分と。どのくらい服んだら見えるようになるかも、人によって違うらしい」

「五分五分……。それはそれとして、薬がかえって毒になったりはしないだろうね。ほら、お夕は前に服んだ人参が身体に合わなくて、まぶたが開かなくなったのだし」

「そうした例はないようだ。お医者も、あまり案じなくてよいと」

「だったら、試してみてもいいじゃないか。たしかにいい値段はするが、はなから出せない額でもないだろう」

さして迷う話ではないと思ったが、いささか難しい顔になったお路が、少しばかり思案したのちに口を開く。

「お夕の薬代には、かりがねの商い、つまり堅気の商売で稼いだお金をあてたいと思ってる。あの子を、裏の稼業にまつわるどんなものにも近づけたくないんだ。さいわい、かりがねは客筋に恵まれているし、仮に長いあいだ薬を服むことになったとしても、三年くらいは続けられる蓄えがある。でも」

いいさして、指先に目を落とす。お律はわずかにいらいらした。

「何をそうためらうんだい。これまで姉さんは、人参を手に入れたり、織江師匠に弟子入りさせたり、お夕のためになることは何だってやってきた。なのに、こんなときだけ出し惜しみするなんて」

「お律のための蓄えだ。お夕じゃない」

指先を見つめたまま、お路がいう。

「おまえにも、いつかは裏の稼業から足を洗い、日の当たる道を生きてほしい。かりがねの商いで貯めたお金が、その元手になればと」

お路の横顔に浮かんだ苦悩の表情に、お律は胸を衝かれた。

「あたしのことを、そこまで思ってくれていたなんて……」

言葉を切り、居ずまいを正す。

「姉さんの気持ちはありがたく頂きます。だけど、あたしにとってもお夕は何物にも代えがたい、大切な妹だ。蓄えは、お夕の薬代に使ってください」

「お律……」

顔を上げたお路は、目の縁を赤くしていた。

表のほうで猪蔵や竹吉、丑松の声がしている。それぞれに客を送り届けてきたようだ。

お路が着物の袂で目許を押さえ、背筋を伸ばす。

「みんなご苦労さま。今日はこのへんで仕舞うとしよう」

声を掛けて船頭ふたりと板前を帰らせたあと、お律が建物の一階と二階をまわって戸締りをする。

居間に入ると、お路が長火鉢の銅壺で新しく酒に燗をつけていた。

川岸に繫いである舟の見回りをすませてきた猪蔵が、居間の敷居際に膝をつく。

「女将さん、あっしはこれで部屋へ引き取りますんで」

「猪蔵もこっちへおいで。寝る前に少しあったまっておいき」

猪蔵が鼻をくんくんさせる。

「そいつは上等なお酒でござんしょう。あっしなんかにゃもったいねえ」

「猪蔵、遠慮することはないんだよ。加納屋さんが姉さんに貢いでくだすった酒だ。その姉さんが吞ませてあげるっていうんだもの、かしこまってないでお入り」

お律も中から手招きすると、猪蔵の目尻が下がった。

「へい、それではちょいと失礼して」

腰を上げて敷居をまたぎ、長火鉢のかたわらに膝を折る。

「おまえは猪口よりこっちのほうがいいんだろ」

お路が湯吞みに注いで差し出した酒を、猪蔵はうやうやしく押し頂くと、ひと口すすって、ほうっと溜息をついた。

「はらわたに沁みるってのは、こういうことで……」

いうことが綱十郎とほとんど違わない。

三人の前には、綱十郎の膳をととのえるついでに板前がこしらえていった酒の肴が並んでいる。お律とお路は一杯目こそ互いの猪口に酒を注ぎあったものの、あとはおのおの手酌となる。お律は酒の味にうるさいほうではないが、綱十郎や猪蔵が美味いというだけあって、口に含むとすっと舌に馴染み、えもいわれぬ香りが鼻から抜けていく。さすがは灘の酒だ。

「さっき樽廻船だの菱垣廻船だのとお頭と話していたら、浜岡にいた時分を思い出したよ。海に出る船は、形も大きさも川舟とはまるきり違うものね」

お律はお路に話しかけたのだが、返ってくる声がなかった。姉には、周りのことはそっちのけで物思いにふける癖がある。

「お頭と、そんなお話をなさっていたので……」

代わりに、猪蔵が応じてよこした。

姉の横顔にちらりと睨みをくれて、お律は猪蔵のほうへ首をめぐらせる。

「猪蔵は、黒川屋《くろかわや》の船に乗るようになるまで、樽廻船の水主《かこ》をしていたのだったね」

猪蔵の在所は摂州尼崎《せっしゅうあまがさき》で、父親が地元の船問屋で働いていたこともあり、二十歳で樽廻船に乗り始めた。だが、あるとき水主仲間の懐から銭をくすねていたのがばれて、船から下ろされることになった。

「樽廻船を馘《くび》になったのは、あっしが四十になろうかって頃で……。二十年ものあいだ、よくも悪さが見つからなかったもんですが、いったん見つかっちまうと、銭を盗られたという者が次々に出てめえりやしてね。身から出た錆とはいえ、往生しやした。つごう五十両もの金を返さねえとならなくなったが、そんなもの、すぐに工面できるわけもねえ。あのとき久右衛門《きゅうえもん》旦那に助けてもらえなかったら、あっしはあのまま奈落に落ちていたに違いねえんで」

久右衛門との出会いは、水主たちが集まる堂島《どうじま》の居酒屋であった。てめえのような男はもう二度と船に乗せられないと、猪蔵が船頭にいい渡されていたのを、はたで聞いていた久右衛門が声を掛けてきたのだった。

「旦那はあの時分、宝順丸《ほうじゅんまる》って船で浜岡と大坂を往き来してなすった。その日、たまたま金が懐に入ったとかで、その場で五十両を肩代わりしてくだすったんでさ。奇特なお人がいるものだと、あっしは仰天するやら感服するやら……。出会った次の日から、宝順丸の水主になりやした」

「お父っつぁんは、よほどおまえを見込んだとみえる。手癖の悪い水主なんて、ふつうは引き取ったりしないもの。それに、宝順丸は藩の御用の品を運んでいたし」

宝順丸は浜岡藩領でとれる米や藩の専売品となっている紙などを大坂の蔵屋敷へ回漕し、荷を下ろしたのちは、瀬戸内の各湊に寄りながら木綿や蠟燭、油などを買い入れ、下関《しものせき》をまわって帰途についていた。

「どうしてあっしなんかに目を掛けてくだすったのか、手前でもよくわからねえんです。ただ、死ぬ気でやり直すつもりがあるかと、それだけは念を押されやした」

「死ぬ気で……」

「久右衛門旦那ってお人は、ぱっと目にした感じはとても廻船を乗りまわすようには見えねえというか、物静かで穏やかなたたずまいをなさっておりやす。ところが、相対で話をしますと、肝の据わりっぷりが凄いのなんの、こう、総身から気迫がにじみ出ていやしてね。うかつな返事はできねえと、あっしも何だか空恐ろしいような気持ちになりやして、一晩、思案を重ねて、肚《はら》を括りましたんで」

湯呑みの酒を舐め、猪蔵が先を続ける。

「まあ、藩の御用の品を運ぶとなると、尻の穴がきゅっと締まるというか、船の名を汚しちゃならねえって心持ちになりやして……。それがよかったのかどうか、人の懐を狙おうなんて了簡《りようけん》は、これっぱかりも浮かびませんでしたよ」

「……」

久右衛門と出会って一度は立ち直った猪蔵が、その娘たちのために盗み癖を目覚めさせてこんにちに至っていることを思うと、お律は何ともいえない心持ちがした。

「宝順丸……。憶えてるよ、七百石積みの船だろ」

いつのまにか、お路が話に加わっていた。何食わぬ顔で、猪蔵の湯呑みに酒のお代わりを注いでいる。

お路とお律へ等分に頭を下げて、猪蔵が酒を口に含んだ。

「宝順丸は浜岡と大坂を往復することがほとんどでしたが、ときには江戸へ向かうこともありやした。藩の御用の品を積んでいるときは、船幟《ふなのぼり》に藩の印が入っておりやすんで、いま申しましたように何ともいえず気が引き締まりやしてね」

「船幟っていうのは」

「艫《とも》に立てる旗のことでさ」

酒が入って舌がほぐれたとみえ、猪蔵はかつての思い出話にひとしきり花を咲かせた。

お路がふたたび猪蔵の湯呑みに酒を注ぐ。ついでに自分の猪口も満たして、くいっと呑む。

「ときに、猪蔵にひとつ訊ねたいことがあるんだが」

「へえ、何でございましょう」

「お父っつぁんが抜け荷をするとしたら、どこでどんな取り引きをするのだろうね」

お路の口調はそれまでと変わらなかったが、口許へ湯呑みを運んでいた猪蔵はぎょっとしたように手を止めた。

「旦那が抜け荷を……。まさか」

「まるで知らないって顔だね」

「存じやせん。少なくとも、あっしが乗っている時分には」

「ともかく、抜け荷でもしないと運上に差し出す金が間に合わなかったそうなんだ」

「誰が、そんな話を」

「先だって塚田《つかだ》さまから聞かされてね。このことは、お律も心得ている」

姉の言葉を受け、お律がうなずいてみせると、猪蔵は湯呑みを畳に置き、少しばかり考え込んだ。

「船に乗って各地をまわっておりやすと、時折、抜け荷の話は耳に入ってめえりやす。大抵は、ちょっとばかり沖にいったところにある島が取り引き場所になっていて、夜、あたりが暗くなってから小舟で渡るんだそうで……。廻船の商いというと世間からは大儲けできるように見えるかもしれやせんが、海が荒れて湊に足止めをくらえばそのぶん水主たちの飲み食い代も掛かるし、積み荷が水に濡れて腐ったりすると荷主に運賃を返すのはむろん、品代まで弁償しなくちゃならねえ。まともな商いをしていたんじゃ儲けは薄い。大きな利を得ようとすると、手っ取り早いのは抜け荷なんでさ。見つかったらただじゃすまねえとわかっていても、いっぺん甘い汁を吸うと、なかなかやめられねえものだと聞きやした」

「浜岡でも、そういう話があったのかい」

「浜岡とはいくぶん違いやすが、雲州《うんしゅう》あたりでは竹島《たけしま》てえ島に渡っている者がいると聞いたことがありやす」

「竹島……」

「なんでも、隠岐《おき》ノ島から何十里と離れたところにあるのだと……。もっとも、そうなると小舟で向かうわけにはいきやせんがね。重ねて断っておきやすが、宝順丸でそんな島へ渡ったことはありやせんよ」

「わかってるよ。お父っつぁんが御用船で抜け荷をするはずがないもの」

「しかし、竹島などよりもっと派手にやっている連中がいるとか……。それも、御用船で堂々と」

お路とお律は目を丸くした。

「こいつは昔、樽廻船の水主仲間から聞いたんですが、北の海でとれる昆布を闇で売り買いしている連中がいるそうでして……」

蝦夷近海の昆布は唐に輸出される品として、幕府によって出荷量と取り引き値にきつい縛りがかけられている。だが、連中はひそかにこれを買い集め、独自に唐へ売りさばいているという。唐からは薬種を買い入れ、闇で取り引きする。

「いったい、どういう連中が」

「そいつの話ですと、船幟に付いた印が丸に十字で」

「ってことは、薩摩《さつま》の船か……」

ただ、親玉は薩摩だとしても、連中が一団を組んで北の海へ出向いていっては諸方から不審がられるので、よその土地の船を巧みに抱き込み、蝦夷地の昆布を新潟や富山あたりへ運ばせているらしい。

「抜け荷といえば長崎あたりも多いようですが、久右衛門旦那は南の海へ船をまわすことはなさいませんでした」

「じゃあ、あるとすれば、北の海なんだね」

猪蔵がふたたび思案顔になる。

「あと、考えられるのは、宝来丸《ほうらいまる》かと」

宝来丸は、宝順丸とは別に、黒川屋が抱えていた千石積みの廻船であった。

「おふたりもご承知でしょうが、宝来丸は上方でいうところの北前船《きたまえぶね》でございやした。春に浜岡湊を発って北の海へ出かけていき、途中、ところどころの湊に寄って商いをしながら、秋になると浜岡にもどってめえりやす」

ふたりがうなずくのを見て、猪蔵が話を進める。

「宝来丸は、もとは黒川屋に雇われた船頭が差配しておりやしたが、ある時期から久右衛門旦那が、その雇われ船頭と乗る船を交代なすった。つまり、旦那が宝来丸の船頭になられたんでさ。闇の取り引きをするんだったら、そのへんかと思いやすが」

「乗る船を交代……。じゃあ、お父っつぁんは蝦夷地に渡っていたってことかい」

お律は思わず声を上げた。お路も目を見張っている。

「そうですか、おふたりともご存知なかったんで……。瀬戸内の海を航行するのと北の海へ出るのでは、同じ海といっても怖ろしさが段違いですんで、お嬢さん方を心配させねえようにと黙っていなすったのかもしれねえ」

「知らなかった……。でも、猪蔵のいう通りかもしれない。それで、宝来丸ではどんな湊に立ち寄っていたんだい」

「へえ、そいつが……」

お路に訊ねられ、猪蔵がぼんのくぼへ手をやった。

「旦那が船頭を交代なさるとき、おまえも宝来丸に乗らないかと声を掛けてもらったんですが、あっしは五十になってやして、その齢で北の海へ出る自信がありませんで……。といって、旦那よりほかの船頭の下で宝順丸に乗り続ける気にもなれねえ。それをしおにいとまをいただいて、地元に引っ込みましたんで」

「そうだったのかい……。もうひとつ訊かせておくれ。浜岡城下にあった江角屋《えすみや》って廻船問屋を、おまえは知っているかい」

「江角屋ですかい、ふむ」

「じつのところ、裏で極めて大きな抜け荷をしていたのは、江角屋らしいんだ。ご公儀にそのことが洩れそうになって、お父っつぁんがとばっちりを食ったのだと」

「それも、塚田さまから話を……」

「ああ。江角屋は城下の南のほうにあったんだが、問屋仲間にも加わってなかったそうでね。あたしたちも、店の名を耳にしたことがあるくらいで」

「あっしは江角屋てえ名すら聞いたことがございやせんが……」

「わりと新しい店だったみたいだし、おまえが尼崎に帰ってからできたのかもしれないね」

「お役に立てませんで、すみませんです」

猪蔵がしゅんとなる。

「いいんだよ、気にしないでおくれ。その江角屋も、とうに潰れたそうでね」

「へえ？」

「持ち船が難破して、主人もろとも海の底に沈んだらしい。いまさら猪蔵に訊ねたところでどうなるものでもないんだが、でも、お父っつぁんの死につながる手掛かりがあればと、ちょっと口にしてみただけだから」

お路が徳利を差し向けたものの、猪蔵は「もうじゅうぶんにいただきました」と、湯呑みに手で蓋をした。

「それにしても、久右衛門旦那が抜け荷をなすっていたとはねえ」

思いもよらぬことを耳にして、すっかり酔いが醒めたようだ。

「にわかには信じがたいだろうね。わかるよ。あたしも姉さんから聞いたときは耳を疑ったもの」

父が自裁したことさえ、お律にはいまだに作り話と思えてならない。

「なんにせよ、闇の取り引きで得た金は、一銭たりとも自身の懐には入れてなさらねえと思います。旦那はそんな器の小さなお人じゃねえ。おおかた、運上を差し出すようにと藩から迫られ、苦肉の策だったに違いねえんで……。だが、女将さんのいまのお話ですと、江角屋はそうじゃなかったってことですかい」

「塚田さまが仰言るには、あるときからめきめきと身代《しんだい》を太らせたそうなんだ。おそらく、自分の懐を潤すためだけに抜け荷をしていたに相違ない。とはいえ、どんな品を売り買いすれば、そんなに大儲けができるんだろう。さっきおまえがいってた竹島だと、どうなのかしら」

「雲州からは、領内のたたらで製錬された銑鉄《せんてつ》が持ち出されたようでございやす。それと、刀」

「刀？」

「日の本で打たれた刀は、抜群に切れますんで……。江戸に幕府が開かれてこのかた、日の本では二百年余り泰平の世が続いておりやすが、海の外に目を向けますと、武具を入用とする者どももおりますようで、へえ。じっさい、あっしが宝順丸に乗っていた時分にも、エゲレスやオロシヤの船が日の本の海に入ってきているという噂がありやしたし」

お路がわずかに思案する。

「刀を買うのは、異国人ってことかい」

「さようで。あちらさんは、日の本では育たない材木などを売り物にしていたようでございやすね。しかし、そういう品の取り引きをしたくらいで、べらぼうな利が出るかどうか」

「だったら、江角屋は昆布の取り引きに絡んでたんだろうか。薩摩と組んで、蝦夷地から昆布を運んでいたとか」

「さあ、どうですかね。江角屋の船がどのへんを航行していたかにもよるでしょうが……」

もとより江角屋を知らない猪蔵には、そういうほかないのも、もっともではあった。

お律は黙ってふたりのやりとりに耳を傾けていた。話が思わぬ方向に広がって、なかなか頭がついていけない。日の本が長崎を窓口にして異国と交易していることくらいは心得ているが、日ごろは異国とのつながりなど考えもしないし、もちろん異国人に会ったこともない。

しかし、海には柵がめぐらされていないのだから、往き来しようと思えばできないこともないのだ。当たり前といえば当たり前だが、いささか意表を突かれた気がした。

四

十月に入ったある日、お律とお路は昼すぎにかりがねを出ると日本橋へ向かった。空は青く澄んでいるが、舟の上で受ける風はひんやりとしている。

櫓《ろ》を操っている船頭の竹吉が、日本橋川に入った舟を江戸橋の袂にある舟着場に寄せると、お律は身軽に岸辺へ飛び移った。あとから降りてくるお路に手を貸しながら、竹吉へ告げる。

「かりがねが混みだす前に帰るつもりだけど、いつになるかはっきりしないし、迎えはいらない。猪蔵にそう伝えておくれ」

「あいわかりやした」

岸辺に立ったお律は細かい格子柄、お路は渋い色合いの縞模様、ふたりとも黒繻子《じゆす》の昼夜帯《ちゆうやおび》を合わせたごく地味な身なりだが、近くに舫《もや》われた舟から荷を運び揚げている人足たちが、姉妹の形よい姿に目を奪われている。

石段を上がり、式部《しきぶ》小路《こうじ》のほうへ通りを歩いていくと、門口に掲げられた木札に「算勘《さんかん》指南」とある小体《こてい》な家が見えてくる。

「ごめんください」

お路が格子戸を引くと、まもなく上がり端の障子が開いて、塚田新之丞《しんのじょう》があらわれた。

「おう、待っておったぞ。上がってくれ」

塚田は黒っぽい着物に羽織を重ね、頭を総髪《そうはつ》に束ねている。お律が塚田のそうした身なりを見るのは二度目だが、月代《さかやき》を剃って髷《まげ》を結った姿が脳裡にあって、なんとなく妙な気がする。

奥に通されると、このあいだは文机の周りに帳面や書き付けが広げられて雑然としていた八畳間が、すっきりと片付いていた。長火鉢が壁際に寄せてあり、部屋の中ほどには香道具を載せた方形の盆が置かれている。

前回、お路がひとりでここを訪ねた折に、次は香を炷《た》いて久右衛門を偲《しの》ぼうではないかと塚田に誘われたのだった。

久右衛門と塚田は幼少からの友人で、長じたのちは浜岡城下の香人、槌谷《つちや》幸雲《こううん》の門下で香をたしなんだ仲でもあった。久右衛門は黒川屋の敷地に建てた離れに、時折、客を招いて香席をもっていたが、あらたまって娘たちに伝授しようとはしなかった。

「あの、おじさま」

香道具を挟んだ差し向かいに姉妹で膝を並べながら、お路がおずおずと口を開く。

「先にも申しました通り、わたくしどもは香道の作法についてはとんと不調法でして……」

「構わぬよ。作法なぞ気にせず、まずは香りを楽しむこと。生前の久右衛門も、それを心掛けておった」

ただ、これはわきまえておくようにと塚田が断ったのは、香道では香りは嗅ぐのではなく、聞くものだということだった。

「鼻だけでなく、五感で味わうといえばよいだろうか」

「香りを聞く……。なんだか、聞酒《ききざけ》みたいですね」

「お律、ふざけるのはおよし」

姉妹のやりとりに、塚田が苦笑する。

「聞酒か。香にも、聞香《もんこう》という言葉があるのだよ」

香は、仏教とともに唐から日の本へ入ってきたという。当初は仏に供えられていた香が、平安時代には貴族の衣服や髪をたきしめるのに用いられるようになり、政権が武家に移ったのちに香道として成立した。

「昨今は詩歌や物語を香と組み合わせて楽しむ組香《くみこう》が主流になっておるが、今日はそういうややこしいことは抜きだ。種類の異なる香木を、三種ほど聞いてもらう」

そういって、塚田が方形の盆を手前に引き寄せた。盆には香炉や志野袋、火道具などが載っている。

しばらくのあいだ、お律は塚田の手許に見入った。青磁の香炉は蕎麦猪口くらいの大きさで、灰には小さな炭団《たどん》が埋《い》けてある。火道具を用いて灰がととのえられ、銀葉《ぎんよう》と呼ばれる雲母《うんも》の薄い板が据えられた。よどみのない手つきだ。

塚田が志野袋の紐をほどき、中から香包みを取り出す。薬包にも似たそれを開くと、米粒ほどの木片があらわれた。香木である。

箸のような火道具でつままれた香木が銀葉の上に置かれると、ほどなくあえかな香りがくゆり始める。

「左手に香炉を受け、香りを逃さぬように右手で軽く覆う」

塚田に示された手本を見よう見まねで、お路とお律は順に香を聞く。静寂が支配する中、香炉を鼻に近づけて息を吸い込むと、五感が研ぎ澄まされていくのがわかる。

「食べ物などと同じように、香りも味であらわされる。すなわち、甘い、酸い、辛い、苦い、鹹《しおから》いの五味がそれだ。いま聞いてもらっている香からは、辛みが感じられぬか」

「そのようにおっしゃいましても、よい香りがするとしか……。ねえ、お律」

「ええ、これまで知っている香りと違うのは、たしかですけど……」

香りを言葉であらわすのは、ふたりとも初めてのことだった。

「では、二種目の香を炷いてみよう」

香木が取り替えられると、明らかに香りが変わった。

「これは一種目のものよりもだいぶ甘く感じられます。お律はどう」

「あたしもそう思う。ただ甘いきりではなく、蜜柑のような酸味もあるかと」

「ほう、お律は細かな違いまで聞き分けられるようだな」

三種目の香を聞き終える頃になると、部屋は馥郁《ふくいく》たる香りに満たされていた。

「頭がすっきりとして、身も軽くなった気がいたします」

「なんというか、心が落ち着きますね」

お路もお律も、香の持つ興趣《きょうしゅ》にすっかり引き込まれた。

「香には穢れを取り除き、心身を清浄に保つ働きがあるとされておってな。戦乱の世には、香を炷いて心を鎮めてから戦場《いくさば》へおもむく武将もあったそうだ。久右衛門も、海の難所にさしかかる前の晩など、香の力を借りて気持ちをととのえていると話していた」

「お父っつぁんにとって、海は戦場だったのでしょうね。香木というのはたいそう貴重なものだと聞いたことがありますが、どういった場所で採れるのですか」

檜や松といった木にも独特の香りはあるが、それらとはまるで異なる香木に、お律は興味を引かれた。

「日の本からずっと南方にある、暹羅《シャム》や安南《アンナン》などの国でしか採れぬのだ。といっても、香木という名の樹木はなく、もとはふつうに山野に植わっている木でな。それが寿命をまっとうして朽ちていくうちに、どういう加減か一部に変化を生ずるものがあって、香りを放つ木となる。人の手で育てられるのではなく、たまたま山中で見つかるもので、それゆえ昔から珍重されているのだ」

「暹羅や安南……。すると、日の本には阿蘭陀船《オランダぶね》で運ばれてくるのですか」

「まあ、当節はな。長崎に入ってきたのち、しかるべき手順を踏んで諸国の香具屋へ渡ることになる。だが、日の本が南蛮人と交易していた時分のものも、わりあいに残っているのだ。今しがた炷いた三種の香も、朱印船で運ばれてきたものだと香具屋から聞いておる」

「そんなに古いものだったとは」

「古いといっても、たかだか二、三百年前。奈良の寺院には、千年も前から伝わる香木があるそうだ。どのような香木も希少な品ゆえ、少しずつ削り取り、細かく割って用いる。香を聞くとき、わしはおのずと南方の国の自然や悠久の時に思いを馳せる心地になるのだよ」

お律は二度ばかりうなずいた。

「貴重なものだとお父っつぁんがいったのが、わかる気がします。子どもの慰み物にするなどとんでもない、贅沢すぎると申しておりましたので」

「さようであったか。娘たちが香木の値打ちのわかる齢頃になったら、手ほどきするのを楽しみにしていたかもしれぬな。それはそうと」

塚田がお路に目を移した。

「そなたは先ほどから黙ったままだな。何か考え事をしているようだが」

「あの、父は闇で香木の取り引きをしていたのでしょうか」

「む?」

「香木のように珍重される品なら、売りさばいて大きな利が得られるのではないかと。父には香道の心得がありますから、香木の目利きもできたでしょうし」

「姉さんたら、何をいい出すかと思ったら……」

お律が隣を見ると、お路の思い詰めた横顔があった。

「久右衛門は、心ある香人だ。香道の精神を冒瀆《ぼうとく》するようなことはせぬ」

塚田が毅然として応えた。

「ですが」

「娘が父親の亡くなったわけを知らぬのも気の毒かと、先般は仔細を話したものの、逆に思慕の念を呼び覚ましてしもうたか……。とはいえ、ああした話を聞けば、さらなる真相を知りたくなるのも道理かもしれぬな。そなたが途方もない妄想に取りつかれるのを阻止するためにもいうが、久右衛門が闇で商っていたのは、領内で漉《す》かれた紙だ。専売品である紙を大坂の蔵屋敷へ運ぶ御用を賜っているので、手許には潤沢な品がある。その内のいくばくかを横流ししていたと、そういう寸法だ」

「紙……。では、江角屋は何を闇で商い、巨利を得ていたのでしょう。わたくしと妹も、いろいろ思案してみたんです。ひところは蝦夷地でとれる昆布をこっそり売り買いする船があったそうですが、江角屋もそうした取り引きに手を出していたのでしょうか」

「やや。そのようなことを、どこで」

塚田の顔つきが険しくなった。

「わたくしどもの船頭が申していたのです。いまでこそ川舟に乗っていますが、父が生きていた時分は黒川屋の水主として海へ出ておりましてね。廻船が立ち寄る湊では、抜け荷にかんする風聞を耳にすることも少なくなかったそうでして」

「廻船の水主とは、そういうものか……。たしかに、さる大藩がひそかに昆布を買い占めているという話はあったが、派手にやりすぎて幕府の査察が入ったと聞いておる。しかし、江角屋はそこに絡んではおらぬだろう。昆布の闇取り引きをしていた連中は、限られた土地の船しか使っていないということであった」

「昆布ではないのでしたら、何を」

「おおかた、薬種か何かだろうが……。これはまったくの私見だが、阿片《アヘン》だったのではないかと思うておる」

お律の脳裡に、梅雨明け近くに関わり合った盗みのことがよぎった。あの折、鳴子の仕掛けられた蔵から盗み出したのが、阿片だった。

「阿片……。それは、どういうもので」

お路が訊ねる。むろん、薬種であるとわきまえたうえで、何も知らない態《てい》を装っているのである。

「痛み止めや強壮の作用がある薬種だ。阿蘭陀船で長崎にもたらされるほか、日の本でも津軽《つがる》などで産しているが、いずれにせよ希少なもので、すこぶる高値で取り引きされるらしい」

「……」

「じつはそうした考えに至ったのは、最近になってからでな。というのも、数年ほど前まで清国《しんこく》とエゲレスが戦をしておったのだが、戦を引き起こす因《もと》となったのが、阿片だったのだ。江角屋が急激にのし上がってきたのは、両国間が戦になる前のこと。おそらく、そのころには大陸に不穏な風が吹いているのを、幕府は阿蘭陀からの風説書《ふうせつがき》によって察知していたのではないだろうか。であれば、浜岡藩が幕府に目を付けられたのも、たんなる抜け荷というよりも、日の本における阿片の出回り具合を探ろうとしていたのでは……。ともあれ、江角屋が没したいまとなっては、それをたしかめる手立てはない。じっさいのところは、謎に包まれたままだ」

少しのあいだ、部屋に沈黙が流れた。香木のかぐわしい香りも、いくぶん薄まっている。

「いうまでもないが、いま話したことは、くれぐれも口外せぬように」

塚田が香道具を片付け始めた。

「もちろんでございます。あ、その志野袋を見せていただいてもよろしゅうございますか」

「うむ、これか」

盆にある志野袋を塚田が取り上げ、お路に差し出す。

「わたくしどもは父の志野袋をほどいて匂い袋に仕立て直しましたので、こうしてもとの形を目にすると、懐かしい気持ちになります。航海をしていて珍しい裂を見つけたので志野袋に仕立てたと、父は申しておりました」

「わしにそれを届けようと、久右衛門はわざわざ江戸藩邸を訪ねてくれてな。京の香具屋で仕立ててもらったと話しておった。色味といい柄といい、なんともいえぬ情趣がある。こういう裂はやはり京でなければ手に入らぬだろうと、その折に思ったのを憶えておる」

「いえ、あの、京では仕立てに出しただけだと思います。裂は別の土地で手に入れたものと」

「ん？」

「匂い袋をかりがねのお客がごらんになり、どこか北のほうの裂ではないかと仰言いまして……。たとえば、蝦夷地のような」

お路が思慮深く口にした。

「蝦夷地だと。久右衛門が乗る船はもっぱら浜岡と大坂を往き来していて、蝦夷地には渡っていなかったのでは」

「それが、わたくしも知ったのはつい先ごろですが、父はあるときから北前船に乗り込むようになったそうで……。父がこの志野袋をおじさまに届けた時分には、北の海へ出ていたようなのですが、申しておりませんでしたか」

塚田が記憶を振り返る顔つきになる。

「そういうことは、何も……。あの時分はわしも何かと忙しくしていて、志野袋を受け取ったときも、四半刻《しはんとき》と顔を合わせてはおらなんだ。前任の者が身体の具合を悪くして勤めを退いたので、引き継ぎもままならず、ばたばたしておったのでな」

そもそもは江戸藩邸で人手が足りず、国許から呼び寄せられたのであった。

「おじさまも、ご存知ありませんか……」

「久右衛門が、蝦夷地に。ふむ」

塚田が深く考え込んだ。

五

かりがねにもどったときには、日が暮れかかっていた。軒先の掛け行燈に灯をともしていると、舟を出してくれと客が入ってくる。そこからしばらくのあいだは茶を飲むひまもないほど立ち働いて、夜五ツ半（午後九時）をまわったころに仕舞いの客を送り出した。

表の戸を下ろして部屋の戸締りをすませ、お路とお律は遅い夕餉《ゆうげ》を摂った。竹吉と丑松はそれぞれの住まいに帰っていき、猪蔵も自室へ引き上げている。

四ツ（午後十時）を告げる鐘の音が聞こえてきた。

大川の対岸では、吉原の妓楼《ぎろう》にともる提灯のあかりで夜空が赤く染まっているが、向島は闇にひっそりと沈んでいる。田畑の中にぽつぽつと散らばる人家からの物音も絶え、あたりには源森川の水音ばかりが響いていた。

さらに四半刻後。

かりがねの居間は、しんと静まっている。だが、ふたつ並べられた寝床に、姉妹の姿はなかった。

床の間の脇に、造り付けの仏壇がある。仏壇の手前両側は、ふだんは何のへんてつもない板壁だが、いまは右手の板がずれて人が出入りできるくらいに口が開いている。そこから、あかりがわずかに洩れていた。

板壁に施された仕掛けをはずし、数段の石段を下りると隠し部屋があらわれるからくりである。

「やっぱり、見当がつかないよ」

手許の帳面に目を落としているお路が、首を横に振る。

「あたしにも、さっぱりだ」

お律は持っている手燭《てしょく》を掲げ、帳面にもっと光が当たるようにした。

隠し部屋は奥に細長く、さほど広さはない。天井も、腰をかがめないと頭がつかえる。忍び込んだ先からせしめたお財《たから》は、ここに隠してあった。石の壁に囲まれ、話し声が外に洩れることもない。

帳面の表紙には「船日誌　宝来丸」と記されていた。達筆というよりも、遊び心があると形容するのがぴったりな文字は、紛れもなく父、久右衛門の筆跡であった。

海を往来する廻船の船頭は、船日誌をつけるのが大抵だった。入津《にゅうしん》する湊の地形をはじめ天候や風向き、潮目、海から見た陸地の様子などを記しておけば、次にまた同じ航路を回漕するときの心覚えになる。

船日誌はぜんぶで五冊あった。故郷を発つときに、お路が携えてきたのだ。久右衛門が亡くなった晩、黒川屋の離れは全焼し、母屋の半分も灰になった。部屋で寝ていたお律は、お夕を脇にかかえて飛び込んできた婆やにもう片方の手で腕を摑まれ、庭へ飛び降りて生命が助かったのである。隣にいるはずの姉の姿がなかったのは、台所へ水を飲みに行っていたゆえだ。

あくる日は朝から藩庁の役人がやってきて焼け跡を調べ始め、お律たちは親戚の家に身を寄せることとなった。あのどさくさの中で、姉がどこからどうやって、しかもなにゆえ船日誌を持ち出したのか、お律にはわからないことだらけだが、一度それを訊いたら「いちいち応えるまでもない」と一蹴された。いったん姉がこうなるといくら食い下がっても無駄と心得ているので、お律としてもそれ以上、粘るつもりはない。

もっとも、ついこのあいだまで、姉はこの船日誌が宝来丸の雇われ船頭から聞き取った話を父がまとめたものだと思い込んでいたのであった。

船日誌の表紙には、天保《てんぽう》五年（一八三五年）甲午《きのえうま》との年号も書き添えられている。先に猪蔵から聞いた話と照らし合わせると、このとき宝来丸の船頭をつとめていたのは久右衛門本人ということになる。

その年、宝来丸は三月下旬に浜岡の湊を出て北の海へ向かい、四月二十五日には奥州深浦《おうしゅうふかうら》の湊に入った。

「深浦で、お父っつぁんはいくらか商いをしたようだね」

お律が声を掛けると、お路がうなずいた。

「瓦を売って、津軽塗の塗物を買ったと記されている」

「瓦なんて重い荷を、何だってわざわざ……。船で運ばなくたって、奥州でも焼くことができるだろうに」

「浜岡の瓦は、赤みがかった色をしていて、凍てつくような寒さや海風からくる塩の害に強くできてるんだ。石州《せきしゅう》一円で産する質のよい土と、来待石《きまちいし》から採れる釉薬《ゆうやく》を組み合わせて、高温で焼き締めてあるからね。とくに寒い土地では重宝がられたはずだ」

「へえ、そうなんだ。いわれてみれば、黒川屋の母屋も赤い瓦だったような」

「おまえときたら、これだもの」

お律のほうを嘆かわしそうに振り返ったお路が、ふたたび帳面に目をもどした。

深浦をあとにした宝来丸は津軽海峡を渡り、いよいよ蝦夷地へ至っている。

五月十日。箱館《はこだて》にて。富、平。
一、みすじ——二百斤、買付。
一、釘、海鼠《なまこ》、魚肥——各五十俵、買付。
一、瓦——五百枚、売渡。
蝦夷地では鰊《にしん》や鮭、昆布など、その土地でなくては手に入らない品が多いことから、ひと月ほど経っても、まだ逗留している。

六月十五日。江差《えさし》にて。富、平。
一、鰊——買付。
一、銑鉄——売渡。
一、みすじ——五百斤、買付。
「ちんぷんかんぷんなのは、このくだりだ。取り引きを符丁であらわしてるんだろうけど、何を示しているのか、まるで見当がつかない」

人差し指の先で帳面を示しながら、お路が肩をすくめる。

姉妹はこれまでも折にふれ、符丁が示している内容を解き明かそうと試みてきた。塚田から聞いた今日の話をふまえ、いま一度、船日誌を見直してみようとお路が帰り道でいい出したのだった。

「箱館とか、江差ってのは、蝦夷地の地名だろう。富とか平が絡んでるみたいだけど、取り引きの中身に至っては何がなにやら」

姉の手許をのぞき込み、お律も首をひねる。同じやりとりを、幾度繰り返しただろう。

「この、みすじっていうのは、何だろう。幾度も出てくるよね。お父っつぁんの関わった抜け荷の覚え書きかとも思ったが、どことなく、石州の紙とは違うようだし」

「ふ、あぁ」

帳面に並ぶ細かい文字を眺めていたら、我知らず欠伸《あくび》が洩れた。そんな妹を、お路がちらりと見やる。

「こんなことをして何になるのかと、おまえはいぶかしんでるかもしれない。でもね。たとえ江角屋がこの世にいないとしても、あたしたちが事の真相を明らかにして墓前に報告しないと、お父っつぁんも浮かばれないと思うんだ」

「姉さん……」

手燭の光に、お路の横顔が揺らめいている。ただ、その表情にも疲れが滲んでいた。

お路が船日誌を閉じ、気を取り直すようにいった。

「それにしても、香木っていうのは、よい香りだったね」

「まことに……。着物や髪に香りが染み込んだとみえて、かりがねのお客さまも褒めてくだすった」

「香りを聞いているあいだ、ずっとお父っつぁんと一緒にいるような気がしてたよ」

「へえ、姉さんも？　あたしはお父っつぁんが生きてた時分のことを思い出してた。黒川屋の庭に植わってた桜があるだろう。お父っつぁんが海へ出て留守にしているあいだに、下から三番目の枝まで登れるようになったんだ。で、浜岡に帰ってきたお父っつぁんの前で登って、そこから飛び降りて見せたら、怪我でもしたらどうするんだとこっぴどく叱られて」

「そんなことがあったのかい。まあでも、香りには昔の記憶を呼び起こす働きがあるというし……」

塚田の話では、父は海の難所へおもむく前などに香を炷いていたというが、北の海へ向かうときもそうだったのだろうか。

「蝦夷地って、どんなところなのかしら」

「そりゃ、浜岡や江戸よりずっと北のほうにあるんだし、寒いに決まってる。前にかりがねのお客がいっていたが、冬は熊の毛皮を着込んでも震えが止まらないくらい冷え込むとか。海の水も、さぞかし冷たかろう」

「お父っつぁんが蝦夷地に渡っていたことを黙っていたのは、あたしたちを心配させないためじゃないかと猪蔵がいっていたけど、ほんとうに命懸けだったのだろうね」

「いずこの海であっても、怖ろしいものさ。板子《いたご》一枚下は地獄というくらいだもの。黒川屋の床の間にもお不動さまの掛け軸が祀ってあって、あたしたちも毎日、お父っつぁんが無事に帰ってきますようにと手を合わせていたじゃないか」

「憶えてるよ。つまるところ、神頼みってわけだ。町内の神社にも、奉納された船絵馬が幾枚も掲げられていたし……」

そこまで口にして、お律にこつんと響くものがあった。記憶が、ある晩に引きもどされる。黴《かび》と埃が臭《にお》う暗がり、甘苦い香り。暗闇――土蔵――ニッキ。

「姉さん、あたし、いま思い出した」

「何を」

「坂根屋の蔵で、船絵馬を見掛けたんだ」

六

十月末になると、天候の定まらない日が続くようになった。

今朝は裏庭の手水鉢に薄氷が張ったが、日が高くなるにつれてぽかぽかと暖かくなり、それが昼をすぎたあたりからは空が黒い雲で埋まっていき、ざっとしぐれて夕方には鮮やかな虹が架かった。

かりがねの商いも、空模様に振りまわされた。陽気に誘われて向島へ渡った連中が、雨粒が落ちてくるとどっと駆け込んできて二階座敷はいっぺんにふさがり、しぐれが去ったら去ったでいますぐ舟を出してくれと急《せ》かされて、じつに目まぐるしい一日であった。

その夜、寝巻に着替えたお律が台所でごそごそしていると、お路が顔をのぞかせた。

「おお、気が滅入りそうな臭いだこと。また、薬を服んでるのかい」

板間に入ってくるなり、鼻を袂で覆っている。

「居間だと臭いが気になるかと思って、こっちで振り出したんだけど……。そんなに臭うかえ」

三次屋が不眠に効くといってお律に届けてくれた振り出し薬であった。効き目のほうはいまひとつだが、なんとなく服み続けている。

「何に効く薬なんだい」

「ええと、その、頭痛の薬だ。季節の変わり目になると、どうも調子が出なくて」

なぜか偽りが口をついて出た。

「ふうん、頭痛ねえ……。きつく痛むのかい」

「ううん、それほどには。きっと、お天気がころころ変わるせいだよ」

棚に置かれている薬袋《やくたい》を、お路が手に取った。

「ねえ、ここに書いてある坂根屋って……」

「偶然にも、そうなんだ。三次屋さんがいっていたが、あのへんじゃわりと知られた薬種屋みたいだね」

薬袋の表には、「三十間堀六丁目　唐和薬種調合　坂根屋六兵衛《ろくべえ》」と刷られている。

そのとき、廊下に足音が近づいてきた。

「女将さん、どうもさっきから何者かが表の戸を叩いているようでして」

猪蔵が低い声で告げるのを聞き、お路が薬袋を棚にもどした。

すでに五ツ半をまわり、誰かが訪ねてくるあてはない。綱十郎であれば、あらかじめ取り決めてある手順で戸を叩き、合言葉を入れてよこすはずだ。

三人で表口へいってみると、猪蔵のいう通り、外から戸を叩いている者がある。

「もし、どちらさまでございましょう。今夜はもう、舟は出しておりませんが」

お路が用心しながら声を掛けると音がやみ、控えめな声が返ってきた。

「あの、元鳥越の古川道場から参った者にございます。恐れ入りますが、お律さんはおいでになりますか」

「あっ、その声は」

お律は土間に下り、くぐり戸を開けた。

「やっぱり、作三《さくぞう》さんだ。どうしたんですか」

立っていたのは、古川惣右衛門《そうえもん》に仕える下男、作三であった。

六十がらみの作三は、頰かむりにしていた手拭いをはずし、白髪まじりの頭を下げた。

「夜分おそく、あいすみません。それが、大先生が風邪をこじらせちまって、もう三日も熱が下がらねえんです。お医者に診てもらっちゃあいるんですが、齢も齢でいなさるんで、だいぶ心ノ臓が弱っちまってるそうでして」

「まあ、古川先生が」

「飯もろくに食べてなさらねえんですが、うわごとでお律さんの名を呼んでおいでです。連れてきて差し上げてはどうかと、お医者も申しておりまして」

作三は肩で息をしていた。ここまでどうやってきたのか訊くと、舟は不得手で元鳥越から駆けてきたという。

お律は古川道場の生え抜きではないが、富田《とだ》流小太刀の名手でもある惣右衛門に指南を請い、折をみて稽古をつけてもらっていた。いつであったか、「いずれ時がきたらそなたに秘儀を授けよう」といい渡されたことが、脳裡に浮かんだ。

「お律、いって差し上げたら」

姉の手が、背中をそっと押している。

「作三さん、わかりました。すぐ支度をしてきますから、中でお待ちになっていてください」

「ちっと狭えが、あっしらの詰所であったまっていなせえ」

猪蔵が作三を船頭の詰所へ上げておいて、舟の支度をするためにくぐり戸を出ていった。

お律のあとから、お路が居間へ入ってくる。

「病人の熱が三日も下がらないんじゃ、看病するほうも気が抜けないだろう。先生のところは、女手があるのかい」

「作三さんは夫婦で道場に住み込んでいなさるけど……」

「おまえがおかみさんと交代して、今夜は泊まり込んでもいいかもしれないね」

「ええ、場合によってはそうするつもり」

ざっと着替えをすませて表へ出ていくと、いったん上がった雨がまた降りだして、川面がうっすらと煙っていた。

「見通しがいくぶんよくねえが、この程度なら大丈夫でさ」

猪蔵が竿を突き、舟が岸を離れる。急ぎのときは舟足の速い猪牙舟《ちょき》が向いているのだが、作三が舟を苦手としているのと雨が降っているのとで、わりあいに揺れの少ない屋根舟に乗り込んだ。

それでも、源森川が大川に流れ込むあたりでは揺れないというほうが無理で、作三は顔を蒼ざめさせていた。夜道を小梅瓦町《こうめかわらまち》まで駆けてきて、暗がりの中でかりがねを探しあてるのは容易ではなかったのではないかとお律が問うと、水戸さまの脇を源森川沿いに進んだ突き当たりと聞いていたのですぐにわかったと応じ、ややあって、はっと目を伏せる。

おや、とお律は思った。惣右衛門がかりがねを訪ねてきたことは一度もないし、場所についても詳しくは知らないはずだ。

「お律嬢さん、舟が着きやした」

猪蔵の声がして胴の間の障子が引き開けられると、霧雨ごしに幕府の御米蔵がほの白く浮かび上がっていた。

御厩河岸《おんまやがし》から元鳥越までは、いくらもない。

古川惣右衛門を寝所に見舞い、いとまを告げたお律が部屋を出て襖を閉めると、廊下の闇に憶えのある鬢《びん》付け油がふわりと香った。

行く手をふさいでいる黒い影に、お律はきっぱりといった。

「どいておくれ」

「断固ことわる。やっと会えたってのに」

返ってきたのは、小五郎の声だった。こんなときでも、どこか悠然とした響きがある。

惣右衛門が風邪で寝込んだのはたしかなことであったが、今日の夕方には熱も下がったといい、枕許には粥を食べ終わったあとの土鍋と椀が置かれていた。惣右衛門は寝床で横になっていたものの、肌の血色もよく、この調子なら明日にも剣の素振りができそうだと、お律に語る口つきもしっかりしていた。

「善人に下手な芝居までさせて……。作三さんが気の毒じゃないか」

「ああでもしねえと、誰かさんが会ってくれねえからな」

構わず、お律は足を前へ踏み出した。廊下は真っ暗で何も見えないが、剣の修練を積んだ者は相手の息遣いや衣擦《きぬず》れの音などで、空間のだいたいを推し量ることができる。そもそも、闇の筋目を読むのは盗人にとってお手のものだ。

脇をすり抜けようとするお律の前へ小五郎がまわり込み、押す波と引く波が闇にせめぎ合う。じりじりとではあったが、お律は表口へ進んでいった。

「通しておくれったら」

「通ってどうする」

「かりがねに帰る」

「四ツはとうにすぎてるぞ」

「産婆を呼びにいくとか親が倒れたとかいえば、どうにかなるでしょ」

江戸の町々に設けられた木戸は夜四ツになると閉じられるが、医者と産婆はどんなに夜が更けていても文句なしに通してくれる。

「おい、あの薬をどこで手に入れた」

いきなり話の穂先が変わり、お律は戸惑った。足が止まる。

「たいした効き目だ。礼くらいいわせろ」

おねしょの薬のことを、小五郎はいっているのだった。

お律に不眠の薬を買ってきてくれた三次屋は、おねしょの薬のほうも忘れていなかった。受け取るだけ受け取って、そのまま打《う》っ遣《ちゃ》っておいてもよかったのだが、それも大人げないように思われ、お律は小五郎の友人、伊勢屋為次郎に薬を預けることにした。

緋薊のことが書かれている瓦版をもとに、発行元である神田鍋町《なべちょう》の源四郎《げんしろう》長屋を訪ねていくと、表の腰高障子が開け放たれている一軒の上がり框《かまち》に為次郎が腰掛け、瓦版の草稿に目を通していた。背にした六畳間では、ねじり鉢巻きの男たちが脇目も振らず版木を彫ったり紙に摺ったりしており、どこか殺気を覚えるほどだった。

お律がためらいがちに薬を差し出すと、いつもは軽薄な感じのする為次郎が表情も変えずにそれを受け取り、ふたたび草稿に目を落とした。やはり放《ほ》棄っておいてもよかったかと、お律は伊勢屋に出向いたことを少しばかり後悔したが、為次郎は律儀にも薬を一ノ瀬の屋敷に届けてくれたようだ。

「あの薬があんまり効くんで、切らしたくないと義姉《あね》上が申されてな。どこで売っているのか、おしえてくれぬか」

三次屋から渡された薬袋には不眠とおねしょの薬がまとめて入っており、お律はおねしょの薬を別の紙袋に移して伊勢屋に持参していた。

「三十間堀にある坂根屋って薬種屋で……。かりがねのお客が買ってきてくだすったんだ」

「坂根屋……。梅雨明け近くだったか、女の盗賊に入られた店だな」

「……」

お律はおのずと身構える心持ちになる。

「あの折、為次郎がいっていたが、坂根屋は不眠の薬を看板の品にしているそうだな」

「そうらしいね。でも、効き目はたいしたことないよ。服んでも、ちっとも眠れない」

わずかに拍子抜けし、同時に、己れのうかつさに気づいてあっと思った。

「ふうん、お律は眠れないのか。俺と一緒にいるときは、そうでもねえのにな」

「あ、あたしが眠れようが眠れまいが、どうだっていいじゃないか。その、おまえさんとは他人なんだし」

よそよそしい口調でいい返すと、ぐいっと肩を引き寄せられた。物凄い力だ。

「痛っ、離しておくれよ」

「離すものか」

「嫌い」

「嫌いで結構」

生臭い息が吹きかかってきて、唇をさらわれる。身体を引き離そうと躍起になったが、手足は闇をもがくばかりである。

小五郎が廊下に面した障子を引き、お律を内へ連れ込んだ。寒稽古などで朝が早いとき、小五郎が寝泊まりしていた部屋だった。隅に置かれた行燈の灯が、畳へ敷き延べられている夜具に淡い光を投げかけている。

唇が離れたとき、お律は口許からあえぎがこぼれるのを抑えきれなかった。

小五郎の息遣いも乱れている。

「これでも他人といえるか」

「……」

「雨のせいにしてしまえよ」

耳許でささやかれ、総身から力が抜けていく。どうとでもなれと、お律は肚を括った。

秘めやかで狂おしい時が、身体の上を駆け抜けていった。春の陽だまりのような体臭と、肌のぬくもり。目のくらむような安心感に包まれ、気が遠のきそうになる。屋根を打つ雨音さえ、懐かしく慕わしい。

己れをくまなく満たした歓喜の波がゆっくりと鎮まってゆき、やがて穏やかな凪《なぎ》が訪れた。

夜具からすべり出たお律が長襦袢《じゆばん》に袖を通していると、小五郎がもぞもぞと寝返りを打った。

「お律、かりがねに帰るのか」

「こんな夜更けに、帰れるものですか。ちょいと顔を洗ってきます」

身づくろいする姿を小五郎は黙って眺めていたが、お律が畳の上のしごきを拾い上げようとすると、手を伸ばしてその端を摑んだ。

「もう逃げるなよ」

子どもが母親に哀願するような響きが、声に滲んでいた。

小さく笑って、お律は小五郎の手を軽く押さえる。しごきを結ぶと、小五郎の綿入れ半纏を肩に掛け、縁側に出ている男物の下駄に足を入れて庭へ下りた。

井戸の水を汲んで顔を洗い、手拭いで水滴をぬぐう。凍るような水の冷たさが、火照《ほて》った肌に心地よかった。

いつのまにか雨雲は一掃され、夜空を星々の青白い光が埋め尽くしていた。

夜空を見上げるとき、お律は知らず知らずにある星を探している。大ぶりな柄杓《ひしゃく》をかたどった明るい星が、七つ。柄杓の先端にある二つの星の間隔を、コの字の開いているほうへ五倍ほど延ばしたところに、その星は輝いている。

星は一年のうち季節によっても、また、一晩のうちでも少しずつ位置を変えているが、北のひとつぼしと呼ばれるその星は、年中ほぼ同じ位置にあって、真北を示していた。

夜の海に船を出すとき、北のひとつぼしは方位を見定める目安になるのだと、かつて父がいっていた。暗い海の上で、船がどちらを向いて進んでいるのか見失いそうになっても、北のひとつぼしを見極めて針路を割り出せば、まず間違いはないという。

あたしは、どこへ進んでいくのだろう。

庭の竹藪を風が鳴らし、星々がいっせいにきらめく。

いずれにせよ、今夜、小五郎に身も心も捧げたことを後悔するのはよそう、と思った。

北の空にまたたく星をしばらく見つめて、小五郎の待つ部屋へもどっていく。

お律は久方ぶりに、朝までぐっすりと眠った。

むかしの貌《かお》

一

明け方の冷え込みがきつかった。十一月も半ばである。

身体に掛けた夜具を鼻先まで引っ張り上げたお路《みち》が、朝になって居間の雨戸を繰《く》ると、水墨画のような景色が目の前に広がっていた。手水鉢《ちょうずばち》を配した裏庭も、生垣の先にのぞめる向島《むこうじま》の眺めも、うっすらと雪に覆われている。

「おや、初雪かえ」

あとから起きてきたお律《りつ》が隣に立った。白い息が部屋の外へ流れていく。

商家の寮や料理茶屋の茅葺《かやぶき》屋根が白をまとった冬の野に、秋葉《あきば》神社《じんじゃ》の鳥居が朱をのぞかせて鮮やかであった。ぽつぽつと点在する人家の屋根から細く立ちのぼる煙を、雲の裂け目から射しかける朝日が薄桃色に染めている。

「お客を迎える前に、二階の炬燵《こたつ》をぜんぶ出しておかないと。火鉢の炭も多めに用意して……」

こうしていると、お路は自分がいかにも堅気の船宿の女将《おかみ》で、一日の始まりに商いへ向かう気持ちを掻き立てているふうな気がしてくる。

「いつもより早めに表の戸を開けたほうがよさそうだね。雪見舟を出してくれって声が掛かるかもしれない」

綿入れ半纏の襟許を掻き合わせながら障子を閉めると、お律が口をとがらせた。

「もう、姉さんはせっかちなんだから。いま少し風趣を味わってもいいじゃないか」

「風邪でも引いたら、元も子もないだろ」

寝巻に綿入れ半纏を羽織ったきり、姉と似たような格好では寒いはずだった。お律が素直に引き下がり、朝餉《あさげ》の支度に取り掛かる。

いちめんの銀世界は、陽が高くなるにつれて雪が溶け、だんだんと風趣を失っていった。かりがねの表口に面した往来にも、雪とぬかるみになったところが入り混じっている。こうなると歩くのは厄介だった。白と茶色がぐちゃぐちゃになって見苦しいし、むろん、雪見舟を所望する客などいない。

「どうにも、いけませんなあ」

往来に残る雪を竹箒で川へ掃き落としていた猪蔵《いぞう》が、全身から湯気を上げながら居間に入ってきた。

「お天気ばかりは、どうしようもない」

長火鉢の鉄瓶に沸いている湯で茶を淹れ、お路は猪蔵をねぎらう。

正午近くになっても、客は一組もなかった。この調子だと、昼すぎには地面がもっとどろどろになり、犬の仔すら出歩くのをためらうだろう。

お路は今日の商いに見切りをつけ、通いの船頭ふたりと板前を家に帰らせた。野菜を売りにくる寺島村《てらじまむら》の百姓も今朝は顔を見せないし、魚も入ってこない。

長火鉢のかたわらでは、お律が鉄瓶の横に五徳をもうひとつ置き、焼き網を載せて搔き餅を並べていた。鼻唄まじりで、なんとも吞気なものだ。

姉妹は焼き上がった搔き餅で、昼餉《ひるげ》がわりの腹ごしらえをすませた。

「二階と下をいったりきたりして部屋の支度をととのえたのに、なんだか肩透かしをくらった心持ちだ」

「姉さんでも、見込みがはずれることがあるんだね」

お律がからかうような口調でいう。

ごめんください、と表口で男の声がしたのは、そのときだった。

「お客だ。福の神だよ」

お路はいそいそと立ち上がった。

「おいでなさいまし。何でございましょうね、朝方は雪が積もったのに、おかしな陽気で……。足許が悪くて難儀なさいましたでしょう」

ふだんの倍も愛想のよい声で、框《かまち》へ出ていく。

「すぐに舟をお出ししますか。部屋には炬燵の用意もしてございますが」

「お路さん、達者にしているかい」

戸口を背にした男は、逆光で顔が影になっていた。

男の目鼻立ちに、目を凝らす。細い顎、すんなりした鼻筋、こちらへ向けているのに、ほんの少し外へ逸れた左の黒目。

「あら」

わずかのあいだに、お路はすみずみまで思案をゆき渡らせた。

「千太郎《せんたろう》さん、ご息災でいなさいましたか」

情のこもった声をこしらえると、千太郎の心許なさそうな表情が弛《ゆる》んだ。

「ああ、よかった。私を憶《おぼ》えていてくれたんだね」

「当たり前ですよ、忘れるはずがございませんでしょう。さいごにお目に掛かってから、どのくらいになるかしら。ええと」

「およそ半年ぶりだ」

即座に声が返ってくる。

千太郎は、かつて日本橋南茅場町《みなみかやばちょう》にあった墨問屋「大和屋《やまとや》」の跡取り息子だった。しかし、この春、大和屋は盗賊に入られ、持病の療養につとめていた主人の富左衛門《とみざえもん》が、心痛もあってか急逝した。ほどなく、富左衛門が米相場に手を出して店の資金繰りを苦しくしていたことも明らかになり、千太郎は江戸の店を畳んで、大和屋の本店がある奈良へ引き上げていったのだった。

その千太郎が、どういうわけでかりがねを訪ねてきたのか、お路はとっさに真意をはかりかねた。

大和屋へ盗みに入った綱十郎《つなじゅうろう》一味とお路たちは、浅からぬ縁でつながっている。とりわけ、千太郎を色香で手なずけ、金蔵の鍵型を盗み取ったお路は、内側から賊を引き入れた張本人といえた。

得意先の信用を失うことを恐れた富左衛門の意向により、大和屋はお上への届け出を見送ったが、いまになってお路が怪しいと思い当たった千太郎が江戸にもどってきたのだとしたら、剣呑《けんのん》である。

お路の腋に、じんわりと汗が滲む。

黙っているお路が、千太郎には感極まって何もいえなくなっていると映ったようだ。

「こたびは商いの用で奈良から出てきたんだ。あちらへ引き移ったといっても、江戸には長年、贔屓にしてくだすっていたお客様がおいでだからね。大和屋の親戚筋が営んでいる宿屋が品川《しながわ》にあって、そこから得意先まわりをしているんだ。場所がいささか不便だが、少しでも出費《かかり》を抑えたくて」

「それじゃ品川からいらしたんですか。まあ、そんなところに立たせたままでごめんなさい。どうぞ、お上がりになって。いま、すすぎをお持ちいたします」

お路が腰を浮かしかけると、折しも船頭の詰所から盥《たらい》を抱えた猪蔵が出てきた。

「おいでなせえまし。この湯で足をすすいでくだせえ」

「やあ、ありがたい。冷たい泥が足袋《たび》の中まで染みてきて、つま先がじんじんしていたんだ。はあ、あったかいなあ」

泥だらけになった足袋を脱いだ千太郎が、土間に据えられた盥の湯に足を浸して息をついた。

「ちょいと、居間から手拭いを取って参りますね」

店先に千太郎を残して奥へ引っ込むと、居間の手前に猪蔵が控えていた。口を動かすことなく、低く告げる。

「周りをざっと見てめえりやしたが、とくだん怪しい者はおりやせん」

「そう。念のためにいましばらく見張りを続けておくれ」

お路は框へ引き返し、千太郎に手拭いを渡す。足を拭いた千太郎を居間へ連れていくと、部屋ではお律が茶の支度をしていた。

「千太郎さん、こちらにどうぞ」

お路は客用の座布団を勧め、お律の淹れた茶を千太郎の前に置くと、自分は仏壇を背にして坐った。

お律が長火鉢の横に指先をそろえ、形のよいお辞儀をする。

「大和屋さん、こんにちは。ご無沙汰しております」

「お律さん、こちらこそ」

千太郎は頭を低くしたものの、挨拶もそこそこにお路のほうへ膝を向けた。

「お路さん、江戸を発ったときはゆっくりと別れを惜しむこともできず、すまなかった。奈良に着いてからも、ずっと気掛かりだったんだ」

「お店があんなことになったんですもの、無理もございませんよ」

「幾度か便りを出そうとしたんだが、いざ筆を手にするとお路さんに会いたい気持ちが募って、なんだか胸が苦しくなってね」

「その節は、わたくしも己れの運のなさをつくづく嘆きました。ですが、おかげさまでつつがなくやっておりますので、どうかご案じなさいませんように……。あの、お茶をどうぞ」

膝の前に出されている湯吞みに、たったいま気がついたというように、千太郎が手を伸ばす。茶をひと口すすり、まぶしそうにお路を見つめた。

「それにしても、お路さんは相変わらずうつくしい」

「お愛想をいうのは、およしになって」

「お愛想ではありません。奈良でも、お路さんを忘れられなくて……。その、何というか」

そこまでいって、千太郎が気遣わしそうにお律を見やった。お律は何食わぬ顔で茶を飲んでいる。

「お路さん、あ、あの、いま一度、私と、その」

ふたたび口ごもった千太郎に、お律が婉然《えんぜん》と微笑みかけた。

「大和屋さん、あたしがいてはお邪魔ですか」

「えっ。いや、邪魔だなんて、そんなことは」

千太郎の声がうわずった。

先ほどお路が居間へ手拭いを取りにきた折に、姉妹のあいだでは打ち合わせができていて、お律が中座することはないのである。千太郎が大和屋へ入った賊のことでお路に不審を抱いているようだと、ただちに何らかの手を打たなくてはならない。

お路とてしらじらしい茶番など演じたくはないが、いま少しやりとりしてみないと見極めがつかなかった。

「千太郎さん、奈良の暮らしはいかがですか。半年くらいでは、まだ慣れたとはいえないかしら」

「慣れたのが半分、慣れないのが半分というのが、まあ、正直なところかな」

千太郎が気を取り直したように応えた。猿沢池《さるさわのいけ》からほど近い樽井町《たるいちょう》に店を構える大和屋本店は、先代が千太郎の父、富左衛門の伯父にあたる。富左衛門は奈良に生まれて若い時分に江戸へ出てきたのだが、千太郎自身は生まれも育ちも江戸で、奈良については父親から話に聞くのみだった。

「江戸は公方様のお膝元、武家の町だけど、奈良は京よりも古い都で神社仏閣がそこらじゅうにある。住んでいる人の言葉つきや慣習も、こちらとはだいぶ異なっていてね」

「処変われば品変わると申しますもの」

「江戸者は思ったことをそのまま口にするので人間が薄っぺらだと蔑《さげす》まれたり、逆に私からすると、上方の人は肚《はら》に何を抱えているかわからないところがあって、向こうにいったばかりのころは戸惑ったものだよ。だが、墨の話になればおおよそは通じ合えるし、そのへんを取っ掛かりにして誼《よしみ》を結ぶことができたんだ」

「ご苦労なすったのですね」

声の調子や目の動きをうかがいながら、お路は自分の湯呑みに口をつける。

「それはそうと、お路さんは大和屋の江戸店が墨を売るだけでなく、奥で墨をこしらえていたのを知っているね」

「ええ、もちろん……。店座敷の続きに作業場がございました」

千太郎の口調は変わらなかったが、お路はいくぶん慎重になった。金蔵の鍵を押しつけて型をとった折の、生乾きだった墨の柔らかさが、指の腹によみがえる。

「あの、作業場がどうかいたしましたか」

「あすこでこしらえていたのは、書家や画家の注文に応じて、江戸店が独自の工夫をこらした墨だったんだ。江戸と上方《かみがた》では、墨の好みにもいささかの違いがあってね」

「たしか、前にもそんなことをうかがいました。それで」

「江戸店を畳むとき、そうしたお客にはよその墨屋を引き合わせて、風合いの似た品を手に入れられるよう取り計らったんだが、どうしても前と同じ墨じゃないと駄目だといってくださる方が少なくなくて」

とりあえず、江戸店と同じ墨を奈良でこしらえる段取りをつけ、その旨を得意先に知らせがてら注文を受けてまわるというのが、今回、江戸へ出てきたおもな用向きなのだと、千太郎がいう。

「あら、湯呑みが空になっていますね。お代わりはいかがですか」

お路は立ち上がり、千太郎の湯呑みを手にして長火鉢の脇へ移った。二杯目の茶を淹れるあいだにお律と目を見交わし、どうやら用心を解いてもよさそうだと、見立てたところを一致させる。

千太郎は、奈良で見物した名所旧跡のことなどを四半刻《しはんとき》（約三十分）ほど話してから腰を上げた。

表へ見送りに出たお路は、戸口の近くに立っている猪蔵に案じずともよいというようにうなずいてみせ、舟の支度をいいつけた。

「大和屋さんがお帰りです。品川まで送って差し上げておくれ」

「へい」

猪蔵が桟橋のほうへ下りていったのち、千太郎を振り返る。

「こちらにはいつまで逗留なさるの」

「明後日、品川を発つよ。得意先まわりはあらかたすんでいて、今日は何かあったときの備えにあてていたんだ」

「さようでございましたか」

千太郎があたりをはばかるように目を左右へ動かし、お路の手を握ってきた。

「春になって墨が出来上がったら、また、江戸へ出てくる。そうしたら、こんどはふたりきりで会ってくれるね」

「あの、千太郎さん……。わたくしのことは、どうか忘れていただけませんか」

「え、どうしてだい」

「いま、おつき合いしている人がいるんです。さっきは妹がいて、申し上げられなかったのですが」

物柔らかな仕草で、手を振りほどく。

「う、うそだ……。あれから、まだ半年しか経っていないのに」

千太郎の声が当惑している。

「もう半年も経っているんですよ。あのときは先々のことまで約束できませんでしたし、千太郎さんとはご縁がなかったのだと、泣く泣くあきらめました。ですから」

川岸を上がってきた猪蔵が、お路に向かって声を投げる。

「女将さん、支度がととのいやした」

「それじゃ千太郎さん、奈良までの道中、くれぐれも気をつけてお帰りくださいね」

「お、お路さん。つき合っているって、どこの誰と」

「それはご勘弁くださいまし。猪蔵、頼みますよ」

「かしこまりやした。大和屋の旦那、舟を出しますんで、どうぞこちらへ」

猪蔵にうながされるまま、千太郎が釈然としない顔で川岸を下りていく。

舟影が小さくなるのを待たずにお路はかりがねへもどり、台所にまっすぐ向かった。塩の入った壺を抱えて表口に引き返し、思いきり塩を撒く。

「いきなり手を握ってくるなんて、図々しい。どういう了簡《りょうけん》をしてるんだか」

居間に入ると、お律がにやにやした顔を向けてきた。

「たいそう罪作りな女子《おなご》だこと」

「二度と顔を合わせることはないと思ってたのに、だしぬけに訪ねてくるんだもの。肝を冷やしたよ」

「姉さんが手拭いを取りにきたときは、血相が変わっていてどきっとしたけど……。千太郎も前触れなしにあらわれて、びっくりさせたかったんだろう。あんなにわかりやすい男も滅多にいないよ。あたしへ向けた顔に、どこかへ失せろと書いてあった。あれで裏があるとしたら、そうとう食えない奴だね」

そのときの顔を思い出したのか、お律がくくっと噴き出す。

「あの男、半年も前に別れた女がいまだに未練を抱えていると思い込んでた。自惚《うぬぼ》れるにもほどがある」

「可愛いものじゃないか。よほど姉さんのことが忘れられないとみえる」

「何度か抱いてやったくらいで、厚かましいったら」

「いっそのこと、こんども抱いてやればよかったのに。姉さんも、いい息抜きになるんじゃないの」

お路はお律を鋭く見た。

「肌を許したのは、千太郎が黒丸《くろまる》だったからだ」

盗賊仲間のあいだでは、盗みに入る先のこれといった人物を誑《たら》し込むのを、弓術の的の中心を射抜くことになぞらえ、黒丸を落とすなどという。

「そんな理屈、千太郎には通じないよ。姉さんとは夫婦約束まで交わした仲だもの」

「そりゃ、いっときはね。だが、大和屋の江戸店が潰れたときに、すっぱり切れたんだ」

「男と女って、そうたやすく割り切れるものじゃないでしょ」

いつのまにか、お律の目許から笑いが消えていた。

お路は少しばかり鼻白んだ気持ちになる。

千太郎を送っていった猪蔵は、夜になるまで帰ってこなかった。

二

あくる日の昼すぎ、お路は日本橋平松町《ひらまつちょう》にある塚田《つかだ》新之丞《しんのじょう》の住居へ向かった。話す事柄を頭でまとめておきたいのもあり、舟ではなく、歩くことにした。

雪は昨日のうちにおおかたが溶け、今日は朝から晴れているので、地面はすっかり乾いていつもの埃っぽい往来にもどっている。

小梅瓦町《こうめかわらまち》から日本橋まで歩いて半刻《はんとき》（約一時間）と少し、さほど疲れる道のりではない。大通りの角を曲がりかけて、お路はふと後ろを振り返った。背中になんとなく視線を感じたのだが、それらしい人影は見当たらない。大店《おおだな》が軒を連ねる通りには数多《あまた》の人や荷車が行き交っているものの、誰もが自分の行き先に向かって無心で足を動かしている。

気のせいだったのかしら。

裏通りに面した門をくぐり、いま一度、左右をたしかめて格子戸を引く。訪《おとな》いを入れると、塚田が奥から顔だけのぞかせた。

「おう、お路か。どうした」

「おじさまに、お話ししたいことがあって参ったのですが」

「うむ、ほんの少し待ってくれぬか」

言葉とは裏腹に、ずいぶんと待たされた。

「すまんな。出入り先のお店から預かった帳面を見ながら運算《うんざん》しておって……。細かい取り引きが記されたものゆえ、関わりのない者の目には触れさせたくないのだ」

框まで出てきた塚田に八畳間へ通されると、帳面をひとまとめにしたと思われる風呂敷包みが、文机の横に置かれていた。塚田が急いで片付けたのだろう。

「断りもなくうかがいまして、あいすみません」

「気にせんでもよい。何やら話があると申したな」

塚田が長火鉢のかたわらに腰を下ろし、お路は相向かいに膝を折る。

「それが、いささか込み入っておりまして……」

「待て」

短くいって、塚田が耳を澄ます顔つきになった。

バタンと物音がしたようである。家の裏手のほうだ。

「おじさま、いまの音は何でございましょう」

「猫が縄張り争いでもしておるのか」

「どうもそれとは違うような……。唸り声も聞こえませんし」

「ふむ、ちょっと見てこよう。お路はここにいなさい」

そうはいわれたものの、お路も気になって腰を上げた。表を歩きながら背中に感じた視線のこともある。

塚田は台所の土間に下りたが、お路は板間に取り残された。履き物がないのである。もどかしさに地団駄を踏む間もなく、裏口の戸が引き開けられる。

「おい、そんなところで何をしている」

塚田の声が上がり、お路は思わず足袋のまま土間に飛び下りた。塚田の脇から外をのぞき、目を見張る。

「あっ、そこにいるのは」

裏口を出たところにある井戸端で不自然に身をかがめているのは、千太郎ではないか。

千太郎はお路の顔を見ると、うろたえた表情になった。

「いや、その、これは……」

「おじさま、ちょっとすみません」

お路は戸口を出て、井戸端に歩み寄った。

「千太郎さんが、何ゆえここに」

「昨日聞いたことが、どうしても信じられなかったんだ。いま一度、話したくて、向島へ……。

源森橋《げんもりばし》のあたりで向こうからお路さんが来るのに気づいて、ちょうどそばにあった瓦焼き小屋の陰に隠れてやりすごし、後を追いかけてきた。昨日の話が偽りでなければ、相手の男と会うのではと……。そこにいる男が、そうなのかい」

斜視ぎみの目が、ちらちらと動く。

「そのようなこと、応える筋合いはありません。あなた、自分のしていることがわかっているんですか」

語気を強めたお路の横に、塚田が立った。

「お路、知り合いか」

「手前は、お路さんの許婚《いいなずけ》です」

お路が口を開くよりも先に、千太郎が応じた。

「おじさま、違います。いっときはそうした話もございましたが、昔のことです。いまは断じて」

塚田がお路の顔を見やり、千太郎に向き直る。一歩、さりげなく前に出た。

「それがしは、この家の主人でござる。主人の許しも得ず、家の敷地に立ち入っているそこもとは、まぎれもなく不審な輩《やから》といえる。お路とのあいだにいかなる訳合いがあるかは存ぜぬが、いずれにせよ、女子をこそこそとつけまわすなど、ひとかどの男がすることとは思えぬな。お引き取り願いたい」

「は、はあ」

腰に両刀を帯びてはいないが、塚田の言葉つきから武家と察したのだろう。千太郎は詫びを口にすると、すごすごと帰っていった。

「みっともないところを、お目に掛けてしまいました」

部屋にもどったお路は、畳に手をつかえて頭を下げた。

「あれでよかったかの。もっと脅かすこともできたが、逆上させて、のちのちそなたに危害を及ぼしたりするとかなわぬし」

「奈良から商用で出てこられたのです。明日には江戸を発つと聞いておりますので、しばらくは顔を合わせることもないものと」

当たり障りのない範囲で、千太郎との経緯を話した。

「ふうむ、やむを得ぬ事情で江戸を立ち退いたとはいえ、あの男にとっては、お路とのことが心残りだったのだな」

塚田が胸の前で腕を組む。

「そのようでございます。けれど、縁談は白紙にもどったのですし、けじめはつけてもらわないと」

「もっともだ。とはいえ、お路にも気の毒なことであったな。そなたにその気があるなら、わしが嫁入り先を探してやれぬこともないが……。出入りしている商家の主人に頼めば、しかるべき相手が見つかるのではないだろうか」

「あの、どうかそのようなお気遣いはなさいませんように」

「しかし……。女子にあまりこういう話をしたくはないが、そなたもなかなかよい齢《とし》ではないか」

父親が娘を諭すような口調であった。

「おじさま……。その、何と申しますか、じつをいうと殿方とおつき合いするのは苦手なのでございます。この齢になるまで縁遠かったのも、そのせいで」

「だが、げんにあの男と」

「はい、でも……。わたくしがそのようになりましたのは、浜岡《はまおか》にいた時分に辱《はずかし》めを受けたのが因《もと》になっているのでございます。父が他界したのち、わたくしとお律、お夕《ゆう》は母方の叔父のところへ身を寄せました。そこは油屋を営んでおり、一年ほどは何事もなかったのですが、叔父が病で急逝すると周囲が一変し、わたくしは乾物問屋へ奉公に出されることになりました。卒中の発作を起こして寝たきりになった隠居の世話をするという名目で雇われたのですが、じっさいのところ麻痺しているのは身体の片側きりで、隠居にはわたくしを手籠めにする力が残っていたのでございます。ただちに油屋へ参り、暇乞《いとまご》いをしてほしいと頼んだものの、代替わりした主人はすべてを承知しておりました。何のことはない、初めから妾奉公に出されたのでございます」

お路は淡々と言葉を連ねた。忌まわしい過去をありのまま打ち明ける気になったのは、塚田から漂う親身の情がありがたく、同時にうっとうしくもあったゆえだ。ありきたりな理由をつけて縁談を断っても、塚田はお路が遠慮していると受け取るだけだろう。

「なんと卑劣な……。黒川屋《くろかわや》の親戚筋がそなたらを引き取ったということは、人づてに耳にしていたが、つらい思いをしたのだな」

塚田が痛ましそうに表情を歪《ゆが》めた。

「これではお律とお夕もいずれ同じ目に遭わされるに相違ない。そう思いまして、藪入りで宿下がりをした折、手回りの品だけをまとめて油屋を抜け出しました」

「どこか、行くあてがあったのか」

「父が生前、申していたのです。船乗りは、いつ何があって生命を落とすかわからない。父に万一つのことがあって往生したときは、尼崎《あまがさき》にいる猪蔵を訪ねるようにと。そこよりほかに、頼れる先は思い浮かびませんでした」

火急の際はほかの何をおいても船日誌だけは持ち出すようにと指示されたのも、その折だった。父が自裁したとき、藩庁から取り調べの役人がくる前に船日誌を別の場所へ移したのも、それゆえだ。思えば、父は我が身に何らかの災厄が降りかかってくることを予期していたのだろうか。

塚田がわずかに首をかしげる。

「猪蔵というのは何者だ」

「もともとは父の下で黒川屋の廻船に乗っていた者で、いまはかりがねの船頭をしております。わたくしとお律、お夕の三人はしばらく猪蔵のもとに身を寄せたのち、江戸へ移って参りました。そのとき、猪蔵も共に参ったのでございます」

「その船頭については、前にも聞いたことがある。そうか、名を猪蔵というのだな」

「ともかく、そういうわけでして……。先ほどの方との縁談もいったんはお受けしたものの、はたして自分がうまくやっていけるかと心許《こころもと》なくもございました。いまでは破談になってよかったと了簡しております。それに、やはり父の無念を晴らすまでは、どこかへ嫁ぐことなど考えられません」

お路がそういうと、塚田は眉をひそめた。

「ふむ、縁談はさておき、久右衛門《きゅうえもん》の無念を晴らすとは、いささか合点がいかぬな。江角屋《えすみや》は嵐に遭った船に乗り込んでいて、海に投げ出されて死んだ。わしがそう話したではないか」

「それが、少々気に掛かることが出てきたのでございます。そのことが江角屋と結びつくのかわからないのですが……。本日こちらへうかがったのは、それゆえ」

「む……？　話してみなさい」

ここを訪ねるまで、どのように話を切り出そうかと思案をめぐらせていたが、ひょんなことからきっかけが与えられたようだった。

「今しがた申しました猪蔵が、お客を送っていった品川宿で、昔、知っていた人間にそっくりな人相をした男を見掛けたと申しまして……。昔というのは猪蔵が黒川屋にいた時分のこと、男は別の廻船問屋に雇われていた六助《ろくすけ》という水主《かこ》です。鼻の脇に、こう、いぼのように盛り上がった小豆《あずき》大の黒子《ほくろ》があって、ほかの誰とも見間違えようがないのだと」

猪蔵は千太郎を品川宿へ送り届けたあと、せっかくならと遊廓をひやかしていて、六助の姿を目にしたのである。

「ぱっと見て、どうにも奇妙な感じがしたと申します。六助はひと目で上等とわかる着物と揃いの羽織に身を包み、髪も町人風にきちんと結われていたそうでして。何にせよ、水主の身なりではございません」

気になって後をついていくうち、いつしか六助は街道筋をはずれ、やがて土塀のめぐらされた大きなお屋敷に入っていった。

塚田が顎の下に手をあてる。

「品川には大名家の下屋敷が多くある。おおかた、そうしたもののひとつだろうな」

「後ろを歩いていた猪蔵は、立ち止まるのも不自然なのでそのまま行き過ぎたのですが、男がお屋敷の門番から『坂根屋《さかねや》の旦那』と呼ばれているのが耳に入ってきたと」

「坂根屋と……。では、人違いだったのではないか」

「猪蔵も、そのように思ったそうでございます。ですが、お大名の下屋敷などでは、賭場《とば》が開かれたりするのですってね。猪蔵が申すには、六助はたいそうな博奕《ばくち》好きだったとか。そうした記憶もあって、人違いとすんなり受け入れることができなかったのだと思います。かりがねに帰ってきてからも得心がいかず、誰かに話を聞いてほしくなったようで、それでわたくしに……。わたくしも途中までは他人の空似を疑い、話半分に聞いていたのですけれど、こちらから六助について二つ三つ訊ねましたら、いくらか気になることを猪蔵が申しまして」

「気になることとは」

「六助は黒川屋とは別の廻船問屋に雇われていたと申しましたが、いつの頃か一本立ちして、いずこの地にか自分の店を持ったらしいのです」

「なんだか、ぼんやりした話だな」

「六助が一本立ちして自分の店を持ったらしいと、猪蔵は人の噂で聞いたのでして……。その時分には黒川屋を辞めて在所の尼崎へ退いており、噂も昔の水主仲間から耳にしたのだと」

いったん言葉を切り、お路は背筋を伸ばす。

「これより申し上げることは、わたくしの憶測に過ぎません。ですが、六助が自分の店を持った時期から推察するに、それが江角屋のような気がしてならないのです」

塚田が怪訝《けげん》そうに、お路の顔を見つめている。

「江角屋を始めたのは浜岡藩領の外からきた男だと、おじさまはこのあいだ申しておられませんでしたか。六助は、高津湊《たかつ》の『橋本屋《はしもとや》』という廻船問屋に雇われていたんです」

「高津湊というと、隣藩の湊だ。しかし、それだけではなんとも」

「ですから、こちらへ参ったのです。おじさまが、ほかにも手掛かりになりそうなことをご存知なのではないかと……。江角屋の主人の名などは、聞いておられませんか」

「主人の名は、たしか、平六《へいろく》といったような」

「江角屋平六……。六助と平六は、よく似ています」

やにわに塚田が立ち上がり、壁際へ寄せられた文机の前に坐ると、硯箱の蓋を開けて墨を磨り始めた。半紙に文字をしたためてもどってくる。

橋本屋抱え水主　六助
江角屋主人　平六
坂根屋

お路の前に置かれた半紙には、そう書かれていた。

「そなたの話を要約すると、六助の人相は坂根屋と呼ばれた男とそっくりだということ。高津湊の橋本屋に雇われていた六助と浜岡城下に江角屋を出した平六は同じ人物なのではないかということ。そうだな」

「六助は江角屋を始める折に、平六と名を改めたのではないでしょうか。江角屋の船は難破したものの、平六は死んではいないのでは……。猪蔵が品川宿で見掛けたのはやはり六助で、いまは坂根屋を名乗っているとしたら……」

塚田が腕を組み、考え込んだ。半紙に目を落とし、長考したのちに顔を上げる。

「どれを取っても、たしかなことは何ひとつない。そこに書かれている三人を同一人物と断じるには、いささか無理があるのではないか」

「ですが」

お路の膝が前に出るのを見て塚田が腕組みを解き、両手で押さえるような仕草をした。

「お路、少し落ち着け。父親を思う気持ちは痛いほどわかる。だが、そなたはいまを生きておるのだ。このあいだ香を聞いた折にしろ今日の話にしろ、そなたが過去にとらわれすぎているように、わしには思える。父のことを忘れろというのではないが、自分の仕合せも大切にしなくては。久右衛門が生きていれば、娘にはきっと同じことを申したはずだ」

三

お路が塚田の住居を訪ねたその日の夜、表の戸を下ろしたかりがねの居間では、お路とお律、そして猪蔵が額を寄せ合っていた。三人の前には、久右衛門が残した船日誌が広げられている。

「おじさまが、江角屋平六といったんだね。それなら十中八九、六助と同じ人物とみていいのでは」

「お律もそう思うかい。おじさまは、猪蔵が品川の大名屋敷から出てきた六助の後を尾《つ》けたことは知らないから、あたしが当てずっぽうを口にしていると思ったみたいだけど……。でもまあ、江角屋の主人の名を聞けたのは収穫だった」

お路は塚田に、話の一部始終を語ったのではなかった。

昨日、六助がどういうわけで坂根屋と呼ばれているのかを知りたくなった猪蔵は、近隣の百姓が使うような納屋の陰に潜んで時をつぶし、屋敷から出てきた六助が品川宿のほうへもどるのを尾けたのである。六助は待たせてあった舟に乗り込み、大川を遡っていった。

「坂根屋なんてえ屋号はさして珍しくもねえが、六助を乗せた舟が三十間堀川《さんじつけんぼりがわ》に入っていくとは思いもよりやせんで、へえ」

舟を下りた六助は、一軒の商家に入っていった。すでに日も暮れ、店の大戸は下りていたが、そこが梅雨明け近くに綱十郎一味が盗みに入った坂根屋六兵衛《ろくべえ》方であると、猪蔵は暗がりの中でもしっかりと見極めていた。

お路は諸事を踏まえ、思案をまとめる。

「橋本屋の水主だった六助が、浜岡城下に江角屋を出した折に平六と名を改め、難破した船から生き延びて、坂根屋六兵衛として江戸は三十間堀六丁目に薬種屋を構えた。そう考えてよささうだね」

「はっきりと決めつけていいかはともかく、姉さんの見当はあながちはずしてはいない気がするよ。六助の出自のほかにも、いろいろとつじつまが合うし……。先におじさまが、江角屋は裏で阿片《アヘン》を売り買いしていたのではないかと仰言《おつしや》ったのも気になるね」

「あっしは今日一日、六助について憶えていることはねえかと思案しておりやした。ひとつ思い出したのは、六助が橋本屋で乗っていたのが富芳丸《とみよしまる》って船だったと……。で、ここんとこでやすが」

猪蔵がそういって、船日誌の紙面を指差す。

五月十日。箱館《はこだて》にて。富、平。

一、みすじ――二百斤、買付。
一、釘、海鼠《なまこ》、魚肥――各五十俵、買付。
一、瓦――五百枚、売渡。
六月十五日。江差《えさし》にて。富、平。
一、鰊《にしん》――買付。
一、銑鉄《せんてつ》――売渡。
一、みすじ――五百斤、買付。
猪蔵の指先を視線でたどったお路は、あっと思った。

「この、〈富〉というのは富芳丸で、〈平〉というのは平六って意味なんじゃ……」

「六助は、橋本屋から一本立ちするにあたって富芳丸を買い取ったんじゃねえでしょうか。そうした例は、わりあいにございやす。船日誌の表紙にもある天保五年には、江角屋を構えて平六を名乗っていたものと」

「だとすると、ここには富芳丸に乗った平六が各地でどのような取り引きをしたかが、書かれていそうだね」

お路と猪蔵のやりとりに耳を傾けていたお律が、首をひねっている。

「お父っつぁんが、わざわざ調べたってことでしょう。何ゆえ、そんなことを」

「江角屋は店を構えて一気に身代を太らせたそうだから、裏に何かがあるんじゃないかとお父っつぁんは疑ったのかもしれない。仔細を探るために、富芳丸が立ち寄った湊で平六がおこなった取り引きを調べ、船日誌に記していたのではないかと……。お父っつぁんは息を引き取る直前、江角屋に嵌められたとおじさまにいったそうだ。もしかしたら、調べまわっているのを相手に感づかれて、それで」

まぶたの裏に、黒川屋の離れを包み込んだ焔の色が浮かんだ。木や紙の焼け焦げる臭いが鼻先をかすめた気がして、息が苦しくなる。

「〈富〉と〈平〉はともかくとして、あとの残りは、わからないままだ。およそ何かの品を取り引きした内容だろうが、阿片らしい文字も見当たらないし……。姉さん、おじさまに船日誌を見せてみたらどう。おじさまの目には、あたしたちとは違うものが映るかもしれないよ」

お路は呼吸をととのえ、首を振った。

「おじさまは、あたしたちが昔のことにこだわるのを、あまり快く思っておられないみたいだから」

「いずれにしても、坂根屋から目を離さねえでいるのがよさそうで……。品川の大名屋敷に入った六助は、四半刻ほどで表に出てきやした。賭場で遊んでいたにしては、引き上げるのが早すぎやす。折をみて、あの大名屋敷の周辺を探ってみましょう。ことによっては、賭場に潜り込んでみようかと」

「ちょいとお待ち。おまえが向こうの顔を知ってるってことは、逆もまたしかり。賭場で顔を合わせるのは、まずいんじゃないのかい」

「あっしはあの男と、じかに言葉を交わしたことはねえのでして……。大きな黒子のある人相を浜岡湊で幾度か見掛けて、記憶に残っているのでございやす。ですが、女将さんの仰言るように、向こうがあっしの顔を見知っていねえともいえやせんから、そこは気をつけることにいたしやす」

やがて、猪蔵が小さな欠伸《あくび》を洩らしたのをしおに、三人は話を切り上げた。

それからしばらくは暖かな陽気が続き、大川の対岸から向島を訪れる人が増えて、おのずとかりがねも忙しくなった。

この季節らしい木枯らしがふたたび吹くようになり、客足が途絶えがちになったある日、お路は薬研堀《やげんぼり》にほど近い村松町《むらまつちょう》にある唐物商《とうぶつ》「孔雀堂《くじゃくどう》」へ足を運んだ。間口二間ばかりの小さな店構えだが、中に入ると異国風の花鳥が描かれた壺や茶碗、銀製の菓子鉢、硝子の酒器などが所狭しと並べられている。

「ごめんください。かりがねという船宿から参りました、路と申しますが」

土間に立って声を掛けると、毛織物の敷物に正座して帳面をつけていた男が、立ち上がって框へ出てきた。

「お待ちしておりました。手前は、この店を営んでいる吉三郎《きちさぶろう》と申します」

齢のころ三十半ば、顔の幅がやや狭く、少しばかり吊り目で鼻筋は通っている。吉三郎は、硝子の水差しを布で磨いている小僧に店番をしているよういいつけ、お路に顔を向けた。

「ご用向きは奥でうかがいますので、そちらからお上がりください」

お路は履き物を脱いで框に上がり、吉三郎のあとから内暖簾《うちのれん》をくぐった。

「こちらです」

通された部屋は六畳ほどの広さで、吉三郎が出してくれた座布団に膝を折る。畳敷きの客間ではあるが、調度類がいっぷう変わっていた。床の間に飾られているのはお路が見たこともない衣服に身を包んだ肌の白い女の絵で、どんな画材が用いられているのか、表面が油でも塗ったようにてらてらと光っている。手前に置かれた扉付きの棚の正面には、唐土《もろこし》の童子が仔犬と戯れている光景が、螺鈿《らでん》細工であらわされていた。

お路がしげしげと部屋を眺めまわしているあいだに、吉三郎が茶を淹れてくれる。それがまた風変わりであった。

「これが、お茶でございますか」

目の前に出された茶碗をのぞき込み、お路は眉をひそめた。入っているのは、赤茶色をした湯だ。

「西洋の諸国、とくにエゲレスで飲まれている茶でしてね。こうして、取っ手に指を掛けて持ち上げてください」

吉三郎の手つきを見よう見まねで、お路は陶器の受け皿に乗っている茶碗を持ち上げ、口許へ近づける。おそるおそる赤茶色の湯を飲むと、さわやかな風味が口に広がった。

「日の本の茶のように、苦くはないのですね。香りもまるで違っていて、蘭の花のようなかぐわしさが鼻に抜け、ほんのりした甘みが舌に残ります」

塚田の家で香を聞いたことがあるゆえか、知らず知らず香りを言葉にしていた。

「エゲレス人はここに牛の乳を加えたり、ニッキを浸して趣きを変えたりするそうですよ」

「へえ」

「何やら珍しい裂《きれ》をお持ちだと、綱十郎のお頭《かしら》からうかがっておりますが」

「あ、そうでございました。これがどういうものなのか、仔細がわかればお聞かせ願えないかと」

お路は茶碗を受け皿に置くと、懐《ふところ》から匂い袋を取り出して吉三郎に手渡した。自分のとお律のものと、ふたつである。

受け取った匂い袋を一瞥《いちべつ》し、吉三郎が目を上げる。

「お路さんは、これをどのようにして手に入れたのですか」

「亡くなった父が北前船に乗っておりまして、蝦夷地《えぞち》へ参った折に裂を手に入れたようでございます。父は香道をたしなんでおり、裂を志野袋《しのぶくろ》に仕立てたのですが、他界したのち、匂い袋に仕立て直しました。わたくしどもは三姉妹でして、父の形見にひとつずつ……。そちらにございますのは、わたくしとすぐ下の妹のもの。そこに末の妹のものが揃いますと、龍のような文様が浮かび上がって参ります。つい先ごろまで、父が蝦夷地へ渡っていたとは存じませんでしたので、裂があちらにゆかりのあるものだと思ってもみませんでした」

「ふうむ、さようですか」

小さくうなずき、吉三郎が匂い袋に視線をもどす。

吉三郎は綱十郎の配下だが、実地での盗みには加わらず、下準備に徹するのを役どころとしていた。いわゆる消息筋の連中から話を吸い上げ、検分し、盗みが滞りなく運ぶように一党を裏から支えているのだ。武家や商家の誰と誰が手を組み、どのようにつながっているかとか、どの家にどんなお財《たから》が眠っているかなど、あらゆる事情に通じている。

綱十郎がそうした配下を従えていると耳にしたことはあるが、お路が吉三郎に会うのはこれが初めてだ。かりがねでお路の匂い袋を見た綱十郎が、裂が久右衛門の形見と知ってつなぎをつけてくれたのだった。

「まず、蝦夷錦《えぞにしき》とみて間違いないでしょう。長崎の唐物屋で見習いをしていた時分に、目にしたことがあります」

匂い袋から目を離し、吉三郎がいった。

「蝦夷錦、と申しますと」

「もとは清国《しんこく》でこしらえられる絹織物で、高貴な身分の人たちが身に着ける衣服だったと思われます。この裂にもあるように、雲竜や牡丹などのきらびやかな図柄が織り込んであるのが特徴でしてね。さまざまな経緯をたどり、清国の北方から海を渡って蝦夷地へ入ってくる。といっても、日の本ではそんなことを表立って口にはできませんから、蝦夷錦と呼んでいるのです」

「清国と蝦夷地のあいだに、往来があるのですか」

「蝦夷錦のほかに、清国からは青玉《せいぎょく》などの装飾品も入ってくるようです。ひと昔前までは、阿片も渡ってきていたそうですが」

お路は思わず、吉三郎を見返した。

「阿片というと、薬種の」

吉三郎はすぐには応じず、お路の茶碗をのぞく。

「おや、茶がありませんね。もう一杯、いかがですか」

会話が途切れ、じきに湯気の上がる茶色の茶がお路の前に置かれた。

「この茶はエゲレスで飲まれているといいましたが、産地は清国なのです。ずいぶんと前から、エゲレスは清国から茶を買う一方で、阿片を清国に売り込んでおりましてね」

「あの、阿片が因で、清国とエゲレスが戦になったと、ある方から耳にしました」

「ほう、ご存知ならば話は早い。そもそも阿片は、芥子の花が咲き終わったあとの実から採れる汁に手を加えた品です。日の本では薬として用いるのみですが、清国においてはいくぶん異なる使い方が広まりましてね」

「薬とは異なる使い方……」

「煙草のように煙管《きせる》に詰めて吸うと、言葉でいいあらわせぬほど爽快な心地になるそうで……。だが、いったん味わうと繰り返し求めずにはいられなくなり、やがて身の破滅を招くといいます。たとえば百薬の長と讃えられる酒も、たしなむ程度ならばよいが、大量に呑み続けると酒毒に冒され、心身に害を及ぼす。阿片になるともっと厄介で、身体を動かすのも物を考えるのも億劫になり、のちは廃人、つまり生きながら死しているような態《てい》まで落ちてしまうとか」

「阿片がそのように怖ろしいものだったなんて……」

「清国ではエゲレスから入ってくる阿片の量だけでは足りず、いつの時分からか自分たちでこしらえるようになったのですよ。しかし、阿片に淫する者が増えすぎたのでお上が芥子の栽培を禁じ、国内での売り買いもできなくなった。行き場を失った阿片の行き着いた先が、蝦夷地だったというわけで」

お路は二、三度、目瞬《まばた》きした。

「手前の話を、とんだ眉唾ものと思われますか」

「いえ……。でも、そうした成り行きを、どのようにお知りになったのかと」

吉三郎がわずかに苦笑する。

「こればかりは、手の内を明かせません。ただ、申し上げられるのは、物には輪郭をもって目に見える部分と、そうではない部分がある。来歴とか由緒などといってもいいかもしれません。たどっていくと、物の向こうに浮かび上がってくるものがあるのです」

吉三郎が唐物屋を営むかたわら綱十郎に仕えているわけが、お路にはなんとなくわかったような気がした。

茶碗の茶を飲んでいると、吉三郎が話の穂先を変えた。

「お路さんのお国は、西のほうですか。言葉の抑揚に、わずかながら独特の癖があります。石州《せきしゆう》か芸州《げいしゆう》といったところかな。雲州《うんしゆう》とは、ちょっと違う」

「そんなこともおわかりになるのですか。ええ、生まれ育ちは浜岡城下でございます」

「ふむ、浜岡か……。たいそうな紙どころですね。あまり知られていないが、瓦や鉄も産している。瓦は江戸で見掛けるような黒いものではなく、赤い色をしています。鉄は雲州ほどの量ではないが、質は高い」

「仰言る通りです。よくご存知で」

吉三郎が張り巡らせている網の広さと緻密さに、お路は瞠目《どうもく》するばかりだ。

吉三郎の薄い唇に、満足そうな笑みが浮かんだ。

「そういえば、瓦と鉄を蝦夷地へ持っていって大商いをした連中がいると、耳にしたことがありますよ。赤い瓦は固く引き締まっていて凍害や塩害に強く、向こうの寺院や陣屋の屋根を葺《ふ》くには打ってつけだそうでしてね。鉄はいうまでもなく、武器にも農具にもなりますし……。連中は瓦と鉄を売り、北から蝦夷地に入ってきた阿片を買いあさったようです。貴重な薬種ですし、闇で売り捌けばそうとうな値がつきますからね」

「瓦と鉄で、阿片を……」

「しかしまあ、さっきもいった通り、ひと昔前の話です。清国とエゲレスの戦が始まる頃になると、北からの阿片はぴたりと入ってこなくなった。阿片には負の面があるということが、おそらくその時分に江戸の幕府にも伝わってきて、蝦夷地でも役人たちが目を光らせるようになったのでしょう。いまでは正式な手続きを経て長崎に入ってくる阿片の取り引きにすら、お上はたいそう神経をとがらせているのです」

「阿片をめぐって、そうした仔細があったとは……」

「ですがね、お路さん。連中が蝦夷地で阿片を仕入れたことは、裏の界隈《かいわい》ではわりあい噂になったのですが、それからこっち、大量の阿片が闇で取り引きされた形跡がないのですよ。連中も、扱いに困ったんじゃないでしょうか。いまも手許にあるとしたら、かなりの量が残っているはず」

お路の茶碗が空になっていたが、吉三郎はもうお代わりを勧めようとはしなかった。

「いま申し上げたようなことで、お役に立てましたか。ほかにも何かございましたら、いつでもご用命ください」

それを聞いて、頭にお夕のことがよぎった。お夕は織江《おりえ》師匠のもとに出入りする医者に勧められた薬を、先月から服《の》み始めている。初めて服用する折には、お路も立ち会った。煎じた薬を前にしたお夕は、湯呑みに鼻を近づけて匂いを嗅いだのち、おっかなびっくり口をつけた。思いのほか苦かったらしく口許を歪めたが、きっと見えるようになるように、毎日服み続けますと、お路へ健気《けなげ》に微笑んでみせた。

身体の質に合わないといったことはないものの、いまのところ目の調子が上向くような兆しはあらわれていない。あるいは孔雀堂であれば、たしかな薬効の見込める薬を融通できるのではないか。

しかし、お路はすぐに思い直した。裏の稼業を通じて薬を手に入れたとして、それをお夕に服ませたくはない。

懐に手を入れ、紙入れを取り出す。

「いろいろとお話を聞かせていただき、ありがとうございました。あの、こういうことに不案内でお恥ずかしいのですが、お礼はいかほど……」

「礼など、お気遣いなく。知りうる限りのことを惜しまず話すようにと、お頭からいいつかりましたので、そうしたまで」

お路は紙入れを懐にもどし、いま一度、礼を述べる。いとまを告げようとして、ふと思いついた。ひょっとすると、吉三郎なら知っているかもしれない。

「吉三郎さん、あとひとつうかがいたいのですが、阿片などの薬種を闇で取り引きするときには、何か決まったしるしや符丁を用いるのでしょうか」

「ええ、もちろん。書き留めた帳面があるので、お持ちしましょう」

四

およそ半月後、お路は木挽橋《こびきばし》の袂《たもと》にある甘味屋の二階にいた。店の裏手には三十間堀川が流れており、岸には舟で運ばれてきた物資の荷揚場や蔵などが連なっている。

窓障子を細めに開け、眼下の通りを眺めていると、梯子段《はしごだん》をきしませて、盆を抱えた老女が上がってきた。店は階下にいる爺さんと、この婆さんが営んでいる。

少しばかり腰の丸まった婆さんは、どっこらしょ、と盆を下に置き、片足ずつゆっくりと膝を折る。

「おまちどおさま」

湯気の上がる汁粉の椀を、お路の前に出ている折敷《おしき》の上に載せると、窓障子のほうへ目をやった。

「おまえさんが待っていなさるお人は、お見えになりそうかね」

「今日こそは会えるんじゃないかと、そう思っているのですけど……。いつもこの席に坐らせていただいて、恐れ入ります」

坂根屋が店を構えているのは、汁粉屋の斜向《はすむ》かいだった。お路からは、屋号の染め抜かれた日よけ暖簾の奥に、薬の名を記した衝立の置かれた店先が見えている。

婆さんは、また、どっこらしょと立ち上がると、梯子段を下りていった。

お路がこの店に入るのは三度目だが、周りは河岸で働く男ばかりのせいか、いつ来ても中は空いている。

孔雀堂を訪ねた折、帰りぎわに吉三郎が見せてくれた帳面のおかげで、お路は船日誌のおおよそを読み解けるようになった。

阿片を示す符丁は、ミスジ、またはスジ。芥子の実から阿片の素となる汁を採るには、三枚の剃刀の刃を組み合わせた道具を用いる。実を引っ掻いて表面に三筋の傷がつくのが、そう呼ばれるようになったゆえんだ。取り引きされる土地が異なっても、闇の世界ではミスジでほとんど通じるという。ただ、阿片に限らずどんな品であろうと、闇ではその場の取り引きがすべてで、証文などの書き付けはふつう残らない。

船日誌を読み込んでいくと、江角屋平六が各湊でおこなった取り引きの全容が浮かび上がってきた。天保五年、平六が乗り込む富芳丸は、春から秋までのあいだに上方と蝦夷地を二往復しており、蝦夷地では二度とも阿片を買いつけている。その量たるや、つごう三百貫である。

蝦夷地で買いつけられた阿片は、深浦《ふかうら》や酒田《さかた》、新潟といった湊で少しずつ売り捌かれていた。むろん富芳丸は、表向きには上方から木綿や米、塩、そして浜岡で瓦や鉄を積み込んで北の海へ向かい、蝦夷地では鰊粕《にしんかす》などを仕入れて南下している。

阿片の取り引きに絞って見てみると、仕入れた量に対して売り捌いた量が極端に少ない。吉三郎によれば、高値で取り引きされる薬種のなかでも、万能薬である阿片は桁がひとつ違うらしく、少量とはいえ江角屋の懐を潤すには十分な実入りがあったのだろう。

浜岡城下でめきめきと身代を太らせたことを鑑《かんが》みれば、船日誌に記された以外にも、ある程度の量は売り捌いたとみえる。だが、吉三郎の話も考え合わせると、蝦夷地で仕入れた阿片はいまもかなりの量が江角屋、いや坂根屋の手許に残っているようにお路には思われた。

仮に、闇の取り引きで百貫を売り捌いたとしても、二百貫は残る計算になる。それが数年にわたって続いたとすると、げんに千貫近くを所有していてもおかしくはない。それだけの量の阿片が、坂根屋の蔵に収まっているのだろうか。

たぶん、三十間堀の店蔵にはないのでは……。

梅雨明け近くに忍び込んだときの感触から、お路はそう見当をつけている。お律の見立ても一致していた。

では、どこか別の場所に隠してあるのか。

それを突き止めようと、お路はお律や猪蔵と交代で坂根屋を見張ることにしたのだった。

通りを目の端に入れつつ汁粉を食べていると、人品卑しからぬ風体《ふうたい》の武士が坂根屋の暖簾をくぐった。今日、お路が見張りを始めてから店に入った客としては四組目だ。

そのうち二組は四半刻足らずで店を後にしたが、初めに入っていった客が出てきていないことに、ふと気がついた。どこぞの大店の主人とおぼしき身なりをした男だった。

そう思っていると、こんどは商家の隠居らしき男が店に吸い込まれていく。

ははあ、とお路は思い当たった。

坂根屋では半月に一度、六兵衛が離れに客を招いて句会を催しているのだ。客の顔触れは決まっていて、裕福な商人や身分ある武家など、いずれも素性がたしかで懐に余裕のある面々が五人ばかり。句をひねる合間に客どうしが内密の商談を始めることもあり、店の奉公人たちは、離れに近づかぬよう六兵衛からいい渡されている。

それというのも、綱十郎が盗みの折に坂根屋へ送り込んであった下地役《したじ》のお鹿《しか》から聞き取ったことを、お路の耳に入れてくれたのだ。お鹿はすでに坂根屋からひまを取り、別のところで次なる盗みの仕込みに掛かっている。もちろん、坂根屋のほうではお鹿が綱十郎一味だったとは、毛筋ほども疑ってはいない。

またひとり、男が坂根屋の前に立った。角頭《すみず》巾《きん》に色のついた道服をまとい、首から絡子《らくす》を垂らした、いかにも文人といった出で立ちだ。

どうやら、あの男も句会に招かれているとみえる……。

店に入っていく後ろ姿を眺めながら、句会が始まればしばらくは六兵衛が表へ出てくることもないだろうと、わずかに思案する。

お路は空になった汁椀と湯呑みを折敷ごと抱えて階下へいくと、板場にいた婆さんにいくばくかの心付けを渡し、いましばらく二階の窓際を使わせてほしいと申し入れた。

「こんなに気を遣ってもらって、すまないね。どれだけいてくれても、うちは構わないよ」

婆さんは人の善さそうな笑みを浮かべ、湯呑みに茶のお代わりを注いでくれた。

二階へ引き返し、それとなく表をうかがうこと、およそ半刻。日はだいぶ傾き、薄青く翳った通りを行き交う人の数も少なくなった。

と、通りの先から辻駕籠がやってきて、坂根屋の店先につけた。それも、つごう五挺が列をなしている。左右の垂れは上がっていて、中に人は乗っていない。

今しがた小僧が店を出ていくのを目にしたから、町内にある駕籠屋へ呼びにいったのだろう。句会がお開きになったようだ。

ほどなく店先に人影が動いて、男が駕籠に乗り込んだ。半刻前に店へ入っていった商家の主人風である。見送りに出てきた六兵衛が腰をかがめ、二言、三言、駕籠の垂れを下ろしながら声を掛けている。いかつい身体つきをした駕籠舁《かき》が棒の前後を担ぎ上げると、駕籠は通りを進みだした。

ほかの四人の客も同様で、五挺あった駕籠は残らず店の前から遠ざかっていった。

しまいの駕籠が通りから見えなくなると、深くお辞儀をしていた六兵衛は腰を伸ばして店にもどっていった。

どことなく、お路の胸に引っ掛かるものがあった。道楽で句を詠む集まりとはいえ、いずれの客も単身で供を連れていなかった。五人ともさほど遠くはないところから訪ねてきたのかと思ったが、わざわざ駕籠を呼んだのをみると、そうでもないらしい。

坂根屋の店先では、奉公人が大戸を下ろし始めている。

お路は腑に落ちぬまま腰を上げ、甘味屋を後にした。

外へ出ていたお律がふらふらになってかりがねへ帰ってきたのは、年の瀬も押し迫った日の暮れ方であった。

「あッ。お律嬢さん、どうしなすった」

猪蔵のただならぬ声がしてお路が居間を出ていくと、表口の土間にお律がしゃがみ込んでいた。

「お律ッ、大丈夫かい」

「ね、姉さん……。め、目がまわる……」

お路に肩を抱きかかえられたお律はとろんとした目を向けてそういったきり、気を失ってしまった。

「ちょッ。しっかりおしッ」

ぐったりとなっている身体を猪蔵と両側から支えて居間まで運び、蒲団を敷いて横にならせる。

「酔っ払いみてえな千鳥足で土間へ入ってきて、へたりこんじまわれたんでさ。てえしたことがねえといいが」

お律をのぞき込む猪蔵の眉間《みけん》に、縦皺が刻まれている。

「顔色はそんなに悪くないようだけど……。二階にはお客がおいでだし、今夜はこのまま様子を見よう。明日もこんな調子なら、お医者に診てもらわないと」

お路も気を揉んだが、あくる日になるとお律はふだん通りに目を覚まして床から起き出てきた。お路が炊いてやった粥を、ひと粒残らずきれいにたいらげる。

「ゆうべは何も食べてないせいか、お米の甘いことといったら」

居間に顔を出した猪蔵も、膳に向かうお律を見て安堵の表情を浮かべた。

「元通りになられて、よろしゅうございやした」

「それにしても、どうしちまったんだろうね。急にめまいがしたのかい」

訊ねたお路に、お律が首を横に振る。

「そうじゃないんだ。坂根屋で……」

「坂根屋で？」

「例の句会があるのは、半月に一度だろ。昨日は前回からちょうど半月が経った頃合いだし、そうと見込んで、離れの屋根裏に忍び込んでみたんだ。金持ちの連中がどんな句を詠むのか、面白そうだったし」

「な、危ないことはよしておくれ。敷地の中にいるところを誰かに見られたりしたら、どうするんだい」

「そんなへまはしないってば。建物の間取りも、敷地内で人目につかない場所も、頭に入ってるんだもの。離れの軒先に雨漏りの跡があったから、板を剝いで、そこから……。店の表を見張ってるだけではわからないことだってあるじゃないか」

「そうはいっても……」

「まったく、姉さんは気が小さいんだから」

お路はむっとして、お律を睨み返す。

「まあまあ、おふたりともそのくらいで……。して、句会はどのような按配でしたので」

猪蔵のとりなしで、話が本筋にもどった。

「天井板の隙間から下をのぞくと、句会が始まったところだった。姉さんから聞いた通り、客は五人で、六兵衛が座を取り仕切っていてね。四半刻ほどは、それぞれが短冊に書いた句を見せ合って、ここがどうとかこうとか、やりとりしていた。それがひと通りすむと、客がごろんと横になったんだ」

「横になるって、畳に寝転んだのかい」

「仰向けではなくて、こう、身体の片方を下に、肘を枕にして……。六兵衛だけは長火鉢の脇で、何かの道具をいじってた。じきに武家の客が横になっているところへ近寄って、煙管のようなものを渡してね。細い煙が上がっていて煙草かと思ったけど、匂いが違うんだ」

「匂い？」

「なんというか、おじさまの家で香を聞いたときみたいな、えもいわれぬ香りなんだよ。そのときには煙が虹色に輝いて見えて、身体がふわっと浮き上がりそうな心地がして……」

口にしながら思い出したのか、お律がうっとりした表情になる。

「ちょうど眠りに落ちる間際の、あんな気持ちよさなんだ。だけど、そんなところで眠り込むわけにはいかないだろ。慌てて屋根裏から抜け出して、ここまで帰ってきた。両国橋《りょうごくばし》を渡って、源森橋まではそれでもまっすぐ歩けていたけど、かりがねが見えてきたら足がふらついちまって」

「ほっとして、気が弛《ゆる》んだんでございましょう。しかし、虹色の煙が出るなんてえのは、いってえ何なんでしょうね」

猪蔵が首をひねっている。

「もしかすると、句会の客が吸っていたのは、阿片かもしれないよ」

お路がいうと、お律と猪蔵は虚を突かれた顔になった。

五

「半月に一度の句会が開かれるとはお鹿から聞いていたが、それにしても、離れでそのようなことがおこなわれていたとは……」

お路の向かいで目を見張ったのは、綱十郎であった。年があらたまり、一月も末にさしかかっている。

お鹿は綱十郎の配下で、盗みの下地役として坂根屋に入っていた。店の中の間取りや蔵の鍵の在《あ》り処《か》を探るのが与えられた任務で、それよりほかのことに首を突っ込んだりはしなかった。あれこれ深入りしすぎると、ほかの奉公人からいぶかしく思われかねない。

「身元のたしかな数人に客を絞り、それなりの金銭を受け取って吸わせているのではないかと……。お律は煙をほんの少し吸っただけで、身体が宙に浮いたようになったと申しております」

「阿片に負の面があることは、吉三郎から耳にしている。句会の客は陶然となってまっすぐ歩くことができないので、駕籠が呼ばれたのだろう。しかしながら、坂根屋がそれほど大量の阿片を持っているというのも、いささか意外の感があるな」

お路は父の船日誌に記された内容から、坂根屋が千貫近い阿片をいまも所有していると思われることを、綱十郎に話してあった。

「お鹿が申していたことを思い返しても、店蔵にはあのとき盗んだ分量きり置いてなかったはずだ。盗人の勘というよりないが、おれにはあすこに千貫もの阿片があるようには思えない」

「お頭もそのように思われますので……。それはさておき、お礼をいわせてください。お頭が吉三郎さんに引き合わせてくだすったおかげで、蝦夷錦や阿片に関する知見を得ることができ、父が追いかけていたものの正体がうっすらと見えてきたようでございます。坂根屋の句会についてもおしえていただいて、重ねて感謝申し上げます」

お路は畳に手をつく。

「お路、そんなにかしこまらねえでくれ。おれのほうこそ、いつもおめえさん方には世話になっているのだ」

「そうはいいましても……。きちんとお礼を申し上げるどころか、今日はまたなんとも妙な頼み事をいたしまして、あいすまぬことでございます」

「礼というなら、こうして鰻のご相伴にあずかるより上の礼はないぞ。だから、ほら、手を上げてくれ」

綱十郎にいわれて、お路はようやく元に直った。

ここは、綾瀬川《あやせがわ》のほとりに建つ鰻屋「和田野《わだの》」の一間である。鄙《ひな》びた百姓家を思わせる茅葺屋根の平屋で、客を上げる座敷は四つほど。鰻を焼いている匂いが、厨房から流れてくる。

坂根屋が三十間堀の店蔵とは別の場所に阿片を隠しているとすれば、店で使うぶんを補充するため、そこへ出掛けるに相違ない。そう踏んで、お路たちはこのふた月ほど坂根屋の周辺を見張ってきた。それにより、坂根屋六兵衛の動きがおおよそ摑めるようになった。

日中はたいてい店にいるが、時折、暮れ方になると三十間堀川に舫《もや》ってある舟を出して品川へ向かい、例の下屋敷へ入っていく。猪蔵が門番に心付けをはずみ、中へ入ってみたところ、思った通り下人の詰所では賭場が開帳されていた。隣り合ったごろつき風の男に訊ねると、賭場の元締めをつとめているのが六兵衛だという。

昼間に出掛けるのは薬種屋仲間の寄り合いくらいで、そのほかに訪れるのが、この和田野なのだった。

「向島もこのへんまでくると田舎とばかり思っていたが……。かほど趣きのある店があったとはな」

綱十郎が部屋を見まわしている。

「かりがねからそう遠くはないのに、わたくしもこの店のことは知りませんでした。隅田堤《すみだづつみ》の桜が植わっているのは木母寺《もくぼじ》までですし、舟遊びのお客さまを案内するのも、せいぜい鐘ケ淵《かねがふち》あたりまででして……。その先は大川がぐっと曲がっておりますし、綾瀬川やほかの小さな川が注ぎ込んでいて、舟を操るのが難しいのです」

「猪蔵くらいの船頭になれば、どうということもないのだろうがな」

「ここは大川を行き来する舟からは見えにくいのですが、近くには水戸《みと》へ通じる街道もございますし、こうした店があるのもうなずける気がします」

「うむ」

「坂根屋の見張りについていたのが、たまたま猪蔵でようございました。三十間堀から舟に乗られたのでは、わたくしやお律が後を尾けるにしても限度があります」

一度そうしたことがあったので、お路たちが見張りをするときも、三十間堀の川岸では猪蔵が舟で控えるようになった。かりがねの売り上げがそのぶん減り、船宿の切り盛りという点ではあまりよろしくないのだが、致し方ない。

それでも身を削った甲斐はあり、年が明けてから二度ばかり、六兵衛が和田野の暖簾をくぐるのを見届けていた。六兵衛は店に入ると、一刻《いっとき》（約二時間）ほどは出てこない。客の注文を受けてから鰻を捌いて焼き上げ、それをゆっくり味わっていると、そのくらいの時が掛かるのだ。もっとも、このあたりは葦原の陰に身を潜められるから、見張り場所に困りはしない。

その和田野に不審な蔵があるらしいとの報が綱十郎からもたらされたのは、つい二日ほど前だった。孔雀堂の吉三郎ではないようだが、そうした筋から和田野の名が上がってきたという。

そんなわけで、お路と綱十郎は検分かたがた店を訪ねたのであった。

お待たせしました、と部屋の外に声がして、入り口の障子が開いた。

木綿の着物に襷を掛けた女が、膳を抱えて入ってくる。和田野は一家で切り盛りしているらしく、暖簾の下がった表口を入ると鰻が泳いでいる大きな生簀《いけす》が据えてあり、かたわらの厨房で三十半ばと六十そこそこの男ふたりが鰻を調理していた。

お路たちの座敷に膳を運んできたのは、若いほうの男の女房のようだ。身籠っているとみえ、腹のあたりがせり出している。

膳には、漆塗りの丼が載っていた。綱十郎が丼の蓋を取ると、飯が盛られたその上で、照りをまとった鰻の蒲焼が、ほわほわと湯気を立ちのぼらせている。

「こちらの鰻の評判を人づてに耳に入れましてな。己れの舌で味わうのを楽しみにして参りました」

鷹揚《おうよう》な口調で女房に話し掛ける綱十郎には、裕福なお店の主人らしい貫禄が漂っている。

「ありがとう存じます。お出ししている鰻は、そこの、大川と綾瀬川がぶつかるところで捕れるんですが、うちの人がいうには水の流れに揉まれて身が引き締まっているそうで」

「ほう、さようですか。そのわりに、見た目はたいそうふっくらしているような」

「焼き方に秘訣がありましてね。白焼きにしたあと、しばらく蒸して、それからタレを塗って強火で焼き上げますんで……。深川《ふかがわ》あたりでは、蒸す手間をはぶく鰻屋もあるとか」

身振りを交えながら応じる女房を、お路はさりげなくうかがった。

女房が部屋を下がっていき、綱十郎がお路に向き直る。

「まあ、ごくふつうの鰻屋のようだな。初めて店に上がったおれたちを、警戒する気振りもなかった」

「仰言る通りで……。坂根屋がここを阿片の隠し場所にして、あの一家を守り番につけているのかとも思いましたが……。蔵らしいものもございませんし、何かの間違いだったのでしょうか」

先刻、鰻の注文をすませたあと、お路は座敷の縁側に備え付けられた駒下駄に足を入れて庭へ下りてみた。向島の名だたる料理茶屋ほどではないにしろ、綾瀬川の水を引いてこしらえた池の周囲には松や柘植《つげ》といった木々のほかに石灯籠も配され、風情ある景観を生み出している。その奥には、鬱蒼とした竹藪が広がっていた。

いちおう庭をひとまわりして、母屋の周りも調べてみたが、蔵はおろか納屋すら見当たらなかったのだ。

「配下どうしがつなぎをつけ合うあいだに、行き違いがあったのかもしれんな。ときにはこういうこともある。おい、ぼんやりしていると鰻が冷えて固くなるぞ」

綱十郎にうながされ、お路は気を取り直して箸を手にした。焼き方を工夫していると女房がいうだけあって、口に入れた鰻はほろりと身がほどけ、舌の上で淡雪のように消えていく。蒸すことで脂が抜け、ぎとぎとしてもいない。タレが焦げた部分も香ばしく、食が進む。

「じつをいうと、吉三郎をおめえさんに引き合わせたり、いろいろな所から聞き込んできた話を伝える気になったのも、あることを猪蔵にいわれたのが頭から離れなかったゆえでな」

鰻を食べ終わって茶を飲んでいるとき、綱十郎がぽつりといった。

「猪蔵が、何か」

「おめえさんたちの仕合せを奪ったのは江角屋こと坂根屋六兵衛ではなく、自分かもしれないと、そう申しておった。浜岡の父御《ちちご》を失うことは避けられなかったとしても、自分がお路とお律をこっちの世界に引き入れたりしなければ、いまごろはそれぞれしかるべきところに縁付き、平穏に世の中を渡っていただろうにと……。末の妹も、姉たちと離れて暮らすこともなかったであろうし」

「そのようなことを……」

「もとはといえば、上方にいるとき、猪蔵に一党の盗みを手伝ってくれぬかと声を掛けたのはこのおれだ。そのとき猪蔵が連れてきたのが、おめえさんだった。となると、おれにも責の一端があるように思えてな。罪滅ぼしというのもなんだが、そんな気持ちになったのだ」

「よしてください、お頭まで……。あのときは、ああするよりなかったのです」

お路の脳裡に、尼崎で過ごした日々がよみがえる。

父亡きあと、浜岡城下にある親戚の油屋を抜け出したお路、お律、お夕の三人は、山を越えて西国街道《さいごく》へ出ると、猪蔵のいる尼崎を目指した。

だが、やっとのことで尋ね当てた猪蔵は、尼崎城下にあった家も女房も失い、すっかり落ちぶれていた。猪蔵が廻船に乗っているあいだに女房は男をこしらえて出奔《しゅっぽん》してしまっており、そうしたことから猪蔵は世を捨てたような気持ちになって、城下の東を流れる神崎川《かんざきがわ》で渡し舟の船頭をしながら月日を送っていたのである。

久右衛門が不慮の死を遂げたと知って驚愕した猪蔵は、お路たちの身の上に同情し、何はともあれ一緒に暮らそうといってくれた。

お路は己れの見通しが甘かったのを悔いかけていた。そもそも、宝来丸《ほうらいまる》や宝順丸《ほうじゅんまる》が浜岡湊に入ってきても、水主たちは黒川屋の母屋とは別棟になっている休息所で寝泊まりするので、お路が猪蔵とまともに対面するのはそれが初めてといってもよかったのだ。

父の目に狂いがあったとは思いたくないが、目の前にいる猪蔵がじっさいであった。とはいえ、ほかに頼れる先もない。こうなったら父の言葉をとことん信じるしかないとお路は肚を固め、猪蔵が河川敷に建てた掘っ立て小屋に身を寄せることにした。

河原の土手に咲く、いちめんの薊《あざみ》の花——往時を振り返るとき、まず思い出すのが、その光景だ。

「これだけ盛大に咲いてると見事だね」

「夏の陽を浴びて、緋色《ひいろ》に輝くようだ」

お路とお律が並んで歩いていると、少し先をいくお夕が「わあ、きれい」と花に手を伸ばし、「つっ」と声を上げた。

「大丈夫かい」

お律が駆け寄ってお夕の手をあらためると、白い指先にうっすらと赤い線が入っていた。

「薊は葉の縁がとげとげしてるんだ。それで引っ掻いちまったんだね、痛かっただろう」

「お夕、痛くても辛抱おし」

お路はお律の隣に立ち、半べそをかいているお夕にぴしゃりといった。

「な、姉さん、そんないい方をしなくたって……。お夕は指先から血が出てるんだよ」

不服そうなお律に構わず、お路は続けた。

「薊はきれいな花を咲かせながら、容易に手折《たお》られることのないよう、棘で己が身を守っている。あたしたちも、これからは、こんなふうに逞《たくま》しく生きなくては」

それを聞いて、お律とお夕がにわかに神妙な顔つきになった。そして、燃え立つような緋薊を、三人で見つめたのだった。

お夕が咳をするようになったのは、小屋で寝起きを始めてしばらくしてからである。夜、眠りが深くなるとこんこんと咳き込み始め、明け方まで止まらなくなる。ひと月ほど様子をみたものの快方に向かう気配がなく、医者に診てもらうと、風邪をこじらせて肺臓の炎症が進んでおり、治すには人参を服用するほかないとの診立てが下された。

医者に示された薬代は、二両。とてもではないが、そんな金はない。

しかし、猪蔵はお路から話を聞くと、五日後には一両の金を差し出し、もう五日すればあとの一両も用立てできるとうそぶいた。大っぴらにはできないやり方で手にした金だと、お路にはぴんときた。そして、自分にも金の工面をさせてほしいと頼み込んだ。

お夕が風邪をこじらせたのは、七つの子どもに己れが無理な旅をさせ、身体が弱っていたせいだ。このままお夕が生命を落としたりしたら、あの世にいる両親にも申し訳が立たない。それに、猪蔵はかつて久右衛門の世話になった恩返しをさせてもらっているのだというが、猪蔵ひとりに危ない橋を渡らせて、自分たちだけがのほほんとしているなど、そんな厚かましいことはできない。

猪蔵は初めのうち渋ったものの、お路の決意が固いと知ると、掏摸《すり》の技を仕込んでくれたのだった。子ども時分から手先が器用であったお路にとって、人の懐から財布を抜き取るコツを摑むのはたやすかった。

生きていくには、そうするほかなかったのだ。身元を保証するものはなく、まともな働き口を探すという思案は浮かばなかった。身体を売る気など、はなからない。

やがて、上方一円で盗みを働いていた綱十郎が、猪蔵に声を掛けてきた。裏の世界は、それともなしにどこかでつながっているものなのだ。

お路は猪蔵と共に、助っ人として綱十郎一党の盗みに名を連ねるようになった。あるとき、乗り合いの細工にどうしても頭数が足りず、やむなくお律も加わった。

まとまった蓄えができたところで、お路たちは江戸へ引き移ることにした。塚田新之丞のこともあったし、一から出直すつもりで、かりがねの商いを始めたのである。だが、関東へ拠点を移しつつあった綱十郎とのしがらみを、断ち切ることはできなかった。

「わたくしの仕合せは、神崎川のほとりで暮らしていた時分に置いてきました。みすぼらしい小屋でしたけど、猪蔵とわたくしたち三人がゆっくり横になれるだけの広さはありましたし、川で釣ってきた魚を焼いて食べるのは美味《おい》しかった。罪人の娘と、後ろ指をさす人もおりません。あの時分の思い出があれば、じゅうぶんでございます」

盛り場で上等な絹物を身に着けている人物に狙いをつけ、懐からせしめた金で、お夕の薬代をまかなうには事足りた。

だが、人参は良くも悪くも効き目の強い薬で、服み始めはとくに身体の弱っているところに働きかける性質がある。お夕が咳き込む回数は減ったものの、いきなり高熱が出た。それまで身体の内に滞っていた毒を外に出そうとする作用だと医者はいい、じっさいに熱はひと晩で下がったが、どういうわけか、お夕はまぶたが開かなくなった。

天罰が下ったのだと、お路はいまでも思っている。すべての責めは、己れにある。

八ツ（午後二時）を告げる鐘が、遠くに聞こえていた。ほどなく猪蔵が舟で迎えにくる頃合いだ。

お路は先に勘定をすませてくると断って部屋を出た。

帳場へ向かう前に、屋外にある厠《かわや》へ寄る。

鰻は美味しかったけど、無駄足を踏んだかしら……。

わずかに落胆した感じは否めない。手水鉢で手を洗いながら、何の気なしに庭へやった目が、泉水の奥に繁る竹藪から人影が出てくるところをとらえた。この土地に住む豪農の主人と、その連れといった風体だ。ふたりの男は庭を通り抜けるようにしてこちらへ近づいてくると、母屋の背戸口《せどぐち》を入っていった。おいでなさいまし、と厨房のほうで店の者の声が響いている。

狐につままれたような心持ちで縁側に上がり、帳場をのぞくと、お路たちの座敷に鰻を運んできた女房が算盤の珠をはじいていた。部屋の隅には、二つくらいの女の子が大人物の半纏を身体の上に掛けて寝かされている。この女房の子どもなのだろう。

お路は女房に勘定をしてくれるよう頼み、話のついでという態《てい》で訊ねかける。

「今しがたお見えになった方たちは、庭を突っ切ってこられて、店の裏口からお入りになったようですが……」

「いまは裏口になってるほうが、昔は表口だったんですよ。といっても、おらが嫁にくる前の話ですがね」

伝票に目を通していた女房が、そういって顔を上げた。

「奥の竹藪になってるところ、前はあすこに寺がありましてね。うちの店は、寺の境内《けいだい》で商いを始めたんです。ええ、そこの庭も、もとはといえば寺のもので……。ですが、あるとき住職が亡くなって、跡継ぎがなかったもんですから、寺は潰れてこの店だけが残ったんですよ。あんなふうに竹藪で覆われるようになってからは、お客さんみたいに舟でお見えになる方が増えましてね」

「いまと昔で、表口が逆になったと……」

「それでも、水戸につながる街道筋にはけっこう家もありますし、土地の人たちは竹藪を抜けて庭のほうから入ってきます。とはいえ、昼間でも薄暗くて気味の悪い場所ですよ。お堂は屋根が崩れかけてるし、壁も木舞《こまい》がむき出しになっていて、何か出てきそうで……。蔵はいまでも使われていますがね」

「蔵……。あの竹藪に、蔵があるんですか」

お路は思わず、快哉《かいさい》を叫びそうになった。

月下繚乱

一

「お路《みち》さん、これを春の間へ運んでおくれ」

「はい」

「すんだら、秋の間で注文を聞いてくれるかい」

「かしこまりました」

お路は厨房の配膳台に置かれた三つの丼を盆に移すと、土間を出て板間に上がった。漆塗りの丼に被せられている蓋を取れば、ふっくらと焼けた鰻の蒲焼が、熱々の飯の上に載っている。

廊下の片側に四つ並んだ座敷のうち、もっとも奥まったところにあるのが鰻屋「和田野《わだの》」の春の間だ。部屋の前に膝をつき、障子を引く。

「失礼いたします。鰻をお持ちいたしました」

中にいる三人は、この向島《むこうじま》の北はずれまで、芝《しば》から舟に乗ってきた男たちだ。それぞれの前に置かれた膳の上には、酒と香の物が載っている。

鰻丼を出し終えると、お路は秋の間にまわって客の注文を取り、厨房にもどった。

「秋の間のお客さまは、白焼き一皿にお酒二本。あとで鰻丼を二つです」

「あいよっ」

鰻を炭火で焼いている平吉《へいきち》の声が、もうもうと上がる煙の中から返ってきた。

「お路さんがいてくれて、ほんとうに助かるよ。ただで働いてもらうなんて、すまない気がするねえ」

流しで皿や丼をゆすいでいたおしまが、手を止めて腰を伸ばす。

「おしまさん、構いませんよ。こっちが無理をいって、厨房に入らせてもらってるんですもの。何だってやらせていただきます」

「そうかい。それならまあ、いいけれど」

「おしまさんのお腹も、だいぶ大きくなりましたね」

「産み月にはまだひと月あるんだよ。いまからこんなに大きいとなると、生まれてくるのは男の子に違いないって、おっ義母《か》さんにいわれてね」

和田野は平吉おしまの若夫婦と、平吉の両親とで切り回していた。父親の太兵衛《たへえ》は平吉のかたわらで鰻をさばき、母親のおとらは汁の実を包丁で刻んでいる。

おしまの背中に、二つになる女の子が紐で括りつけられていた。もうじき、若夫婦には二人目の子が生まれる。

半月ほど前に綱十郎《つなじゅうろう》とここの鰻を食べた折、お路はおしまから、裏の竹藪に覆われた廃寺跡で、蔵だけがいまも使われていると耳にした。さらにいくつかの問いを投げかけてみると、蔵には警固の番人が寝泊まりしているという。お路はお律《りつ》や猪蔵《いぞう》と一計を案じ、和田野にもぐり込んで蔵の周辺を探ることを思いついたのだった。

「和田野さんほどの蒲焼を食べたのは初めてです。どうか見習いをさせてもらえませんでしょうか。小梅瓦町《こうめかわらまち》で営んでいる船宿のお客さまに、こちら仕込みの蒲焼をお出ししたいのです。小さな船宿ですし、一日に出せるのはせいぜい五食ほど。和田野さんの商売を邪魔するようなことは、決していたしませんから……。見れば若いおかみさんはおめでたのご様子、大きなお腹で厨房と座敷を行ったり来たりするのは難儀でございましょう。鰻のさばき方や焼き方を近くで見せていただけるのでしたら、料理運びでも注文うかがいでも、ひと通りのことはいたします。もちろん、給金などはいただきませんので」

お路の申し出に平吉は困惑していたが、横で聞いていたおしまは一も二もなく受け入れた。

「おまえさん、蒲焼のこしらえ方をおしえてあげたっていいじゃないか。うちと同じ味を出せるようになるかはわからないんだもの。近ごろはお客さんも増えて、人手が足りなくなってたんだ。赤ん坊が生まれたら、おらもしばらくはじゅうぶんに働くことができないし……。それに、永井《ながい》さんのお膳も、この人に持っていってもらえばいいだろう」

和田野が蔵の番人に食事を出していることを、お路はそのとき知ったのであった。

客から注文を受けた鰻が一段落したころ、蔵番に出す食事がととのった。むろん鰻の蒲焼ではなく、ごく質素なもので、その日はけんちん風に仕立てたうどんであった。

「親父、永井さんの昼餉《ひるげ》をこしらえたから、届けてきてくれ」

「ん、ああ。ちょいと待ってくれねえか。どうも腰の具合がよくなくてなあ」

「あの、平吉さん。太兵衛さんの代わりに、わたくしが参りましょうか」

腰をさすっている父親に顔を向けていた平吉が、お路を振り返った。

「お路さんが……。ひとりで大丈夫かな」

「一昨日、昨日と、太兵衛さんと一緒に参りましたし、要領はわかります」

「そうじゃなくて、あんな薄暗いところ、おっかなくないのかね」

「平気ですよ。子ども時分、家の裏手にも同じような竹藪があって、遊び場にしていましたから」

お路はうどんの入った鍋を提げて裏口を出た。ふだんは平吉たちも裏口と呼んでいるが、かつてはそちらが表口になっていたとかで、土地の者たちはいまでも庭を横切るようにして土間へ入ってくる。

庭には綾瀬川《あやせがわ》の水を引き込んだ池があり、春の柔らかな陽射しが水面《みなも》に細かく砕けていたが、竹藪の中は一転して小暗く、ひんやりとした空気に覆われていた。足許には、湿り気を帯びた枯れ葉が降り積もっている。

およそ十年前に住職が亡くなったという寺は、本堂の屋根瓦がことごとく地面に落ち、障子や板戸も外れて無残な姿をさらしていた。気味が悪くないのかと、平吉が気遣ってくれるのもうなずける。蔵のほうはまめに手入れされているようで、漆喰塗りの壁にひびの一本も入っていないのが、形骸《けいがい》を留めるばかりの本堂に比べてどこかちぐはぐでもある。

「恐れ入ります、和田野からお昼を届けに上がりました」

蔵のそばに建てられた小屋は、わりあい新しい普請のようだった。お路が声を掛けると、がたりと腰高障子が開き、永井十右衛門《じゅうえもん》があらわれた。見たところは四十そこそこ、六尺近い痩せた体軀に襟が垢で茶に変色した着物をつけ、脇差を落とし差しにしている。じじむさい顔立ちで表情に乏しいが、細い目の奥にある光は鋭かった。

「む、かたじけない」

永井はうどんの鍋を受け取り、小屋の内へ引っ込んだ。お路がさりげなくのぞいてみると、中は板敷きで三畳ほどだろうか、調度類は壁際に茶簞笥があるくらいで、敷きっぱなしとおぼしき蒲団の周りに、煙草盆や湯呑みが雑然と置かれている。丸火鉢の五徳に鍋をかけた永井は、蒲団の手前に置いてあった猫足膳と、お路が運んできたのとは別の鍋を携えて表へ出てきた。膳の上の皿小鉢も、鍋も、中身は空っぽだ。

和田野が永井に食事を運ぶのは、昼餉と夕餉《ゆうげ》の日に二度である。一家は夜になって店を仕舞うと関屋《せきや》村《むら》にある住まいに帰るので、永井が翌朝に食べる握り飯は夕餉と一緒に届けている。そして、昼餉の折に、前日の膳や鍋を受け取ってくるのだ。と、そうした仕組みになっているのを、お路はこの二、三日のあいだに太兵衛から聞き取っていた。ちなみに、太兵衛とはこんな話もしている。

「永井さんに蔵の番をさせているのは、うちに鰻を食べにくるお客さんで、三十間堀《さんじつけんぼり》にある薬種屋のご主人なのだよ。小屋に届ける飯代も、そこから出ている」

「それじゃ、あの蔵は薬種屋の持ちものなのですか」

「いやいや、寺は潰れたとはいえ、白金《しろかね》のほうにある別の寺が差配していなさる。薬種屋は、その寺から蔵を借りているのさね。なにもこんな辺鄙《へんぴ》な場所に蔵を借りなくてもと、わしなどはそう思うのだが、ご主人の話では、蔵番を雇ったとしても、三十間堀界隈《かいわい》で借りるよりはうんと安上がりなのだそうだよ」

太兵衛は坂根屋《さかねや》のいい分を、すっかり信じているようだった。

「今日は太兵衛の爺さんが来ないのだな」

昨夜の膳と鍋をお路に返しながら、永井がいった。

「ええ。厨房が少々立て込んで、太兵衛さんは手が離せませんで」

「ふうん、おぬしひとりか」

むっつりした目に欲望が動くのを察したが、お路は何食わぬ顔で振る舞った。永井に背を向け、蔵を見上げる。

「それにしても、立派な蔵でございますこと。どのような品が収まってるんでしょうね」

「おれは蔵を見張っているきりで、中のことは知らぬ」

「でも、蔵の番をなすっているのですし、戸に掛かっている錠前の鍵を預かっていなさるのでございましょう」

「預かってはおるが、それだけで戸は開けられぬ。戸には錠前がふたつ取り付けられていて、鍵のひとつは、おれを雇っているお店の主人が持っておるのだ」

「へえ、錠前がふたつも。そのように厳重な……」

そこまでいったとき、いきなり腰のあたりが重くなった。背後から永井が抱きついてきたのである。

「おぬし、あぶらの乗ったよい身体つきをしているな。おれと楽しんでいかぬか」

「な、何をなさいます。およしください」

ある程度は予見していたとはいえ、身体を与えるつもりは毛頭なかった。永井を色香で惑わし、鍵を奪う機会をうかがう手もなくはないが、誰に頼まれてもいないのに肌を許すなど、真っ平御免だ。

綱十郎の盗みに乗り合うときは徹底した色仕掛けで狙った男を落とすことを思えば、他人からは平仄《ひょうそく》が合わないと映るかもしれないが、お路の中でははっきりと区別がついているのだ。

お路は重心を低くして腰を引き、永井の体勢を崩そうとした。下手に騒ぎ立てて大ごとになると厄介だ。できるだけ穏便にやりすごしたい。

だが、永井の細い身体が意外に粘りを見せたのは誤算だった。

永井は前につんのめったものの、お路の帯に掛けた指先は離さなかった。筋金が通っているのではないかと思うような腕が腰に巻きつき、小屋のほうへ引きずられそうになる。

「ふふ、年増ざかりが妙に物堅いというのも、こたえられぬ。女ひとりで顔を出すのが間違うておるのだ。案外、そっちもおれを誘うつもりだったのではないか」

「そんな……。や、やめて」

「ほら、こっちへ来るのだ」

「いやっ」

お路はやむなく膳を放り出し、鍋の弦《つる》を摑む手に力を込めた。鍋を振りまわし、永井が怯《ひる》んだ隙をついて逃げるほかない。

「永井の旦那、悪ふざけもほどほどになさいまし」

いつのまにか、二間ばかり離れたところに男が立っていた。鼻の脇にはぷっくりと盛り上がった黒子《ほくろ》、坂根屋六兵衛《ろくべえ》である。お路がその顔を、これほど間近に見たのは初めてだ。

「や、これはご主人……」

永井の声に卑屈な響きがまじり、お路の腰から手が離れる。

「あたしがこうして参るたびに、あなたを千住宿《せんじゆしゆく》へ遊びに行かせて差し上げているのに、それでは足りぬと申されますか。見張り小屋にはみだりに人を上げぬことと約束したはずだが、見たところ、その女を連れ込もうとなさっていたのでは」

「そ、そのようなことは……。しかし、次に見えるのは明後日という話であったかと」

「見通しが狂うことだってあります」

永井にそっけなく応じると、坂根屋はお路のほうへ首をめぐらせた。

「おまえさん、見ない顔だね」

お路が目を伏せていると、永井が代わりに応えた。

「和田野で新しく働き始めた女でな」

「ふむ、そうかえ」

坂根屋のぶしつけな視線が、上から下まで眺めまわしてくる。

「店の近くではあっても、ここは少しばかり寂しい場所です。いまのように怖い目にあうことがないともいえませんから、今後はひとりで立ち入るのはおやめになったほうがよろしいでしょう。さ、店へおもどりなさい」

「……」

足許に散乱した皿や小鉢を掻き集め、脚を上に向けている膳を元に直すと、お路は軽く頭を下げてその場を去った。

永井が懐《ふところ》から取り出した鍵と、坂根屋が持参した鍵で蔵の戸を開けたのは、それからほどなくであった。ふたりとも、竹藪をいったん抜け出たお路がすぐさま取って返し、灌木が左右に広げた枝葉の陰から目を凝らしていようとは、露ほども思っていないだろう。

およそ半刻《はんとき》（約一時間）後、坂根屋はあらかじめ注文しておいた鰻が焼き上がる頃合いを見計らったように、店の裏口から土間へ入ってきた。

すでにお路が厨房へもどり、平吉の横でその業前《わざまえ》を熱心に見習おうとしていることは、いうまでもない。

二

昼間の出来事を話す姉の表情が、お律には心持ち固くなっているように見えた。かりがねの居間である。

「小屋に蔵番が詰めているうえに、戸には錠前がふたつもぶら下がってるんだ。あの蔵に坂根屋が阿片《アヘン》を隠しているのは、もはや疑いようがない。あすこにある阿片のせいで、お父っつぁんは死に追いやられたようなものだ。あの男をこのまま生かしておくわけにはいかない。このうえは坂根屋に乗り込んで、あたしたちの手でお父っつぁんの敵《かたき》を討とうじゃないか」

「おおむね異論はないけど……。姉さん、まさか本気で坂根屋の命をとるつもりじゃないだろうね」

「本気も本気さ。お父っつぁんの無念を晴らすには、それよりほかないんだ」

いい切って気持ちが高ぶったのか、お路は唇をぶるぶる震わせていた。

お律の隣で、猪蔵が手を振った。

「女将《おかみ》さん、そいつはいけませんぜ」

「猪蔵……。なぜいけないんだい」

「坂根屋の野郎が憎くてならねえのは、あっしだって同じでさ。けどねえ……。お侍が敵討ちをするのは、そうしねえと体面が保てねえってことが土台にあるからでござんしょう。女将さんはお武家ではねえし、仮にうまく坂根屋を仕留めることができても、お役人が敵討ちと認めてくれなかったら、ただの人殺しになって罰せられちまう。それじゃあ、久右衛門《きゆうえもん》旦那はお喜びになりませんよ」

「猪蔵のいう通りだ。姉さんはあたしの小太刀をあてにしているかもしれないけど、そうは問屋が卸さないよ。剣は相手を倒すためではなく、己れの身を護ることが第一の役割なんだって、古《ふる》川《かわ》先生も常々仰言《おつしや》ってるもの。いっとくけど、罰せられるのが怖いんじゃありませんよ。あたしたちがこれまでしてきたことなんて、お仕置きにびくついてたらできっこないんだから。でもだからこそ、人殺しなんかでお縄になったりしたら、ちっとも芸がないじゃないか」

「お律……」

「だいたい、姉さんは極端なんだ。ふだんはあれこれ算段しすぎるほど用心深いくせに、いちど火がつくや、狂ったように突っ走る。まるでねずみ花火だ」

「なっ。誰がねずみ花火だって」

お路が気色《けしき》ばむと、は、は、はと太い笑い声が上がった。

「こいつはお路、妹に一本取られたな」

「まあ、お頭《かしら》までそんな……」

かりがねが一日の商いを仕舞い、通いの船頭たちが家へ帰っていくのと入れ替わるように、綱十郎が訪ねてきたのだった。

「お律や猪蔵の肩を持つわけじゃねえが、坂根屋を殺さずともやりようはほかにあると、おれも思う。いずれにせよ危ねえ橋を渡るのなら、いっそ本来の技量で挑むがよい。緋薊《ひあざみ》の異名《いみよう》を持つおめえさんたちだ。手前の本領でもって坂根屋の息の根を止めた日には、その面目も立とうというものじゃあねえか」

「あたしたちの本領……。というと、盗み、ですか」

思い詰めたようなお路の表情がわずかに弛《ゆる》むのを目にしながら、お律は思案をめぐらせた。

「姉さん、首尾よく隠し蔵の阿片を盗み出したとして、それをどうすればいいんだろう。何といっても、この上なく剣呑《けんのん》な代物《しろもの》だ。手許に大量の阿片があるなんてことがお上にばれたら、それこそたちまちお縄になっちまう」

綱十郎がお律に顔を向ける。

「坂根屋がいかにして阿片を手に入れたかを書面にし、盗み出したものと合わせてお上に届け出てはどうだ」

「お上に……？」

「おれたちみてえな鉄の掟をきちんと守る盗人の尻を追いまわすのではなく、ほんとうに捕まえなくてはならねえのはどういうやつなのかを、お上に知らしめてやるのさ」

「なるほど、その手が……」

つぶやいたお路が、わずかに考え込む。

「とはいえ、阿片じたいはほかの薬種屋でも扱いがございます。お上に届け出るその阿片を所持しているのが、たしかに坂根屋だと証明するにはどうすれば……。あ、そうだ」

何かに思い当たったらしく、双眸《そうぼう》が濡れたように輝いた。こうなってくると姉の頭には盗みよりほかはなくなっているのを、お律は心得ている。

「あの蔵は、白金のほうにある寺が差配しているそうです。だとすれば、坂根屋は蔵の借受証《かりうけしょう》のようなものを、寺と取り交わしているのではないかと」

「うむ」

綱十郎が手で顎をなでた。

「白金ってえと……。例の下屋敷の賭場《とば》に出入りしている客の中に、どこぞの寺の寺男をしているってのがいるんですが、たしか白金だったような……。ちょいと探りを入れてみやしょう」

猪蔵の目も、夜空にまたたく星のようにきらきらし始めている。

話し合いは、夜遅くまで続いた。


お律が三十間堀に足を向けたのは、およそ十日後の昼下がりであった。片側に堀川《ほりかわ》が流れる通りを北から南へ、くまなく目を配りながら進んでいく。

内神田から日本橋《にほんばし》あたりの賑わいを江戸随一とすると、それに次ぐのが日本橋から京橋《きょうばし》にかけてで、京橋を南下して新橋にほど近い出雲町《いずもちょう》までくると、少しばかり町並みが落ち着いてくる。

そうはいっても目抜き通りではあり、往来の両側には大店《おおだな》が軒を連ねているのだが、出雲町の裏側にあたる三十間堀町へ入ると、表通りの喧噪《けんそう》がいくらか遠のく感があった。

お律は足の運びはそのまま、時折、いくぶん西へ傾いたお天道様を仰ぎ見るように視線を上げる。

堀川沿いに建ち並んだ蔵に、人足たちが舟に積まれてきた荷を運び入れていた。裏通りながら商家へ買い物にきた客などもいて、昼日中は人の行き来が絶えずある。だが、川を隔てた向こうは町家の背後に大名の屋敷地が控えており、陽が落ちると、途端に静かになるのだ。

後ろ暗い過去を持つ坂根屋六兵衛が江戸で店を構えるには、ここは打ってつけの場所だったんだろうね。

行く手に見えてきた坂根屋の暖簾《のれん》を目にしながら、お律はそう見当をつけた。

坂根屋は商売にかかわる重要な証文類を手文庫に入れ、主人六兵衛の自室で保管している。綱十郎があれからお鹿《しか》とつなぎをつけ、たしかめてくれた。隠し蔵の借受証も、おそらくその中にあるはずだ。

店に忍び込む手口はともかくとして、今日は盗んだあとの逃げ道を下見するために出向いたのであった。押し込み先に入るときよりも、出てきたあとのほうが難しい。押し入る前に極限まで達した緊張が、お財《たから》を懐にすることでうっかり弛《ゆる》んでしまい、思わぬへまを呼び込む恐れがあるのだ。まさに、ねぐらにたどり着くまでが盗みといえる。

人に姿を見られず、足音を響かせず、となると、屋根の上か川筋を使うのが上策と思われた。

いずれにしても、去年の梅雨明け近くに坂根屋へ押し入ってから、半年以上が経っている。その間に界隈で新たな家作《かさく》が普請されたり、船着場が築かれたりして、前回とは勝手が違っていることもあり得る。

　この前のように屋根伝いに引き上げるか、それとも舟にするか……。

　考え込んでいたお律は、前方から歩いてきた男に声を掛けられるまで、それが一ノ瀬《いちのせ》小五郎《こごろう》であることに気がつかなかった。

「おう、お律じゃないか。意外なところで会うものだな」

「あ……」

「どうした、腑抜けた顔をして。このあたりに、何か用でもあったのか」

「ええ、まあ……。姉にいいつかって、かりがねの得意先にご挨拶を。小五郎さまこそ、何ゆえこちらに」

「俺か……。俺はな、薬を買いにきたのだ。前に、甥のおねしょの薬を、お律に届けてもらったことがあるだろう。あの薬を売っている坂根屋が、ほれ、そこの店でな」

「さようで……」

「ときに、ちょいとひまがあるか」

　ふいに小五郎が身を寄せ、声を低めた。

　目の前に迫った厚い胸板から、嗅ぎ慣れた汗の匂いが鼻腔に押し寄せてくる。古川道場の奥の一室で肌を合わせた記憶がよみがえり、お律の身体がかっと熱くなった。

「な、なくもないけど」

「買い物につき合ってほしいのだ。大の男が、おねしょの薬というのもなあ」

「は……。遠慮させていただきます。大人がふたりで行ったら、もっと間が抜けてるじゃないの」

お律に断られ、小五郎が苦笑した。

「それもそうだな。じゃあ、薬はひとりで買うとして、あそこで待っていてくれぬか。せっかく会えたんだ、少し話でもしよう」

小五郎が指差したのは、坂根屋の斜向かいに建つ甘味屋だった。

お律が甘味屋に入っていくと、姉に聞いたことのある老婆が出てきて、二階座敷の窓際へ案内してくれた。窓障子を開けて坂根屋の店先を眺めていると、ほどなく買い物をすませた小五郎が出てくるのが見えた。やがて、お律のいる座敷に、梯子段《はしごだん》を踏む足音が届いてくる。

「待たせたな。ほう、ほかの客はいないのか」

「小五郎さま、汁粉をふたつ注文しておきましたけど、よろしいですか」

「それで構わんよ。あ、障子はそのままにしておいてくれ」

障子を閉めようとするお律を軽く手でとどめながら、小五郎が相向かいに腰を下ろす。

しばらくすると、婆さんが階下から汁粉を運んできた。

「どうぞごゆっくり召し上がってくださいまし」

汁粉の椀をふたりの前に置き、婆さんは下がっていった。

小五郎と一夜をすごしたのち、お律はしばらく古川道場から遠ざかるつもりでいたが、老齢の古川惣右衛門《そうえもん》からお律に富田《とだ》流小太刀の秘技を授けたいとの声が掛かり、指示された日に道場へ通っていた。惣右衛門も道場の下男夫婦も、あの日、お律が奥の一室に泊まったとは思っていない。

秘技の伝授を受けるようになってから、時折、道場を訪ねてくる小五郎とも顔を合わせたが、お律は月並みな会話をするくらいで、ふたりが外で会うことはなかった。小五郎と斉藤《さいとう》家の行き来は依然として続いている様子だったし、そんな状態でずるずると関係を持ち続けるのは、自分で自分を貶《おとし》める気がしていやだった。

汁粉を食べ終えても押し黙っているお律に、小五郎は痺れを切らしたようだ。

「お律、何を考えている」

「べつだん、これといったことは……」

「いや、俺とて心得ているのだ。婿入りの話は断るといっておきながらこんにちまでさしたる進展もなく、さぞかし業《ごう》を煮やしているだろうな。先方の斉藤家は一ノ瀬の義姉《あね》上と深い誼《よしみ》で通じていて、ぞんざいに扱うこともならぬのだ。だが、正式な許婚《いいなずけ》にはなっておらぬし、話がそこまで進む前に、きっぱりと断る所存だ」

「……」

「たとえばの話、俺みたいな男には愛想が尽きた、顔を見ただけで虫唾《むしず》がはしるとお律にいわれたならば、尻尾を巻いて引き下がるよりない。だが、古川先生のところで気持ちを確かめ合った夜、はっきりとわかったんだ。俺たちは一膳の箸がごとく、どちらか一方が欠けても用を成さない。ふたりでひとつなんだ」

「なっ。よ、よしてくださいよ。こんなところで」

お律は気恥ずかしくなって顔を手であおいだが、小五郎の熱のこもった面持《おもも》ちは変わらなかった。

「座敷には俺たちのほか誰もいないのだ、構うものか。いま、義姉上の顔を潰さずに縁組みが壊れるほうへ仕向けることができぬかと、画策している。そして、詳しくは話せないのだが、糸口らしきものを摑めそうなところまできているのだ。だから、いま少し待ってくれ。それしかいえず、まことに心苦しく思っている。だが、俺にはおまえしかいないのだ」

女冥利に尽きるとは、このことだろう。不覚にも泣いてしまいそうだ。

わずかに顔を背けたお律の目が、坂根屋の暖簾をくぐった武家の姿を、捉えるともなく捉えた。

そういえば、今日は句会が……。

先に坂根屋の離れで見掛けた、羽織袴の立派な風采《ふうさい》をした武家だった。

小五郎を婿に望んでいる斉藤家の家柄など、もとよりお律の与《あずか》り知るところではないが、旗本ともなれば相応の役職につき、広い屋敷に住んで家臣や家の者たちからは殿さまと呼ばれるのだろう。武家が吸い込まれていった店先を眺めながら、お律はそんなことを思い浮かべた。

一度は身を引こうとしたこともある。小五郎と出会う前の自分にもどるだけだと高を括っていたが、とんだ心得違いだった。どこを探そうとも、小五郎を知らなかった頃の自分はいない。小五郎を失ったら、己れはもう、己れではない。あの夜、いやというほど思い知ったのだ。

小五郎も同じように感じてくれていたのだと、いまの話で知ることができた。この上、何の不足があるだろうか。

お律は手許に目を落とす。

「あたしが望むのは、小五郎さまの仕合せ、ただそのことのみでございます。一ノ瀬家の冷や飯食いで一生を終えるか、斉藤家に婿入りして旗本の殿さまにおなりになるか……。どちらが小五郎さまの仕合せか、考えるまでもありません。あたしなんかのために、一生を棒に振るようなことはなさらないでくださいまし」

湿っぽい別れにはしたくない。お律はありったけの想いを込めて笑みをこしらえ、顔を上げる。

だが、目に映った小五郎は、お律を見ていなかった。

「小五郎さま……？」

「あ、ああ。すまん、聞いていなかった」

我に返ったように、小五郎が窓の外へ向けていた目をもどす。

「何を見ていらしたのですか」

「うむ、ええと、さっきの坂根屋をな。それなりに大きな店ではあるが、それにしても身分ある風体《ふうたい》をした客が次から次へと入っていくものだと……」

そういって、ふたたび坂根屋のほうへ目をやる。お律が首を伸ばすと、裕福な商人風の男が入っていくところだった。

「や、まただ」

「あのお店がいちばんの売り物にしているのは不眠の薬ですし、日ごろから難しいことを考えなくちゃいけないような、たいそうなご身分のお客がついているんじゃないでしょうか」

店の奥でじっさいは何が行われているのかなど、まさか口にはできない。

「ふうむ」

店先を食い入るように見つめている小五郎の目が、お律には気のせいか妙に鋭く感じられる。

小五郎が向き直った。

「ところで、お律の話は何だったのだ」

「えっ。それは、その」

改まって訊ねられると、どう応えてよいのかわからない。

お律が覚えたわずかな違和は、それきりうやむやになった。

三

寒風にさらされて固く乾いた土にあたたかい雨が降り注ぎ、柔らかな陽射しに蒸されてふっくらとよみがえる。冬枯れの田圃《たんぼ》につくしが顔をのぞかせ、蓮華の花が色を差し始めると、向島もいよいよ春本番を迎える。

大川の土手に植えられた桜を目当てに、連日、日本橋や浅草から数多《あまた》の花見客が渡ってきた。舟を所望する客が、かりがねにもひっきりなしに入ってきて、応対にあたるお律も大わらわになった。朝から晩まで立ち働き、遅い夕餉を食べたあと、仕舞い湯ぎりぎりの湯屋に駆け込んで帰ってくると、一日の疲れが出て身体は鉛のように重くなり、猛烈な眠気に襲われる。

花見と納涼の時季は忙しくなるのが常だが、この冬はことに寒さが厳しく、それだけに人々の春を待ち焦がれる気持ちが高まったものか、例年にないほどの人出であった。

お夕《ゆう》の師匠、石本織江《いしもとおりえ》からは、姉妹が恒例にしている花見の日取りを訊ねてきたが、あいにく今年はとても店を空けられそうにないと、お路が返事をした。

坂根屋の下調べにも手をつけられず、お律たちが腰を落ち着けて策を練ることができるようになったのは、桜の花が散り終わった三月半ばであった。

「和田野に顔を出せなかったあいだに、おしまさんの子が生まれてね。こたびは男の子なんだって。少しばかり難産だったらしくて、床上げはしたものの、元の通りに動けるようになるまでしばらくかかりそうなんだ。そんなわけで、また明日から通うことになった」

約ひと月ぶりに和田野を訪ねたお路が、昼すぎに帰ってきてお律に告げた。居間には、猪蔵の顔もある。若い船頭の竹吉《たけきち》と丑松《うしまつ》は客を舟に乗せて出ているが、少し前の時季には考えられなかったくらいののどけさだった。

「隠し蔵のほうに、変わりはないのかい」

訊ねたお律に、お路がうなずく。

「とくにこれといった動きはなさそうだ。坂根屋が顔を出しているかは、ちょっとわからないけど……。これまで通り、句会の前に阿片を調達しにきてるんじゃないかと」

「そう。ところで、押し込みに入るのは、いつ頃になるだろうね」

「夏までにはと思ってる。川開きの時季になると、かりがねがまた忙しくなるし」

「ちょいと考えてみたんだけど、綱十郎のお頭に、乗り合っていただけないかお頼みできないかしら。お頭は錠前破りの名人でいなさる。どれかひとつでも受け持ってもらえたら、助かるだろう」

「それはもっともだが、よしておこう。これは、あたしたち自身のことだ。お頭を巻き込んではいけない。仔細を教えてもらうだけで御の字だ」

「姉さん……。ふむ、それもそうだね」

「ともかく、こんどは坂根屋の内に下地役がいないんだ。慎重に事を運ばないと……。隠し蔵の周りを探っているときに、坂根屋本人に顔を見られたのはうかつだった」

　お路の顔が、さも悔しそうに歪んだ。

「女将さん、まあ、そんなに気になさらねえでも……。あっしは品川《しながわ》へ行ってめえりやしたよ。前に、下屋敷の賭場に出入りしている男が白金の寺男をしていると申し上げやしたが、昨日、やっと手が空きやして」

「何かわかったかい」

「へえ、そいつがどうも……」

　猪蔵がいくぶん思案する。

「顔見知りになった門番がいうには、ここんとこ賭場は開帳されてねえそうなんでございやす。わけを訊ねたんですが、おめえには関わりのねえことだ、開帳されねえものはされねえのだと、けんもほろろに追っ払われやしてね。考えてみれば、仮に白金の寺が綾瀬川の隠し蔵を差配していたとして、それをたしかめたところでどうなるものでもねえと思いやして、おめおめと引き上げてきたんですが……」

「おおかた、殿さまが遊山か何かで下屋敷に逗留してるんじゃないのかねえ。そうなると、賭場なんて開帳できないだろうし」

　お路が推量している横で、お律は膝を打った。

「このところ坂根屋が夜になっても出掛けないのは、そういうわけか……。いえね、この十日ほど、坂根屋の周りを見にいってるんだ。桜が散り始めてからは、かりがねもそう遅くまで開けなくなったし……。とはいえ、夜五ツ（午後八時）をまわってから、せいぜい四半刻《しはんとき》（約三十分）くらいのことだけど」

「たしかに、賭場が閉まってれば、坂根屋は店におりやすね」

猪蔵が得心したようにうなずく。

「その代わり、面白い客がくるんだよ」

「面白い客？」

お路の眉が持ち上がった。

「武家なんだ。句会に顔を出す五人のうちの一人でね。十日のあいだにつごう三度、つまるところ三日に一度の割で訪ねてくる」

「それは、どういう」

「夜に句会が催されるというわけでもなさそうだ。その武家よりほかに坂根屋を訪ねる者はいないからね。句を詠むのではないとすると、目当ては阿片を吸うことじゃないかと……。姉さんは、どう思う」

お律に訊ねられると、お路が記憶をたどるような顔になった。

「甘味屋の二階で見張りをしているときに見掛けたが、腹が前に出てでっぷりした体格の武家だろう？　あの武家はたいそうな身分があるように見えたが、あれくらいになるとふつうは夜中に外を出歩いたりしないものだ。阿片は一度でも吸うとやみつきになって、頭にそのことしかなくなるというし、次の句会まで辛抱できなくなってるのかもしれないね」

姉が応えるのを聞きながら、お律は坂根屋の離れで味わった、なんともいえぬ恍惚の心持ちを思い出し、同時に、阿片が持つ不気味な力にぞっとなった。

「おふたりとも……、しっ」

猪蔵が唇の前に人差し指を立てている。かすかな物音を、お律も耳にした気がした。

「表口の脇のほうかと……。見てめえりやす」

「待って、あたしも行くよ」

お路が腰を上げ、猪蔵と部屋を出ていった。

しばらくして、お路ひとりがもどってきた。折しも、客を送っていった竹吉が帰ってきたので、猪蔵は船着場にいるという。

「通路側の壁に立て掛けておいた盥《たらい》が転がってた。およそ、犬か猫が脚を引っ掛けたんだろう。店の周りをひとまわりして、縁側の床下ものぞいてみたが、不審はなかったよ」

いいながら、くすっと噴き出す。

「何だい、姉さん。思い出し笑いかい」

「千太郎《せんたろう》がまた江戸へ出てきたのかと、ひやりとしちまった」

何ゆえ千太郎の話になるのかお律にはわからなかったが、お路はじつに愉快そうである。


かりがねに塚田新之丞《つかだしんのじょう》が訪ねてきたのは、翌日のことだった。

「これは塚田のおじさま。すっかりご無沙汰しておりまして……」

帳場にいたお律は、腰を上げて框《かまち》へ出ていった。

「ちょうど向島に参る用があってな。かりがねが、たしかこのあたりだったと思い出して、立ち寄ってみたのだ」

「さようでございましたか。どうぞ、部屋でお茶でも上がってください」

「うむ、すまぬな」

お律は塚田を居間へ通し、長火鉢に沸いている湯で茶を淹れた。

「ほんとうに、こうした場所で船宿を営んでおるのだなあ」

仏壇に手を合わせた塚田が、お律に勧められた座布団に膝を折ると、感慨深そうにいった。いまは亡き旧友の娘たちが、生まれ故郷から遠く離れた江戸で身過ぎ世過ぎするのを、憐れんでいるふうにも聞こえた。

「柳橋《やなぎばし》や山谷《さんや》の船宿のようには参りませんが、このあたりも料理茶屋や桜の名所があって、わりあいにお客さまが見えるんですよ」

お律は苦笑しながら、塚田の前に湯呑みを置く。

「今日はお路がおらぬようだな」

茶を飲んだ塚田が、左右へ目を向けた。

「あいすみません、所用で外に出ておりまして」

「もどりは遅くなるのか」

「夕方になりますけど……。何かご用がおありですか。姉が帰ってきたら、申し伝えますが」

「いや、とりたててお路に用があるわけでは……。ふむ、お律のほうが、かえってよいかもしれぬ」

湯呑みを下に置き、塚田がしばし思案する。

「その、去年の十一月頃であったか、お路がわしのところを訪ねてきた折に話したことが、気に掛かっておってな。かりがねの船頭が品川宿でかつての顔見知りと人相がよく似た男を見掛けた と、そういう話だったのだが、お律も耳にしておるか」

「もちろん、存じております」

塚田がどういう肚《はら》でそんな話をするのか、お律はいくぶん身構えながらうなずいた。

「お路は男を江角屋《えすみや》と決めつけ、父の無念を晴らすのだと、そう息巻いてな。まるで敵討《かたきう》ちを胸に秘めた侍さながらの目をしておった。その折もたしなめはしたのだが、どうもあの目が頭から離れんでな。いまも思い詰めているのではないかと、そんな気がしてならぬのだ」

「……」

「江角屋に似たその男が、当節は坂根屋と呼ばれているとも申しておった。よもやとは思うが、そなたたち、坂根屋の周辺を探ろうなどとはしておらぬだろうな」

塚田の目に鋭い光が宿った。

「おじさまったら、何を申されるかと思えば……。坂根屋なんて屋号のお店は、江戸にいくつあるかもわからないんですよ。父の無念を晴らすといったって、いったいどうすればいいのか、しがない船宿ふぜいには見当もつきません」

お律には白を切るくらい、どうということもなかった。盗人は人の目を欺くのに、いかようにも化ける。これしきの芝居が打てなくてはつとまらない。

「口うるさいようだが、そなたたちの身が案じられてならぬ。たまさかにも、江戸で久右衛門の娘たちと行き合ったのだ。因縁めいたことをほざくと哂《わら》われても構わぬが、あの世の久右衛門が娘たちを見守ってくれと、わしに引き合わせたのだと思うておる。そなたたちに何かあったのでは、久右衛門に申し訳が立たぬ」

　ほかの用向きで向島へきたような言葉つきだったが、じつのところはお路の様子に気を揉んで、わざわざ足を運んでくれたのかもしれない。

「おじさまには親身に気を遣っていただき、恐れ入ります。姉は長女ですし、母ばかりか父までも早く失ったこともあって、自分がしっかりしなければという気持ちが、人一倍、強いんです。それがときに行き過ぎて、前のめりな振る舞いになっちまったりして……。あんなふうに見えて、もとは石橋を叩いて渡る人ですから、おじさまが案じておられるような成り行きになるはずがございません」

「そうであればよいが……。ふたりとも、くれぐれも軽はずみなおこないは慎んでくれ」

「おやまあ、そのように恐い顔をなさらないでください。大丈夫でございますよ。このところの姉は、商売のことで頭がいっぱいなんですもの。いまだって、この先にある鰻屋を手伝いにいっておりましてね」

「ほう、鰻屋……？」

「かりがねのお客を増やしたくて、評判の鰻屋の給仕を手伝いながら、厨房で見習いをさせてもらってるんです。ですからどうか、ご案じなく」

　塚田の気掛かりを取り払おうと、お律はつとめて明るい声をこしらえた。

四

その日の夕暮れどきに和田野から帰ってきたお路が、いつになくそわそわしていた。

「お律、どうも思いがけないことになりそうだよ」

「何かあったのかい」

「話は、商いを仕舞ったあとで……。猪蔵にも、今夜はさいごの客を送り届けたら、まっすぐかりがねにもどってくるようにいってくれ。あたしはちょっと、考え事をする」

そういって、居間にこもってしまった。

そろそろ表口に客が入ってくる頃合いだ。それから二刻《ふたとき》（約四時間）ばかり、お律は姉の口にしたことを気に掛けながら、客の応対にあたった。

表の戸を下ろして一階、二階と戸締まりをし、お路、お律、猪蔵が居間に顔を揃えたのは、五ツ半（午後九時）をまわった時分だった。

「あと七日で、坂根屋が隠し蔵を引き払うことになった」

前置きもなく、お路が本題に入った。

「えっ、どういうこと」

「どこか別の場所にある蔵へ引き移るらしい。あたしが和田野を休んでいるあいだに、そうと決まったみたいでね。今日、蔵番に出す昼餉をととのえているとき、おしまさんから聞いたんだ。先だってはあんたも怖い思いをしただろうが、じきにあのお侍はいなくなるから安心おしって」

前に昼餉のうどんを届けた折、蔵番の永井がお路に狼藉《ろうぜき》をはたらこうとしたことは坂根屋から和田野にそれとなく伝えられたようで、平吉やおしまはお路を蔵に近づけないように気を配っていた。

「こうなったら、もたもたしてはいられない。坂根屋および隠し蔵へ押し込むのを、三日後とする」

お路がきっぱりといい切り、お律は眉をひそめた。

「ずいぶんと急な話じゃないか。いま少し先だと思っていたのに……。盗んだ阿片をどこに隠すかも算段していないし、お上に訴え出る手順に至っては、見当すらついていない」

「そういうこまごましたことは、盗んだあとに思案すればいい。阿片を別の場所に移されたら、また一から出直さなきゃいけなくなる。いまの蔵を引き払うのも、和田野では寝耳に水だったそうだ。万が一にもこっちの動きが坂根屋に感づかれているようだと、余計にこの機を逃すことはできないんだ」

「……」

お律にも、姉のいうことがもっともなように思えてきた。

「女将さん、かりがねはどうなさいますので」

猪蔵が低く訊ねる。

「明日はいつも通りに商いをして、明後日からはしばらくのあいだ店を閉じる。そうだね、国許で世話になった人が病に倒れたということにすればいいだろう。あたしたちは猪蔵を供に連れて看病にいく運びとなった。江戸にもどるのはひと月先とも、半年先ともいえない。若い船頭ふたりと板前にはそうとでもいって、これまでの給金に多少の心付けを添えて渡そうかと」

「心得やした。竹吉たちには、あっしから話しやしょう」

「頼んだよ。じゃ、持ち場と各自の動きについて話し合おう」

お路が坂根屋の絵図面を広げる。それをのぞき込むお律の頭からは、昼間に塚田が訪ねてきたことなど立ち消えていた。


それから三日後。

夜空には数多の星がまたたいているが、暗くなった通りに人影は絶えている。

坂根屋のぐるりにめぐらされた板塀の外側を、黒い疾風《はやて》が駆け抜けた。

板塀が折れ込む一角に、小さな祠《ほこら》が祀られている。祠の背後で天に向かって枝をさし上げている栗の木が、疾風に小さく揺さぶられ、かすかに葉を鳴らす。

が、それは一瞬で、揺れはすぐに止まった。

疾風が板壁を越え、内側に着地する。正体は、黒装束に身を固めたお律である。

夜五ツをいくぶんまわったところだ。店の大戸は下りているといっても、屋内にいる奉公人たちはまだ起きていて、それぞれが持ち場の片付けや雑用で忙しく立ち働いていた。

屋内に響く人声や物音には、一定の波がある。お律は波に寄り添うようにして中庭を進み、主人の居室がある縁側へ上がった。周囲に人気がないことをたしかめ、障子を開ける。

部屋には誰もいなかった。灯を小さく絞った行燈《あんどん》が隅に置かれ、暗闇にほのかな光を滲ませている。

あらかじめ綱十郎に聞いていた通りであった。

この時分、六兵衛は店の奥に設けられた湯殿で、湯に入っているのだ。

風が強く、家屋のひしめき合う江戸では、火事を恐れる町人らが住居内に風呂を設けることはほとんどない。そもそも、湯を沸かすには大量の水と薪がなくてはならず、各町内には少なくとも一、二軒の湯屋があって、いずれも繁盛している。しかしながら、坂根屋では、博奕《ばくち》に劣らず入浴を好む六兵衛が、浴槽にたっぷりと張られた湯に浸かるのを日課としていた。

そのあいだに、手文庫に収められた借受証と、隠し蔵の鍵を盗み出そうという肚である。前回、綱十郎の指揮下で押し入った折は寝込みを襲ったが、それからこっち、坂根屋が夜間の用心を固めただろうことは容易に察しがついた。ゆえに、店の奉公人たちがまだ起きているこの頃合いに、あえて忍び込むことにしたのだ。

己れの影が障子に映らぬよう気を配りながら、床の間へそろりと近づく。違い棚に載っている金蒔絵《まきえ》の手文庫を、まずは目に捉えつつ、床の間に飾られている掛け軸をめくって裏側の土壁をさぐる。ざらざらした手ざわりの一箇所がくぼんでいて、ひんやりした鉄の感触が指先に触れた。

しぜんに、唇の端が持ち上がる。

鍵を手に入れたお律は、掛け軸を元のようにととのえると、違い棚の前に移った。手文庫を下ろして蓋を開け、中にある紙を行燈に近づけて文字を拾う。蠟燭と火打道具も携えてきたが、行燈に火が入っていたおかげで、思っていたよりも早く目当ての証文を探し出すことができた。

鍵と証文を懐に挿し込み、手文庫を違い棚にもどす。部屋に入ってからここまで、呼吸を十回もしたかどうか。

あとは庭を抜け、離れの脇から母屋の屋根へ上がり、屋根伝いに北上すればよい。

ふいに部屋の前で声がし、障子が開いたのは、そのときだった。

「もとは半月に一度だったのだぞ。それが五日おき、三日おきとなり、昨日も今日も……。む、怪しいやつ。何者だ」

部屋にいる人影をみとめた坂根屋が、目を光らせた。

「……」

お律は低く身を構える。風呂に入っているはずではなかったのか。

「旦那さま、どうかなさいましたので……。ひっ」

後ろを従《つ》いてきた番頭とおぼしき男が、坂根屋の脇から顔をのぞかせ、声を裏返らせる。

「彦兵衛《ひこべえ》、おまえは奥へいってお侍の先生を呼んできておくれ。どうも、曲者が店の中に入り込んだようだ」

「かっ、かしこまりました」

番頭がばたばたと廊下を駆け去っていく。

坂根屋があえかな灯あかりを透かすように見た。

「黒ずくめのなりをしているが、女子《おなご》らしいな。賊のようでもあるが、この部屋に金目のものはない。目当ては何だ、どこからきた」

「……」

「応えられぬか。では、あたしの見立てを聞かせよう。浜岡《はまおか》藩の殿さまは、女の間者を送り込んできたとみえる。どうだ、違うか？」

「……」

坂根屋が何をいっているのか、お律にはさっぱり飲み込めない。

「黙っているところをみると、読みが的中したようだな。このところ、品川のお屋敷周りにも妙な気配が漂っているのを感じ取っていたが、やはりそうであったか」

奥のほうがにわかに騒がしくなり、物々しい足音がこちらに近づいてくる。

お律は坂根屋に視線を向けたまま足を後ろへ送り、縁側の障子を引いて庭へ飛び下りた。

「先生ッ、曲者が庭に逃げました。坂根屋に害を及ぼす輩《やから》です。始末してください」

「ご主人、任せておけ」

別の一室の障子が勢いよく開き、庭へ駆け下りてきた男が、お律の前にまわり込んだ。こちらに視線を据え、腰に挿した刀の柄《つか》に手を掛けている。

男とお律の間合いは、三間ほどだ。男の肩越しに見えている離れの脇に、屋根へ飛び移る足掛かりとなる樹木が植わっているのだが、男が立ちふさがっているので前に進めない。ほかに足場として手頃なところはないか、お律は腰に帯びた小太刀へ用心深く手をやりながら、視界を探る。

「ふむ、女か」

無表情に一瞥し、男がすらりと刀を抜いた。暗くてはっきりしないが、男は三十半ば、さほど背丈は高くない。しかし、首が太く、袖口からのぞいた腕や腰の据わりを見ると、鍛えられた肉体の持ち主であるのがうかがえる。

どうやら、逃げられそうにない。お律は小太刀の鞘を捨て、男から目を離さずに後ろへ下がった。

正眼《せいがん》に構えた男が、こちらの出方を試すように剣先をわずかに左右へ動かし、慎重な足運びで横へ移動する。と見せかけ、いっきに間合いを詰めてきた。

左斜め上から振り下ろされる剣を、お律はしなやかに足を引いてかわした。宙をうなる刃風が、男がただ者ではないと告げている。

息つく間もなく下段から伸び上がってくる剣も、敏捷《びんしょう》に飛びすさって避ける。が、連続して落ちかかってきた一撃をかわしきれず、お律は剣を上げて打ち合わせた。ほとんど無造作に打ち込んでくると見せて、おそろしく重い剣である。

激しく切り結びながら、お律は徐々に防戦一方となっていった。姉にも話したことがあるが、お律が身に着けたのは、相手の攻撃から己れを護るための剣だ。基本となるのは受けで、こちらから仕掛ける動きではない。古川惣右衛門から伝授された秘技にしても、粘り強く受け続けたところで相手に生じる一瞬の隙を衝くものであった。

お律は己れの体力がじりじりと失われていくのを感じていた。もともと下準備が万全ではないのに急に押し込むことになり、思いのほか気を擦り減らしたのもあってか、はなはだしい疲労に襲われている。

男の籠手《こて》を打ち、肩を斬ったが、自身も右の二の腕と左の太腿をやられていた。太腿のほうは斬られた箇所が熱を持ったように痺《しび》れ、足の踏ん張りがきかなくなっている。

横ざまに放たれた剣をぎりぎりでかいくぐったものの、頭が朦朧としてきた。男の足運びにもわずかな乱れはあるが、腰がどっしりと据わり、繰り出される剣の勢いは衰えない。追い詰められているのが、自分でもわかる。

うっすらと靄のかかる頭に、小五郎の面差しが浮かび上がった。ためらいのない、熱い眼差し。甘味屋の二階に上がったとき、変な意地を張らずに、ほんとうの気持ちを口にしておけばよかった……。

冷たい汗が入り込んでくる目に、大きく振りかぶった白刃のきらめくのが映った。お律は肩口を引き、殺到してくる剣を受けようとするが、石のように重くなった腕がいうことをきかない。身の凍るような恐怖が、足許から這いのぼってくる。

万事休す。思わず目をつぶった。

ガチン！

重厚な刃音が鳴り響いたのは、まさにそのときだ。まぶたを開けると、がっしりした男の背中が、目の前にりゅうと立ちはだかっていた。

「仔細はよくわからんが、ご助勢つかまつる」

お律を背にかばっているのは、なんと小五郎ではないか。

何が起こったのか、頭がぼうっとして追いつかない。

「ぬ、曲者がまた一人……」

「先生、そいつも仲間に相違ない。構わず斬り捨ててください」

母屋の縁側から、坂根屋の声が飛ぶ。

すると、男がいきなり小五郎に斬りかかってきた。どこにそんな力を蓄えているのかと思わせるほど、鋭い太刀筋だ。

だが、男は端から小五郎を見くびっていたとしかいいようがなかった。あるいは、己れの腕を過信していたのだろうか。

小五郎は冷静な足さばきで男の一撃をかわすと、身体を入れ換えながら白刃を一閃させた。

二間ほど下がって見守っていたお律は、男が剣を取り落とし、腕を押さえながら地面に膝をつくのを目にした。

まだ、夢を見ているように思えてならない。

小五郎が刀を鞘にもどし、こちらへ駆け寄ってくる。

「お律、ここを出るぞ」

小声でささやくと、黒い頭巾の下で目を見張っているお律に言葉を続けた。

「あの者は、右の手首の骨が砕けている。しばらくは剣を握ることができぬ」

お律は右半身を小五郎の肩に支えられ、左足を引きずりながら前に進んだ。がらんとした店土間を抜けたふたりは、大戸の脇に付いているくぐり戸を開け、表の通りへ出る。

往来は、真っ暗な闇に塗りつぶされていた。

「小五郎さま……」

「いまは喋るな。すごい血だ、傷の手当てをしなければ。痛むか」

「太腿を深く斬られたみたいで……。でも、大丈夫です。木挽橋《こびきばし》の袂《たもと》に、猪蔵がいます。そこまで行けば、あとはどうにか……。お願い、連れて行ってください」

「しかしながら、どういうわけで坂根屋に……。いや、仔細はあとだ。木挽橋か、あっちの方角だな。お律、おれの背中に負ぶされ。そのほうが早い」

暗闇から抜け出してきたふたりを見て、猪蔵の顔に驚愕が広がった。

「お、お律嬢さん、怪我をなすってるんですかい。この……、野郎の仕業か！」

「猪蔵、そうじゃない。よくごらん、小五郎さまだ。あたしを助けてくだすったんだよ」

お律の声で、懐の匕首《あいくち》に手をやった猪蔵が、構えを解いた。

「とにかく、向島へ……。姉さんが待っている」

お律は小五郎に負ぶわれたまま舟に乗り込んだ。

舟はただちに岸を離れ、三十間堀から京橋川、そして大川へ出た。

深く息を吸い込むと、春の陽だまりに似た体臭と、鬢《びん》付け油の香りが鼻腔に満ちる。ああ、やっぱりこれは夢じゃない。

猪蔵は、それでも小五郎を気にするように目で窺いながら、無言で櫓《ろ》を漕いでいる。

「猪蔵、あたしはこんなふうだが、首尾は上々だ。目当ての品は、ここにちゃんとある」

懐に手を添えながらそういうと、お律は安堵ゆえかどっと疲れを覚えた。耳に聞こえていた水音が、にわかに薄れていく。

五

お律が坂根屋に忍び入ったのと同じ頃、お路の姿は和田野の厨房にあった。

「おっ母ぁ、お路さん。秋の間のお客さまがお帰りになったら、今日はお仕舞いにしよう」

「あいよ、平吉」

「はい、平吉さん」

お路は流しで水を使いながら返事をした。横では、お路が洗いあげた皿や丼を、おとらが布巾で拭いている。先ほどまで店の掃除をしていたおしまは、二つになる子と生まれたばかりの赤子を連れ、ひと足先に関屋村の住まいへ帰っていった。

秋の間にいる客はすでに鰻を食べ終わり、いまは食後の茶を飲んでいる。

裏口の戸が開き、永井のところに食事を持っていった太兵衛がもどってきた。昼に届けた膳を抱えている。

「太兵衛さん、お帰りなさい。その器も洗いますから、膳をこっちに置いていていただけますか」

「そうかい、では頼みますよ」

ほどなく、秋の間の客が勘定をすませて帰っていくと、平吉やお路たちは火の始末や戸締りをして店を出た。

「お路さん、ご苦労さま。気をつけて帰っておくれ」

平吉が、灯の入った提灯を手渡してくれる。

「ありがとう存じます。本日もお世話になりました。おやすみなさい」

「おやすみなさい。明日も頼んだよ」

「ええ、また明日」

お路は腰をかがめ、平吉たちと別れて歩きだした。関屋村は隅田堤を大川に沿って北へ、小梅瓦町はその反対で南にある。

大川を隔てた対岸では、黒く横たわった田圃へ巨大な光の玉が埋め込まれたように、吉原遊廓《よしわら》が夜空を赤く照らしている。向島は漆黒の闇にすっぽりと包み込まれ、手にした提灯のあかりが数歩先をかすかに浮かび上がらせているきりだ。若葉に衣替えした桜並木の枝ぶりが、頭上でざわざわと音を立てた。

一段と深い黒に沈んだ白鬚神社《しらひげじんじゃ》の木立が見えてくると、お路は足を止めて後ろを振り返った。綾瀬川に架かる土橋を、平吉たちの提灯のあかりが遠ざかっていく。

あかりがすっかり闇に呑み込まれたのを見届けると、お路は踵《きびす》を返し、いまきた道を引き返した。ついさっき出てきたばかりの和田野にもどってくると、母屋の裏手へまわり、陽のあるうちに縁の下へ隠しておいた貧乏徳利を取り出した。そのまま庭を横切り、黒い小山のように見えている竹藪に足を踏み入れる。

「永井さま、恐れ入ります。和田野の者でございますが」

小屋の前で声を掛けると、内側でごそごそと物音がして、腰高障子が引き開けられた。

「や、おぬし……。どうかしたのか。最前、太兵衛の爺さんが膳を運んでくれたが」

「店に帰ってきた太兵衛さんが、永井さまがおいでになるのもあと数日、別れのご挨拶にお酒を差し上げてはどうかと申されて……。どうぞ、こちらを」

差し出された貧乏徳利に、永井が目を細めた。

「これはかたじけない。しかし、ひとりで酒を呑むというのも無粋だ。上がって、酌をしてくれぬか」

「あの、すぐにもどりませんと……。太兵衛さんや平吉さんが待っていますから」

「どうせ、店の片付けをやっているのだろう。少しくらい、構わんではないか」

「ですが……」

「案ずるな。このあいだのような手荒な振る舞いはせぬ。ちょっとでも近隣の者といざこざを起こしてはならぬと、坂根屋にきつくお灸を据えられた。これでも破格の手当を受け取っておる手前、雇い主のいうことには従わねばならん。とはいえ、おぬしに酒の酌をしてもらうくらいは大目に見てくれるだろう」

「まあ、そういうことでしたら……」

お路は提灯の火を吹き消し、おずおずと部屋に上がった。

永井は壁際の茶箪笥から湯呑みを取り出し、膳の前に胡坐《あぐら》をかいている。お路に酒を注がれると、ぐいっと呑み干した。

「どれ、おぬしもつき合え」

「いいえ、わたくしは」

「この近くで船宿を切り盛りしているそうだな。太兵衛から耳にしたぞ。船宿の女将ともなれば、酒の一杯や二杯が呑めぬようでは務まらぬだろう」

「では、ほんの少し」

目の前に突き出されている湯呑みを手にすると、なみなみと酒が注がれた。お路は袖口で口許を覆い隠し、くっと顔を仰向ける。

「ほう、白い咽喉《のど》が上下するさまがたまらぬ」

永井がにやつくかたわらで、お路の指先によって湯呑みの向きが巧みに操られ、酒が袂へ落ちていく。

「わたくしが頂いたのでは、もったいのうございます。さ、もっとお呑みください」

湯呑みを永井に持たせ、お路は徳利を傾ける。

「それにしても、荒れ寺の片隅でおぬしのような美女と差しつ差されつとは、乙なものだな。こうした裏寂しい場所で蔵の見張りにつくというのも、な、なかなか、す、す、捨てたも、ものでは」

唐突に、永井の呂律がまわらなくなった。

「お、おぬし、さ、さ、酒に何を……」

細身の体軀が横ざまに倒れ、ほどなく、永井がいびきをかき始める。

お路は酒で濡れていないほうの袂から細縄を取り出すと、たちまち永井の手足を縛り上げた。懐に手を入れてまさぐり、隠し蔵の鍵を抜き取る。

お路さん、この薬を混ぜた酒を吞んだ者は、十中八九、眠りに落ちます。ただし、効き目は長く続かず、せいぜい半刻もてばよろしいほうかと。なにしろ急なご所望でしたし、殺さずにただ眠らせるだけというのは、案外に容易ではないのでございますよ。

耳に、孔雀堂《くじやくどう》の声がよみがえる。

帯の深くへ鍵を押し込んだお路の口許には、うっすらと笑みが浮かんでいた。あとは、お律の到着を待つのみだ。

お律の首尾がうまくいくことを、お路は信じて疑わなかった。先には白昼堂々と坂根屋の離れに忍び込んだ我が妹である。六兵衛の居室にある手文庫から証文を探し出すのに手間取りはするだろうが、あの度胸と敏捷さをもってすれば、しくじろうはずがない。

しかし、それから四半刻ほど経っても、お律はあらわれなかった。小屋の外では夜風が竹の枝を鳴らしているきりで、その底を忍んでくる足音はない。

よもや、何かあったのでは……。

お路の胸に、初めて不安が兆した。

お路は永井が眠っているのをいま一度たしかめると、小屋を出て竹藪の入り口まで行ってみた。あたりをうかがうものの、のっぺりとした闇がどこまでも続くばかりである。

ぐずぐずしていると、永井が目を覚ましてしまう。

胃ノ腑がちりちりするような焦りを覚えたとき、遠くで小さな灯がまたたいた。灯はこちらへ向かって、少しずつ大きくなってくる。

このくらいの星あかりがあれば、お律が提灯を使うことはまずない。お路は気を引き締め、どちらへも動けるように足を配りつつ待ち受ける。

「お路さん、遅くなりました。一ノ瀬小五郎が、お律を連れて参りましたぞ」

闇から投げられたのは、思いもよらぬ声だった。

「一ノ瀬さま……？　お、お律っ」

小五郎の背に負ぶわれているお律を目にして、お路は肝が縮み上がった。提灯の柄を持ち、小五郎の足許を照らしている猪蔵が、すまなそうに身をすくめている。

「おまえ、どうしてこんな」

「姉さん、ごめんなさい。ちょいとしくじっちまった。でも、鍵と証文はちゃんと持ってきたよ」

弱々しく応じながらも、お律がにっと笑う。

「手前も、舟の上でお律と猪蔵からおおよその話は聞きました。ともかく、急いでください。坂根屋の連中も、じきにこちらへ向かってくるかと……。や、もうあんなところに」

小五郎が目を凝らす先で、提灯の灯が動いていた。

お律が小五郎の背中から下りるあいだに、坂根屋は暗がりを猛然と突っ切ってくる。

「いたぞ、あそこだ！」

複数の男たちの手に、いずれも鋭利な光がちらちらしているのを見て、小五郎が刀を抜いた。

「お路さん、お律のそばをお離れになりませぬよう」

「心得ました」

お路は足をひきずっているお律の身体を支えながら、後方へ退く。可憐な花を咲かせている山吹の株元にお律の腰を下ろさせると、自身は髪に挿してある銀簪を抜き取り、上下を返して握り直した。

「一ノ瀬さま、及ばずながらあっしも加勢いたしやす」

提灯の火を吹き消し、猪蔵が懐から匕首を抜く。

坂根屋の連中は竹藪に入ってくると、ばらばらっと横へ広がった。五人の男たちの構えた匕首が、星あかりを受けてほのかにきらめく。

と、小柄ですばしっこそうな男ふたりが、左右から小五郎を挿《はさ》み討つように突進してきた。

小五郎は足を入れ換えながら、冷静に応じる。

男たちのほうを油断なくうかがいつつ、坂根屋六兵衛が山吹の株元へ提灯を高くした。

「ここを嗅ぎつけるとは敵ながら見上げたものだが……。む、女がもうひとりいるようだな」

提灯のあかりが、お律を背にかばっているお路の顔を照らす。

「その顔は、先だっての……。おまえも、間者《かんじや》だったか」

「間者……？」

お路が眉をひそめると、小五郎の刀に薙ぎ払われた男がぎゃっと喚《わめ》いて後転していった。自分の足許へ転がってきた男を、坂根屋が草履の裏で止める。

「ええい、こんなときに永井の旦那は何をしているのだ。いいか、ものども、そいつらをぜったいに蔵へ近づけるんじゃねえぞ！」

怒鳴りつけると、坂根屋は藪の奥へ消えていった。

小五郎のかたわらでは、猪蔵がふたつの影ともつれ合っていた。相手の動きは俊敏だが、猪蔵も長年、舟を漕いで鍛えられているだけあり、老いを感じさせぬ身ごなしでかわしている。

闇の中に、刃と刃の打ち合う音が鋭く響く。

小柄な男とは別の男も闘いに加わり、小五郎に刃を向けていた。五人の中で、もっとも場数を踏んでいるのはその男らしく、前へ突き出す刃に躊躇がなく、小五郎を見据える目が、餓えた獣のように光っている。

小五郎は無理をせず、まず懐に飛び込んできた小柄な男の籠手を打ち、その手にあった匕首を後ろへ大きく弾き飛ばした。獰猛な目をした男が入れ替わりに前へまわり込もうとしたとき、また別の声がした。

「どけ、おれが代わる」

暗がりが割れ、上背のある男が出てきた。抜き身の刀を手にした永井だ。

「そこにいる侍は、おまえらごときに仕留められるような相手ではない。おまえは、あっちのじじいを始末しろ」

永井が顎をしゃくる先では、猪蔵と格闘していたふたりの男が、草叢《くさむら》にうずくまっていた。猪蔵も両足で立ってはいるものの、そばに生える竹に手をつかえ、肩をあえがせている。荒い息遣いが、五間ほど離れたお路まで届いてくる。

小五郎も、猪蔵ほどではないにしろ、肩で息をしていた。

「一ノ瀬さま、お気をつけくださいませ。あの者はひょろりとして見えますが、腰に粘りがございます」

お路のほうを永井がわずかに一瞥したのち、小五郎に相対して刀を正眼に構えた。

小五郎も足を前後に配り、構えをととのえる。互いの力量をうかがうように、軽い打ち合いがしばらく続いた。

「姉さん、姉さん。また、誰かがこっちにくる」

背後でお律が呼んでいる。首をめぐらせると、お律が指差す暗闇に、またしても提灯のあかりが迫ってくる。

「坂根屋の手勢だろうか……。どうしよう、お律。これ以上、あっちの数が増えたら、いくら一ノ瀬さまでもかなわないんじゃ」

簪を握りしめている指先が、氷のように冷たくなっていた。

「待って、向かってくるのはひとりだ。あっ、あれは」

近づいてきた男の目鼻立ちを見て取ると、お路とお律は驚愕した。

「お、おじさま……」

「何なのだ、この騒ぎは」

目の前で繰り広げられている乱闘に息を吞んだ塚田新之丞が、険しい顔をふたりに向ける。

「かりがねに立ち寄ったところ誰もおらず、よもやと思いこちらへ参ってみたが……む？　お律、怪我をしておるのか。それに、その黒ずくめの装束は」

怪訝そうに眉を寄せたとき、小五郎の声が響いた。

「猪蔵ッ、踏ん張れッ」

見れば、猪蔵が二の腕を押さえて倒れ込んでいる。

とっさに駆けだそうとしたお路の肩口が、塚田の手で押し返された。

「腕をやられたのは、かりがねの船頭だな。ほかに、味方は」

「手前にいるお侍さまよりほかは、すべて坂根屋六兵衛の手の者にございます」

「あいわかった」

塚田が刀の下緒《さげお》を解き、鯉口《こいぐち》を切った。刀身を抜くと隙のない足運びで、猪蔵に匕首を振りかざしている男の前へ走り出た。

男が素早く後ろへ下がり、脇を引き締める。

男の動きを引き出すように刀の先を上下させている塚田を目で追いつつ、お路にはどうしても解《げ》せないことがあった。

「何ゆえ、おじさまにここを突き止められたのか……」

「あ、あの、いいそびれていたけど、三日前、おじさまがかりがねを訪ねてきたんだ。姉さんが鰻屋へ手伝いにいっていると、うっかり喋っちまった。いま思えば、あたしたちを探りにきたような気もする」

「何だって」

思わず、お律の顔を見た。

「姉さん……。おじさまは、まことにあたしたちの味方なんだろうか。敵意を持たれているのとは違うが、なんだかもやもやする。うまく言葉にできないけど……」

お律のいわんとしていることが、お路にもなんとなくわかった。お路たちの身を案じるとは口実で、そのじつ、塚田は何をもってしてもふたりが坂根屋に近づかぬよう、目を光らせていたという気がした。

「そういえば、先に居間で話していたとき、すぐ外で物音がしただろう。犬か猫だと思ったが、あれはもしかして……」

お律とのやりとりに気をとられ、お路は背後に迫った殺気に感づくことができなかった。

「あっ、姉さん。う、う、後ろ」

振り返ったお路の咽喉許を、匕首の切先が突いてくる。

殺られる！

そう思った瞬間、匕首を手にした小柄な男の頭上に白い光が疾《はし》った。

「お路、怪我はないか」

もんどりを打っている男の向こうに、刀を振り下ろした体勢の塚田がいる。

「お、おじさま……。無事でございます」

口から出た声が、かすれていた。

どさりと、斜め前方で重い音がした。

折しも、小五郎が永井を斬り伏せたところであった。

永井が地に倒れたまま動かなくなっているのを見ると、お路は竹の根方にへたり込んでいる猪蔵に駆け寄った。

「い、猪蔵、腕を斬られたのかい」

「女将さん……。肘の上を斬られやしたが、てえした傷じゃあねえ。それより、途中から足にきちまって……。寄る年波には勝てねえとは、まさにこのことでさ」

猪蔵があえぎあえぎ応じる。お路はその手を引き、立ち上がらせてやった。

「む、坂根屋はどこだ」

小五郎があたりを見まわしている。

お路も首をめぐらせると、坂根屋が三十間堀から連れてきた五人と永井は、闇の底にうずくまったり伸びたりしているが、肝心の坂根屋当人の姿が見当たらない。

「どこかそのへんに隠れているんじゃ……。探さないと」

「探しても無駄だ。坂根屋は、もうこの近辺にはおらぬ」

塚田が断言し、お路に首を振ってみせる。

「もういないって、おじさまには何ゆえそれが……」

「姉さん、ともかく蔵へ行こう」

山吹の株元にいたお律が、小五郎に手を貸してもらって近づいてきた。

「待て。そなたたち、何をたくらんでおる」

咎めるように、塚田が眉をひそめる。鋭く光っている目を、お路は正面に見据えた。

「坂根屋は、ここに隠し蔵を構えていたのでございます。わたくしとお律は、蔵の中にある阿片をすべて運び出し、坂根屋がこれまで重ねてきた罪状をまとめたものと合わせ、ご公儀に届け出ようと算段しております。隠し蔵の入り口に取り付けられたふたつの錠前の鍵と、蔵の借受証は手に入れてございます」

「な、なんと。そのようなことを、いつの間に」

大きく見開いた目で、お路、お律と凝視した塚田の視線が、ふと小五郎に移った。

「そこもとは……」

「それがしは、一ノ瀬小五郎と申します。お律さんとは、江戸での剣術道場の同門でして」

「これは申し遅れた。拙者は松平《まつだいら》修理守《しゅりのかみ》家《け》家臣、塚田新之丞と申す」

「塚田さまとわたくしどもの亡き父は、昵懇《じっこん》の間柄だったのでございます。ですが……」

口にしながら、お路の胸に引っ掛かるものがあった。塚田は藩の勤めから退いたのではなかったのか。

疑念を察したとみえ、塚田がお路に向き直った。

「そなたたちには黙っていたが、この一件には浜岡藩が密かに動いておった。わしも江戸藩邸を出て、算勘指南の浪人体《てい》に身をやつし、探索にあたっていた次第でな。仔細をいまここで詳しく語ることはできぬが、一件には藩の命運を左右する機密が関わっておる。すなわち、久右衛門の敵討ちといった私事をはるかに超える事柄が、これには絡んでおるのだ」

お路は無言で塚田を見つめた。驚きはあるものの、自分でも意外なほど冷静に話を受け止めている。

「浜岡藩が……。なるほど、それで坂根屋は、あたしと姉さんを間者と取り違えたんだ」

横でお律がつぶやいた。

「江戸藩邸では早晩、三十間堀の坂根屋方に踏み込むつもりで手筈をととのえておったが、あとひと息というところで、よもやこういうことになろうとは……」

いったん言葉を切った塚田が、顔つきをあらためた。

「お路、隠し蔵にある阿片をまるごと奪い取ったところで、坂根屋の鼻を明かせはしても、久右衛門の無念を晴らすことはできぬ。いまも申した通り、事はそなたが考えているほど単純ではない。この一件については藩の裁量に任せることとし、鍵と借受証をわしに預けてくれぬか。けっして悪いようにはせぬ」

「………」

塚田の話を鵜呑みにして、鍵と借受証を素直に差し出してよいものか、お路の心は揺れた。

「坂根屋はおそらく、浜岡城下にいる庇護者のもとへ向かうに違いない。こちらも、今夜のうちに動き出さないと手遅れになる。お路、頼む」

塚田が威儀を正し、頭を下げる。

お路の脳裡に、久右衛門が亡くなった晩の光景がよぎった。口には出さないが、父の無念を誰よりもわかっているのは、死の間際に居合わせた塚田をおいてほかにいないのではないだろうか。

「姉さん、おじさまにお任せしましょう」

お律がそういって、懐から鍵と借受証を取り出した。かたわらで、猪蔵もうなずいている。

お路は意を決し、帯のあいだに手を挿し入れた。

六

およそひと月後――

長いあいだ仏壇に手を合わせていた塚田新之丞が顔を上げ、お路に膝を向けた。

「昨日、国許より江戸藩邸へ続報が届いた。浜岡城下にて召し捕られ、死罪を仰せ付けられておった江角屋平六《へいろく》あらため坂根屋六兵衛に、このほど刑が執行されたとのこと。その旨、そなたたちと久右衛門に伝えに参った」

塚田が嚙みしめるように口にする一語一語が、お路の心を静かに満たしていった。

あの夜、永井の手足を縛っている細縄を解いたのち、行方をくらました坂根屋が目指した先は、塚田が予見した通り、浜岡城下にある国家老、芝本主馬《しばもとしゆめ》の屋敷であった。しかし、塚田の報告を聞いて江戸藩邸から急行した使者のほうがひと足早く国許にたどり着き、かねて江戸表より内通を受けていた大目付の指図で配下が繰り出すと、城下へ足を踏み入れようとしていた坂根屋六兵衛と、これと手を組んで私腹を肥やしていた芝本家老の両人が取り押さえられた。両人の癒着は、坂根屋六兵衛が江角屋平六を名乗って城下に店を出した約十五年前に始まるという。

一件には、藩内の覇権争いや汚職が絡んでいたのだ。

もっとも、藩が本腰を入れて芝本家老の周辺を探り始めたのは、藩主が交代した三年ほど前からで、浜岡藩江戸藩邸を出た塚田が浪人に扮して算勘《さんかん》指南の看板を上げたのも、その時期であった。当時は、芝本家老の金蔵となっている人物が江戸にいるらしいという不確かな情報があるだけだった。かつてその緊密さを噂されていた江角屋平六も難破した船に乗り合わせて溺死したとみられており、塚田はひとまず江戸藩邸に出入りしている商人を中心に調べにかかったものの、なかなか思うような成果を得られずにいた。ちなみに、塚田が任に当たることになったのは、ふだんは御用部屋に詰めており、商人たちに顔を知られていなかったゆえらしい。

塚田がお夕に行き合ったのは、そうした商人のひとりが根岸《ねぎし》の寮で催した集まりの席上だったのだ。

事態が大きく動いたのは、お夕のことがきっかけで住居に顔を見せるようになったお路から、江角屋平六がいまは坂根屋を名乗っているのではないかと耳にしたことである。その男が目撃されたのが品川宿だったと聞き、藩の下屋敷を思い当たった塚田は、江戸藩邸にいる上役に報告するとともに、さらに内偵を進めていった。その結果、国家老の根まわしにより、坂根屋が浜岡藩下屋敷で賭場を開帳していることが明らかとなった。

そこから先はそなたの頭にある筋立てとさほど相違はないはずだと、国許へ差し向けられた使者が江戸藩邸を発った翌日、お路は塚田からあらましを聞いたのだった。

ただし、お路がいささか意外に思ったのは、坂根屋が隠し持っている阿片には、公儀も目をつけていたということであった。どこからか情報が洩れたとみえ、密かに探りを入れてくる者が存在するのを、塚田もうすうす感じ取っていたという。

隠し蔵にある阿片を公儀の隠密に押さえられ、坂根屋が召し捕られでもすれば、そこから芋づる式に浜岡藩のごたごたが判明し、藩の存亡を揺るがす大事にもなりかねない。隠し蔵から奪った阿片を公儀に届け出るつもりであったお路を、塚田が強く引き止めた裏には、そういう仔細もあったのだった。

江戸藩邸に復した塚田は、今日は半裃《はんがみしも》を身に着け、月代《さかやき》もきれいに剃ってある。

「おじさま、どうぞ冷めないうちにお茶を」

「お、すまぬ。つい、感慨にふけってしもうた」

塚田が我に返ったように、前へ出されている湯呑みに手を伸ばした。

深い感慨に包まれているのは、お路も同じだった。斜め後ろに控えている猪蔵も、ぐすっと鼻を鳴らしている。ふたりとも、待ちに待ったこの日をついに迎えることができたのだ。

「ひとつうかがいたいのですが、隠し蔵にあった阿片はどうなったのですか」

「藩が差し押さえた阿片、じつに千貫近くを残らずご公儀に差し出すことで、ご公儀は藩に対してこの一件にかんする一切を不問に付された。つまるところ、表沙汰にはせず、内々で始末をつけたということだな」

そういって、塚田はいま一度、湯呑みに口をつけた。

障子を開け放してある縁側から、そよそよと風が入ってくる。庭の向こうにひらける風景は、ぼんやりとくぐもっていた春の霞を脱いで、みずみずしい初夏の緑に輝いていた。

「ここはつくづく江戸とは思えぬ、のどかなところだの。いずこからか聞こえる三味線の音も、風趣を添えておる。あちらに見える料亭か、それともこちらの商家の寮で、宴が催されているのだろうか……」

三味線の調べに聞き惚れている塚田に、お路は両手をつかえた。

「浜岡藩のお殿さまにおかれましては、わたくしどもに対し寛大なご配慮を賜り、心より御礼申し上げます。おじさまにも、いろいろとお骨折りいただきました。このご恩は、生涯忘れません」

丁寧に辞儀をするお路を見て、塚田が湯呑みを下に置いた。

「お路、よさぬか。これ、猪蔵も……。当藩としても、そなたらのはたらきには甚だ助けられたのだ。そのようにされては、どうも尻がむずむずして身の置きどころがない」

お路たちの処遇を裁定するにあたり、浜岡藩江戸藩邸からは塚田とその上役という武士がかりがねを訪ねてきたが、事前に塚田がうまくいい繕っておいてくれたとみえ、事情を聞くとは形ばかりのもので、お路たちがどのようにして隠し蔵の鍵や借受証を手に入れたのかなどといったことは詮索されなかった。塚田とて思うところはあるだろうに、それに関してはひと言も口にしようとしない。

お路は心の中で塚田に手を合わせ、顔を上げると、少しばかり話の向きを変えた。

「五日ほど前に、お律の顔を見て参りました。左腿の傷口もふさがり、立ったり坐ったりするのにいくらか痛みがあるものの、少しずつ身の回りのことはできるようになっていると申しておりました」

「あっしもお供いたしやしたが、半月前に比べて顔色がずいぶんとよくおなりです」

かしこまっていた心持ちがいくぶん解けたらしく、猪蔵が口を開いた。

「そうか、ひとまずは安心した。一ノ瀬どののためにも、お律は一日も早い回復につとめぬとな」

「ええ、まことに……。一ノ瀬さまのおそばにいられることが、あの子には何にもまさる良薬といって過言ではありません。ふたりの仲睦まじい様子を見て、つくづくそう感じてございます」

お路の目に、お律の曇りない笑顔が浮かぶ。

小五郎を婿にと望んでいた斉藤家と一ノ瀬家の縁組がととのわず、そうしたところへ古川惣右衛門から正式な申し入れがあり、小五郎は三代目古川惣右衛門として道場を継ぎ、お律を妻に迎えることとあいなった。ふたりはいま、古川道場に新所帯を構えて暮らしている。

斉藤家と一ノ瀬家の縁組が不調となった背景には、斉藤家当主、兵衛尉《ひょうえのじょう》の不行跡《ふぎょうせき》があった。兵衛尉は俳諧仲間を通じて坂根屋で催される句会に出入りするうち、あろうことか、そこで味わった阿片の虜《とりこ》となっていたのだ。

日ごろ、兵衛尉の言動にいいようのない不審を覚えていた小五郎は、それとなく身辺を探り、坂根屋とのつながりに目をつけた。

お律が隠し蔵の鍵と借受証を目当てに忍び込んだ夜も、小五郎は兵衛尉を尾行して、すでに大戸を下ろしている坂根屋に入っていったのを見届けたのち、自分もどうにかしてもぐり込む手はないかと、店の周囲をうかがっていたのである。すると、どこからともなくあらわれた黒い影が、小さな祠の裏手から板塀を乗り越えていった。

小五郎も、同じ手を使って敷地に入った。が、そのときは黒い影がまさかお律であるとは思いもしなかったと、すべてが明らかになったのちに当人が口にした。

「お律嬢さんがひとりで歩けるようになられて、ほんにようございました。怪我をなさったときは、あっしは肝が潰れるかと……」

猪蔵が声を詰まらせ、また鼻をぐすぐすさせる。

「そうだな。おまえもさぞかしほっとしたことだろう」

塚田が二度、三度とうなずいた。

余談ながら、お路がお律を見舞った折、座敷には小五郎の心腹《しんぷく》の友という為次郎《ためじろう》が居合わせていた。小五郎と同じく富山藩士の子息であったものの、いまは武士の身分を捨てて瓦版屋を主宰している。女盗賊の緋薊に異常なまでの関心を示しているとお律から聞いていたので、お路は思わず身構えたが、為次郎はほかに用があるといい、じきに立ち去った。

いかに心腹の友といえども、小五郎が為次郎にこたびの顚末《てんまつ》をつまびらかにすることはあるまい。為次郎にとって、緋薊はとこしえに謎のままだ。

鼻の頭を手の甲でぐいっと擦り上げ、猪蔵が腰を浮かした。

「塚田さま、あっしはこれで失礼いたしやすが、ゆっくりしていってくだせえ」

「何だ、どこかへ参るのか」

「今日もこれから、お律嬢さんに頼まれたものを、古川道場へ届けに上がることになっておりやして」

「あちらで寝起きしているといっても、こまごました品のおおかたは、まだこちらに置いてございますので……。猪蔵、気をつけて行っておいで」

「へい」

猪蔵がひょいと身をかがめ、部屋を出ていった。

塚田とふたりになった居間に、先刻から聞こえている三味線の音が、途切れることなく続いている。

「それにしても、お路、そなたが出家したいといい出したのにはいささか驚かされたぞ。じつは、すでに髪を下ろして尼さんになっているのではないかと、ここに来るまで気が気ではなかったのだ」

塚田が、にわかに気遣わしそうな表情になっていた。

お路はわずかに目を伏せる。仏門に入り、両親の菩提《ぼだい》を弔いたい――そう望んだのは、まことである。これまでに犯した盗みの数々を思うと、心苦しくてならなかった。どこかでけじめをつけなくてはという気持ちがある。

「先だって申しましたように、わたくしは来し方のいっさいと決別し、御仏のもとで生き直したいと思ったのです。ですが、お律や猪蔵に強く引き止められ、やむなく了簡を改めました」

「いやはや、思い直してくれてよかった。何といっても、この船宿が店を畳むとなれば、がっかりする客が少なくないだろうからな」

「かりがねの向後《こうご》については、いくらか思案もございまして……。少々、お待ちいただけますか」

お路は立ち上がり、部屋を出て梯子段をのぼった。二階の一室の障子を引くと、中で三味線を弾いていた人物が撥《ばち》を止め、お路のほうへ顔を向けた。

「手を止めさせてすまないが、一緒に階下へ来ておくれ。引き合わせたいお方がいらしているんだよ」

「かしこまりました」

鈴を張ったような目が、にっこりと微笑む。

お路に付き添われて姿をあらわしたその人物に、居間にいた塚田が瞠目《どうもく》した。

「そなたは、あのときの……。お夕《ゆう》、お夕ではないか」

「お夕、こちらにおいでになるのが、浜岡藩ご家中の塚田新之丞さま。先にも話した通り、お父っつぁんが幼少の頃から親しく行き来していたお方で、わたくしやお律も子ども時分にはたいそう可愛がってもらいました。おまえもご挨拶申し上げなさい」

お路のあとから部屋に入ったお夕が、姉の手振りに従って塚田の向かいに膝を折る。

「夕にございます。塚田のおじさまには、江戸に両親の墓を建てることで相談に乗っていただいていると、お路姉さんからうかがいました。お世話になります」

畳に指先をつかえ、形よくお辞儀をした。お路はお夕に、坂根屋の一件についてはいっさい耳に入れていない。ただ、お律がちょっとした不注意から怪我をしたとは伝えてあり、お夕はお律姉さんがこれまで慕い続けてきた男のもとに嫁ぎ、そこで養生していると思っている。

「そなた、根岸の寮で見掛けた折は、たしかまぶたが閉じたままだったのでは……。だが、そのようにまぶたを開き、瞳がひたとこちらに向けられておる。ということは、もしや、わしが見えておるのか」

「はい、ぼんやりとではございますが……。おじさまのやさしそうなお顔が、この目に映っております」

「半年ほど前になりますか、唐渡りの良薬があるとお医者に勧められ、服用を続けておりました。このごろになってまぶたが持ち上がり、目が見えるようになりまして……」

横からお路が口を添えた。

「なんと、さようであったか」

「長いあいだ物を見ることがなかったせいで、一点に狙いを絞る目の働きが鈍っているが、だんだんくっきりと見えるようになるだろうと、お医者が診立ててくださいました。そうしたわけで、これをしおに修業先から下がらせ、かりがねで女将見習いをさせてはどうかと思案しているのでございます」

「ほんとうはいますぐにでもわたしに身代を譲り、仏門に入りたいそうで……。お路姉さんから聞いて、びっくりしました。わたしは商いに関しては素人ですし、お律姉さんもお嫁にいって、ここにはいない。どう考えても、無謀です。それゆえ、ゆくゆくは仏さまに帰依《きえ》するとしても、お客に応対する極意や、船頭を取り仕切る折の心配りなど、せめてこれだけはという心得をわたしに仕込んでからにしてくださいと、切にお願い申し上げました」

「ふうむ。お路が思いとどまったのは、それもあってのことなのだな」

塚田が得心した表情になり、お路とお夕の顔を交互に見る。

「お路姉さんは、これまで自分のことをすべて後まわしにして、お律姉さんとわたしを守ってくれました。次はわたしがお路姉さんの望みをかなえて差し上げる番です。一日も早く一人前になり、かりがねを安心して任せてもらえるようにならなくては」

お夕の口ぶりは控えめながら、芯の強さをうかがわせる。

「お夕は音曲の修業を積んでおりますので、わたくしやお律とはまた違ったおもてなしもできようかと存じます。もちろん、この先も稽古を続けると、当人も申しておりますし……。猪蔵にも話したところ、引き続きかりがねを守り立てていきたいといってくれました」

猪蔵は、一度は尼崎に帰って静かに余生を送ろうと思ったものの、お路の話を聞き、老骨ながらさいごのご奉公に励むべしと、心を奮い立たせたようだ。若い船頭たちも、このところは深川《ふかがわ》の船宿で臨時雇いとして世話になっているが、猪蔵のもとで舟を操る技を極めたいと、いつでももどってくる話がついている。

「うむ、先々のことはともかくとして、あながち悪くないのではないか。わしも力になれることがあれば、何なりといってくれ」

「おじさまにそう仰言っていただけると、心強うございます。何とぞよろしくお頼み申します」

お路が頭を低くしたとき、ガタガタッと、表の戸が音を立てた。商いを休んでいるので大戸は下ろしてあり、塚田も裏口から部屋に上がっている。

「おや、何でしょう」

「いささか荒っぽい音だな。まるで身体ごと戸にぶつかっているような」

「ちょっとばかり見て参ります。おじさまは、お夕とここでお待ちを」

お路は立ち上がると、板間へ出て土間に下りた。

坂根屋の一件は落着したはずだが、残党がどこかに潜んでいないとも限らない。

用心のために戸口の脇に立て掛けてある木刀を右手に摑み、身体の後ろに隠すと、左手でくぐり戸を引いた。

前触れもなく開いた戸に面食らったのか、後ずさりした男の顔を陽射しが白く照らしている。

「まあ、千太郎さんじゃございませんか」

木刀を元の位置にもどし、身をかがめて表に出る。

「あ……。このほど資金繰りの見通しがついて、いま一度、江戸店を構えようと、奈良から出てきたんだ。前にここを一緒に訪ねたこともある仲間たちが祝いの宴を催してくれたんだが、その席上で、かりがねは暖簾を下ろしたらしいとひとりがいい出して……」

目をしばしばさせているのは、大和屋《やまとや》千太郎であった。

「よんどころない事情がございまして、商いを休んでおりました。けれど、いましばらくしたら復するつもりです」

「よ、よかった……」

千太郎の肩が下がる。

「そんなことをたしかめに、わざわざいらしたのですか」

お路が眉をひそめると、千太郎が顔つきをあらためた。

「こんどこそ、お路さんを迎えにきたんだ。長らく待たせてすまなかったが、これでようやく嫁をもらう支度がととのった」

「あの、ちっとも話が見えませんが、わたくしはどなたのもとへも嫁にいく気はございません」

声を失っている千太郎に、お路は言葉を続けた。

「少々思うところがあり、そう遠くないうちに出家して、尼になろうと考えております。ですから、俗世の殿方に嫁ぐことはありません。かりがねも、別の者に引き継ぐ算段をしておりましてね。もっとも、こちらのことは忘れてくださいと、前に申し上げたはずですが」

「そんな……。尼になるなんて、よしておくれ。お路さんには何としても私の嫁になってもらわないと」

「そう申されましても……。弱りましたね」

かぶりを振るお路の後ろに、足音が近づいてきた。

「どうした、何やら厄介な手合いのようだな。ふうむ、そこもとは……。いつぞや見た顔ではないか」

お路に代わって塚田が前に立つと、千太郎は泡を食ったように口をぱくぱくさせた。

「あ、あ、あ」

「女子にその気がないのに、いつまでもつきまとうとは諦めの悪い男だ。どうにも持て余す執着ならば、それがしが断ち切って進ぜようか」

腰に挿した刀の柄を、塚田がぐっと持ち上げる。

「わ、わ、わわわわ」

くるりと背中を向け、千太郎が一目散に駆けだした。

あっという間に、後ろ姿が小さくなる。

「存外に意気地のないやつ。あれでお路を嫁にもらいたいなどとは、百年早い」

「悪い方ではないのですが……。これもさだめでございましょう。それにしても、おじさまにはまたしても助けていただきました。恐れ入ります」

頭を低くしたお路は、視線を上げた先にお夕がいるのに気づき、目を丸くした。

「だめじゃないか。居間で待っているようにいっただろう。不埒《ふらち》な輩だったかもしれないんだよ」

思わず、叱りつけるような口調になる。

だが、お夕はまるで意に介さなかった。

「不埒な輩にはどのように対処するのか、後学のために見ておこうと思って……。ふうん、戸口に木刀を置いておくのですね。お律姉さんの許に通って、稽古をつけてもらわなくちゃ」

お夕が木刀を手に取り、やあっと、軽く構えてみせた。

「ほう、頼もしいではないか。さすがはお路とお律の妹だ」

塚田が感心したようにいい、お路とお夕から笑い声が上がった。

軒先に、一羽のつばめが入ってきた。軒下にかけられた巣に取りつき、口をめいっぱい開けた雛たちに餌を食べさせ始める。

例年は表口に巣を作られないようお路も気に掛けているが、船宿を休んでいる今年は、したいようにさせておいた。雛たちの鳴き声はか細くささやかながら、生きようとする力に満ち満ちている。

「お律が全快したら、ごく親しい方々を招いて祝言を挙げることになっております。おじさまにも、どうか参列していただけませんでしょうか」

「うむ、心得た。お律の花嫁姿を、そなたらと共に見届けよう。久右衛門も、天の高いところから、きっと見守っておるに相違ない」

塚田が見上げる空を、お路もお夕の肩に手を添えながら振り仰ぐ。

「さあ、これから忙しくなるよ。かりがねも、新たな空に向かって飛び立つんだ」

雛に餌を食べさせ終えたつばめが、ついっと軒先を出ていった。

地面と水平に飛んだのち、角度を変えて飛翔する。

風を切ってぐんぐん上昇していく翼が、やがて、どこまでも広がる青に溶けていった。

本書は書き下ろしです。

志川節子

昭和四十六(一九七一)年、島根県生まれ。平成五(一九九三)年、早稲田大学第一文学部を卒業。会社勤めのかたわら小説を執筆し、十五年に「七転び」で第八十三回オール讀物新人賞を受賞。二十一年、初の単行本『手のひら、ひらひら　江戸吉原七色彩』を上梓。『春はそこまで　風待ち小路の人々』で二十四年下期の直木賞候補となる。近著に『博覧男爵』『アンサンブル』など。

緋《ひ》あざみ舞《ま》う

二〇二四年七月十日　第一刷発行

著者　志川節子《しがわせつこ》

発行者　花田朋子

発行所　株式会社 文藝春秋

〒一〇二-八〇〇八
東京都千代田区紀尾井町三-二三
電話 〇三-三二六五-一二一一(代)

印刷所　精興社

製本所　大口製本

Printed in Japan
ISBN978-4-16-391870-9